Gina Greifenstein

Spectaculum

Originalausgabe - Erstdruck

Gina Greifenstein

Spectaculum

Pfalz-Krimi

Schardt Verlag Oldenburg

Bibliographische Information der Deutschen Bibliothek:

Die Deutsche Bibliothek verzeichnet diese Publikation in *Der Deutschen National-bibliografie*; detaillierte bibliographische Daten sind im Internet über *www.d-nb.de* abrufbar.

Titelbild: Rolf Goosmann Fotografie - www.rolf-goosmann.de
Autorenbild: Simone Jöst

3. Auflage 2014

Uhlhornsweg 99 A
26129 Oldenburg
Tel.: 0441-21 77 92 87
Fax: 0441-21 77 92 86
E-Mail: kontakt@schardtverlag.de
www.schardtverlag.de
Herstellung: Aalexx Buchproduktion, Großburgwedel

ISBN 978-3-89841-663-4

1.
Samstag, 25.6.2011

Mit angezogenen Beinen saß Paula Stern auf ihrem Lieblingssessel und sah sich in ihrem neuen Wohnzimmer um – oder besser gesagt: in dem Raum, der mal ihr Wohnzimmer werden sollte. Im Moment sah es eher aus wie ein unaufgeräumtes Möbellager, kombiniert mit einem schlecht organisierten Paketdienst. Der große Sessel, in dessen dunkelgrünes Leder sie sich schmiegte, war wie eine Insel im Chaos. Viel Arbeit lag vor ihr, und sie hatte nicht den blassesten Schimmer, wo sie anfangen sollte.

Oh, wie sie Umzüge hasste!

Immerhin stand die Kaffeemaschine schon mal dort, wo sie hingehörte, und funktionierte einwandfrei – was man von Fernseher und Telefon nicht behaupten konnte. Paula umfasste den riesigen Kaffeehumpen mit der sinnigen Aufschrift *Mamas Liebling* mit beiden Händen und sog den köstlichen Duft ein, was irgendwie tröstlich war.

Jetzt hockte sie also in der Provinz – in der südpfälzischen Provinz, um ganz genau zu sein. Krasses Kontrastprogramm zu den letzten drei Jahren in München. Bis vor drei Wochen hatte sie nicht einmal gewusst, wo genau die Pfalz in Deutschland liegt. Nun, das hatte sie inzwischen herausgefunden. Und dass Mainz die Hauptstadt von Rheinland-Pfalz ist. Morgen in einer Woche würde sie ihren Dienst antreten – in Landau. Als ihr das vor etwas über einem Monat mitgeteilt wurde, freute sie sich sehr – Bodensee, dachte sie, tolle Gegend, nicht weit nach Österreich, Italien oder in die Schweiz, klasse! Mittlerweile wusste Paula, dass Lindau im Bodensee liegt und mit ihrem Landau kein bisschen zu tun hat. Erdkunde war nie ihre Stärke gewesen. Auf der Landkarte hatte sie aber entdeckt, dass Frankreich nur einen Katzensprung von Landau entfernt ist, und bis zu ihren Eltern waren es nur etwa zweihundertfünfzig Kilometer – nah genug, um in einem Sehnsuchtsanfall schnell mal an einem freien Tag zu ihnen zu fahren; weit genug entfernt, um eine gute Ausrede zu haben, wenn ihre Mama mal wieder nörgelte, sie würde ihre Eltern viel zu selten besuchen. Und allemal besser als der Ruhrpott, denn da hätte es sie auch hin verschlagen können – oder gar in die neuen Bundesländer!

Sie nahm einen großen Schluck von ihrem Milchkaffee und seufzte. Wie würde es werden, ihr neues Leben? Wie waren die Pfälzer überhaupt – eher nett und aufgeschlossen? Oder zugeknöpft und unfreundlich? Und die Kollegen – verbohrte alte Stinker? Frauenfeindlich vielleicht? Sie musste grinsen:

Damit konnte sie inzwischen umgehen, die Münchner waren in dieser Beziehung ja auch etwas altmodisch gewesen.

Es war still in der Wohnung. Die Einzelteile der Stereoanlage waren noch in irgendwelchen Kisten verstaut, und sie konnte sich nicht aufraffen, sie zu suchen und auszupacken. Es musste halt mal ohne Musik gehen. Sogar an einen neuen Radiosender würde sie sich gewöhnen müssen.

Eine Woche hatte sie noch, um die Wohnung einzurichten und sich ein bisschen in der Gegend umzusehen, dann war Schluss mit lustig, und ihr neuer Lebensabschnitt würde beginnen. Und das, was sie sich im Moment noch nicht vorstellen konnte, würde in ein paar Monaten schon Routine sein.

Irgendwo zwischen den Umzugskartons ertönte der Klingelton ihres Handys. Wie viel Uhr war es denn überhaupt? Das konnte nur Mama sein, wer sonst? – Bestimmt machte sie sich schon wieder unnötig Sorgen, weil Paula sich noch nicht (wie versprochen) bei ihr gemeldet hatte. Würde sie für immer und ewig das kleine Mädchen für ihre Mutter sein, *Mamas Liebling,* oder hörte das irgendwann mal auf?

Sie rappelte sich hoch und parkte die Tasse recht wackelig auf einem der Kartons, um sich auf die Suche nach dem Handy zu machen. Vielleicht hörte die Klingelei ja auf, bevor sie es fand. – Aber den Gefallen tat ihr das Telefon nicht. Endlich entdeckte sie ihre Lederjacke, die sie vorhin bei der Ankunft achtlos zwischen die Kartons geschmissen hatte und fischte das bimmelnde Handy aus der Innentasche. Sie zögerte kurz – vielleicht war ER es ja – zum gefühlt hundertsten Mal heute. Konnte er nicht endlich damit aufhören?

Zögernd klappte sie den kleinen Apparat auf. *Unbekannter Anrufer*, verkündete das Display. Also nicht ihre Mutter. Vielleicht doch ER – er war sehr phantasievoll, vielleicht rief er ja dieses Mal vom Telefon eines Kumpels an, um sie zu überrumpeln. Es war kurz vor dreiundzwanzig Uhr.

„Ja“, meldete sie sich.

„Spreche ich mit Paul Stern?“ erkundigte sich eine Frauenstimme am anderen Ende der Leitung.

„Mit Paula Stern – wer will das wissen?“

„Kripo Landau – hier steht aber Paul Stern“, monierte die Anruferin.

„Tut mir schrecklich leid, aber ich bin definitiv weiblich, ich schwör's.“

„Dann muss das wohl ein Schreibfehler sein“, gab sich die andere Frau geschlagen. „Es gibt einen Toten auf der Landeck, Sie sollen sofort dort hinkommen. Ihr Kollege ist schon vor Ort.“

„Ich?“ Paula war mehr als verblüfft. „Aber mein Dienst beginnt doch erst übernächste Woche ...“ Und welcher Kollege bitteschön? Da wusste jemand mehr als sie selbst!

„Hören Sie, das geht mich alles nichts an – ich teile Ihnen nur mit, was man mir aufgetragen hat: Sie sollen schnellstmöglich an den Fundort der Leiche kommen“, sagte die Stimme ruhig, aber bestimmt.

„Wo soll ich hin? Könnten Sie mir das noch einmal sagen?“ Paula klemmte sich das Handy zwischen Schulter und Kinn und kramte in einer Kiste, auf der *Büro* stand, nach etwas zum Schreiben.

„Auf die Landeck“, wiederholte die Stimme artig.

„Und was ist das, *die Landeck*?“ Locher, Lineal, eine Schachtel mit Heftklammern, Tipp-ex, aber verflixt noch mal nichts zum Schreiben!

„Burg Landeck!“ antwortete die Stimme jetzt schon etwas ungehaltener.

Da, endlich, ein Post-it-Block!

„Und wo ist diese Burg? Ich bin nicht von hier ...“ Verflixt, wenn der PC schon ausgepackt und angestöpselt wäre, könnte sie diese blöde Burg ruckzuck googeln und müsste sich nicht wie eine Idiotin behandeln lassen! Sie sah sich um, konnte die Kiste mit dem Laptop aber nicht entdecken.

„In Klingenmünster“, teilte die Stimme derweil mit.

Klingenmünster krixelte Paula mit einem hellgrünen Buntstift, den sie schließlich doch noch in den Tiefen des Kartons gefunden hatte, auf das rosa Papier, was fast nicht zu erkennen war. Irgendwo gelesen hatte sie den Ortsnamen schon mal. War da nicht eine Wohnung angeboten gewesen?

„Und wo ist dieses Klingen...“ Weiter kam Paula nicht, die andere hatte einfach aufgelegt. Na, das war ja wirklich toll! „Und ich habe kein Auto, du doofe Schnalle!“ rief sie noch in ihr Handy, bevor sie es zornig zuklappte. Sollte sie sich mit dem Taxi zu besagter Burg bringen lassen? Das wäre wohl das Einfachste gewesen. Ihr Blick fiel auf den Sturzhelm, der neben der Eingangstür am Boden lag.

Ein Auto hatte sie nicht, aber ein Motorrad.

Sie stieg wieder in die Lederhose, die sie erst vor etwas über einer Stunde ausgezogen hatte, und schnappte sich die Lederjacke. Hastig schlüpfte sie hinein und stieß dabei mit der Hand an die Kaffeetasse auf dem Karton. Die kippte natürlich um, und fast ein halber Liter lauwarmen Kaffees ergoss sich über Karton und Boden.

Na bravo, genau das brauchte sie jetzt! Aber die Sauerei würde warten müssen, als Erstes musste sie diese Burg ausfindig machen.

Paula trat in den Hof des schönen alten Stadthauses, in das sie sich bei der Besichtigung auf den ersten Blick verliebt hatte und in dem sie ab sofort wohnte. Es war jetzt schon dunkel – nicht die beste Voraussetzung, sich in einer völlig fremden Umgebung zurechtzufinden. Sie stülpte sich den Helm über und schwang sich auf ihre Honda. Sie verwarf diese Sorge – Landau war doch sicher groß genug, dass es überall ausgeschildert war!

Sie ließ die Maschine an und freute sich wie stets über das tiefe Wummern, das der Motor erzeugte. Ob sich ihre Nachbarn um diese Uhrzeit darüber auch so freuten? Wohl eher nicht – das Wummern wurde durch den eng umbauten Raum des Hofes um ein Mehrfaches verstärkt und hallte von den Wänden wider. Im Schritttempo umkurvte Paula das Haus und fuhr hinaus auf die Straße. Sie glaubte sich zu erinnern, wo die nächste Tankstelle war, bog nach rechts ab und fuhr den Westring entlang. Bevor sie das Visier runterklappte, betrachtete sie im Vorbeifahren das Kripogebäude zu ihrer Linken – ihre neue Arbeitsstätte. Wie es aussah, würde sie den Laden jetzt eher von innen kennenlernen, als sie gedacht hatte.

Es war wirklich nur ein Katzensprung von ihrer Wohnung hierher – ideal, wenn sie mal verschlafen sollte. Dumm allerdings auch, weil sie an ihren freien Tagen immer schnell greifbar sein würde. Paula nahm alles in der Straße bewusst in sich auf, um sich später besser orientieren zu können. Links eine Apotheke – gut zu wissen – rechts eine Tanzschule. Himmel, wie lange war das her, dass sie eine Tanzschule besucht hatte? Gefühlte tausend Jahre!

Dann bog sie rechts ab und musste an einer roten Ampel halten. Links ein nicht besonders einladend wirkendes China-Restaurant – schlagartig kam ihr der Gedanke, dass sie seit Stunden nichts mehr gegessen hatte. Jetzt eine saftig-knusprige Frühlingsrolle ... sie konnte sie fast schmecken! Allerdings roch es bis unter ihren Helm nach altem Fett – vielleicht doch lieber keine Frühlingsrolle ... Ihr gegenüber ein Bestattungsinstitut – wie günstig, wenn mit dem chinesischen Essen mal was nicht in Ordnung sein sollte ... Dem gegenüber ein schlossähnliches Gebäude mit Türmen und Zinnen – wow, da würde sie auch gerne drin wohnen!

Die Ampel schaltete endlich auf grün, und sie fuhr los. Ein Schild zeigte nach links – *Vinzentius-Krankenhaus* – auch gut zu wissen, wenn man nicht gleich den Bestatter brauchte. Die kleine Tankstelle, schon geschlossen. Was, wenn sie in die falsche Richtung fuhr?

Ein Bahnübergang. Rechts ein Plus-Markt – einkaufen würde sie auch gehen müssen, denn der Kühlschrank war zwar schon angeschaltet, aber bis auf eine angebrochene Milchtüte, ein paar Eier und eine halbvolle Butterdose war er leer.

Und dann erstrahlte rechts vor ihr endlich das helle Licht der Shell-Tankstelle. Vorsichtshalber machte sie noch ihren Tank randvoll, denn sie hatte keine Ahnung, wie weit es bis nach Klingenmünster sein würde.

„Nach Klingenmünschter?" wiederholte der junge Mann an der Kasse ihre Frage. „Des is gleich um die Eck!" strahlte er sie an. Dann erklärte er ihr in ungelenkem Hochdeutsch, dass sie wieder ein Stück zurückfahren und vor der Bahnlinie links abbiegen müsse. Wenn sie dann auf dieser Straße immer geradeaus fahren würde, dann käme sie haargenau nach Klingenmünster. Und die Burg, ha, die wäre ja hell erleuchtet und gar nicht zu übersehen! Gleich nach dem Pfalzklinikum – dabei machte er kreisende Bewegungen mit seinem Zeigefinger in Stirnhöhe und rollte mit den Augen – müsse sie rechts abbiegen. Ganz einfach.

Derart beruhigt stieg Paula wieder auf ihre Maschine und schlug die angegebene Richtung ein. Sie fuhr aus Landau hinaus, auf den letzten Schimmer der untergegangenen Sonne zu, in dem sie die Umrisse der Berge gerade noch erkennen konnte. Lieber hätte sie ihre neue Heimat im Hellen erobert!

Als sie Landau hinter sich ließ, sah sie vor sich in der Ferne sogar zwei beleuchtete Burgen. Schilder mit unbekannten Namen huschten an ihr vorbei – Wollmesheim – Ilbesheim – Eschbach – irgendwann würde sie alle diese Orte kennen.

Und dann landete sie tatsächlich in Klingenmüster. Von einer beleuchteten Burg war jetzt allerdings weit und breit nichts mehr zu sehen. Vielleicht war es ja doch die Burg, die sie gerade hinter sich gelassen hatte? Unbeirrt fuhr sie weiter. Zu ihrer Rechten lag nun das weitläufige Areal des Pfalzklinikums, aber auf eine Burg wies nichts hin. Dann sah sie endlich ein weißes Schild, das nach rechts zeigte. *Pfalz-Institut* stand darauf. Und darunter – im Dunkeln kaum zu erkennen – deutete ein braunes Schild, auf dem sie nur mit Mühe *Burg Landeck* entziffern konnte, in dieselbe Richtung.

Sie nahm das Gas weg und bog rechts ein. Konnte das stimmen? Zu beiden Seiten noch immer Gebäude, die offensichtlich zum Klinikum gehörten. Gerade, als sie mit dem Gedanken spielte, wieder umzukehren, sah sie ein weiteres Burg-Schild, das jetzt nach links zeigte. Eine schmale Straße führte sie stetig den Berg hinauf, wand sich durch einen Wald. Ein bisschen gruselig war das schon. Ein Krankenwagen nebst Notarztauto kam auf sie zu, und sie musste ganz nach rechts ausweichen – wäre sie mit einem Auto hier hochgefahren, wäre es wirklich eng geworden.

Nach der nächsten Biegung landete sie im Chaos: Flutlicht erhellte den Weg und einen großen Parkplatz. Dienstfahrzeuge der Polizei standen kreuz und quer. Zur Linken erhob sich düster das uralte Mauerwerk einer Burg – kein Zweifel, sie hatte den Tatort gefunden.

Es war jetzt halb zwölf.

„Na, Herr Keeser, so alleine unterwegs? Wo ist denn Ihr Kollege abgeblieben? Hat der was Besseres vor?“ Polizeiobermeister Becker klopfte dem gähnenden Kriminalhauptkommissar Bernd Keeser freundschaftlich auf die Schulter.

„Kann man wohl sagen“, brummte Keeser und sah die hell angestrahlte Burgmauer hinauf. Wie hoch mochte die wohl sein?

„Urlaub?“ hakte der Beamte nach.

„Viel besser: Rente – der muss sich jetzt nicht mehr nachts an irgendwelchen düsteren Tatorten rumdrücken!“ Mit Bedauern dachte Keeser an das wunderbare Rindermedaillon, perfekt auf den Punkt gebraten – innen saftig-rosa, außen knusprig-würzig –, das er gerade mal bis zu einem Drittel aufgegessen hatte, als das Telefon klingelte und er hierher beordert worden war. Mutterseelenallein lag es jetzt zu Hause auf seinem Teller, bestimmt schon kalt, ganz zu schweigen von dem köstlichen Zucchini-Tomatengratin ...

„Ja“, kicherte der Polizist neben ihm, „wir hätten halt was Anständiges lernen sollen!“

„Wie hoch ist das wohl?“ wollte Keeser wissen und zeigte die Burgmauer hinauf.

„Elf Meter“, kam es wie aus der Pistole geschossen.

„Das wissen Sie tatsächlich?“ Keeser sah den Kollegen bewundernd an.

„Hab vorhin einen von diesen Dagobertsrittern gefragt, die kennen sich hier aus.“ Er zeigte hinüber zu einer Gruppe mittelalterlich gekleideter Männer und Frauen, die aufgeregt tuschelnd zu ihnen herübersahen.

„Wie heißen diese Leute?“

„Die Ritter König Dagoberts“, informierte ihn der Beamte mit wichtiger Miene.

„Ah ja“, grinste Keeser. „Man lernt halt nie aus.“ Er inspizierte die illustre Gruppe genauer. „Ist ja wie Fasching.“

„Das ist wegen dem Landeck-Fest“, informierte ihn der Polizist eifrig. „Da treffen sich solche Gruppen aus ganz Süddeutschland und leben hier dann übers Wochenende wie im Mittelalter. Das sind echte Freaks, Herr Kommissar! Bei Wind und Wetter hausen die in ihren Zelten und ziehen von einem Mittelalterfest zum nächsten.“

„Und am Sonntagabend fahren sie dann mit ihren Autos heim, steigen unter die heiße Dusche und hocken sich vor die Glotze. Dann genießen sie wieder die Vorzüge der Zivilisation.“ Ein spöttisches Lächeln umspielte die Mundwinkel des Kommissars. „Logisch, wer will schon auf Dauer wie im Mittelalter leben? – Also, für mich wäre das nichts.“

Er beobachtete die Kollegen von der Spurensicherung, die damit beschäftigt waren, den Tatort von allen Seiten zu fotografieren und alle relevanten Hinweise festzuhalten, bevor er sich den Toten selbst genauer ansehen konnte. „Wer hat überhaupt die Polizei gerufen?“

„Einer der Ritter, ein gewisser *Junker Gieselher ...*“

„Junker was?“ unterbrach Keeser den Beamten mit missmutig zusammengezogenen Augenbrauen.

„... ähm, ein Frank Müller; scheint der Anführer – sagt man das so? – zu sein“, brachte Becker seinen Satz zuende.

„Und wie hat er das gemacht? Mit der Buschtrommel oder mit Rauchzeichen?“

„Mit dem Handy, denke ich doch.“

„Aha – wie im Mittelalter leben wollen, aber ein Handy mit sich herumschleppen – nicht gerade konsequent, nicht wahr, Herr Polizeiobermeister?“

„Auch wieder wahr“, stimmte Becker ihm zu. „Und wer ist Ihr neuer Kollege? Kenn ich ihn?“ wollte er noch wissen.

„Ein Jungspund aus München, Paul Stern heißt er, wenn ich mich recht erinnere. Gerade mal achtundzwanzig“, schnaubte Keeser, „als ob wir nicht selbst genug Polizeinachwuchs hätten. Und dann noch einer aus Bayern, das kann ja heiter werden!“

„Und wo ist er jetzt?“

„Fängt zum Glück erst nächste Woche an – da hab ich noch ein bisschen meine Ruhe!“

„Da habt Ihr bei der Kripo ja bald die Galaxie beisammen“, bemerkte Becker grinsend.

„Welche Galaxie denn?“ Keeser stand auf der Leitung.

„Na, euer Oberboss heißt Sonne – jetzt bekommt ihr noch einen Stern dazu – wenn das nicht witzig ist!“ erklärte der Beamte.

So besonders witzig fand Keeser das eigentlich nicht, und daher wechselte er das Thema: „Hat sonst noch irgendjemand was gesehen?“

Becker schüttelte bedauernd den Kopf. „Bisher wissen wir das noch nicht – im Burghof war ja den ganzen Abend das Skye-Konzert, das wollte sich wohl keiner entgehen lassen.“

„Skye? – Die hab ich mal bei einem Adventskonzert in der Birkenhördter Kirche gehört. Machen echt schöne Musik! – Schien Junker Gieselher wohl nicht besonders interessiert zu haben, wenn er sich lieber hier herumgetrieben hat.“ Er betrachtete den Leichnam. „Weiß man schon, wer der arme Teufel ist?“

Viel zu sehen war von der Person nicht: ein paar nackte, stark behaarte Beine, die in einem recht unnatürlichen Winkel zum Körper lagen. Die Füße steckten in nicht gerade modischen Ledersandalen. Der Rest des Mannes wurde größtenteils von einem dunkelbraunen sackleinenartigen Gewand verdeckt. Nur noch ein ebenfalls sehr haariger Arm ragte daraus hervor.

„Bisher nicht – Junker Friedhelm wird ja wohl nicht sein richtiger Name sein.“

„Junker Gieselher, Junker Friedhelm?“ sagte Keeser spöttisch. „Man sollte die Typen gleich alle hier im Klinikum einsperren!“

„Das ist sein Name bei den *Rittern König Dagoberts* – wie er im wahren Leben heißt, konnte keiner sagen. Interessiert auch keinen, es geht den Leuten nur um das Leben im Mittelalter“, erklärte Becker.

„Sind wohl alle im falschen Jahrhundert auf die Welt gekommen“, stellte Keeser fest.

Die Leute vom Erkennungsdienst packten ihre Gerätschaften zusammen und schleppten sie in Richtung Parkplatz.

„Grüß dich, Bernd.“ Werner Dreißigacker von der Kriminaltechnik stellte sich zu ihnen. „Jetzt gehört er euch und der Gerichtsmedizin.“

„Ein Unfall? Selbstmord? Oder wonach sieht es deiner Meinung nach aus?“

„Was du immer alles wissen willst – ich sammle nur die Spuren, mein Lieber. Für die Rückschlüsse bist ganz allein du zuständig.“ Er deutete in die Höhe. „Jetzt gehen wir noch nach oben und sichern da alles. Vielleicht wissen wir dann mehr. Da kommt übrigens Knopp. Frag dem doch die Löcher in den Bauch.“

Keeser drehte sich um und sah Andreas Knopp, den Gerichtsmediziner, auf sich zukommen. „So sieht man sich wieder“, begrüßte der ihn und besah sich ohne Umschweife den Leichnam. „Kam er von dort oben?“ Sein Blick wanderte die großen, grauen Quader der Mauer hinauf, bis sie elf Meter über ihm mit dem schwarzen Nachthimmel verschmolzen.

Becker und Keeser nickten.

„Echt klasse, da wird bestimmt kein Knochen mehr heil sein, und ich muss auch noch in dem Matsch rumstochern! Immer erwischt es mich bei den unappetitlichen Fällen!“ maulte Knopp und schlug den groben Stoff des Gewandes zur Seite.

„Ach du Scheiße, der Kaltwein!“ entfuhr es Polizeiobermeister Becker, als er das blasse Gesicht des Toten im hellen Flutlicht erkannte. Dessen Augen blickten starr in den nächtlichen Himmel. Ein getrocknetes Rinnsal aus Blut, das sich von seinem Mundwinkel aus über das spitze, schlecht rasierte Kinn bis hinab zum stark verdrehten Hals zog, bildete auf seinem kalkweißen Gesicht einen harten Kontrast.

„Sie kennen den Mann?“ fragte Keeser.

„Klar, fast jeder geschiedene Mann in der Pfalz kennt den Kerl: Das ist Ernst Kaltwein, Scheidungsanwalt, lebt in Annweiler, hat aber eine Kanzlei in Landau. Hat sich selbst zum Rächer der Ehefrauen ernannt und nimmt uns Männer aus wie die Weihnachtsgänse!“ Becker sagte das in einem Ton, als wollte er gleich auf den Toten spucken.

„Gehe ich recht in der Annahme, dass Sie geschieden sind?“ folgerte Keeser und konnte sich ein Schmunzeln nicht verkneifen. Er wusste schon, warum er sein Leben so ganz ohne Eheweib zubrachte.

„Ganz richtig angenommen! – Siebzehn Tage des Monats gehe ich für den mehr als überhöhten Unterhalt meiner holden Ex arbeiten! Was vom restlichen Monat übrigbleibt, reicht mir hinten und vorne nicht, und deshalb verbringe ich meine Freizeit als Hausmeister in einem Seniorenheim. So hatte ich mir mein Leben wirklich nicht vorgestellt!“ Polizeiobermeister Becker war jetzt richtig in Rage.

Paula fand eine geeignete Stelle, wo sie das Motorrad abstellen konnte. Anscheinend war der Tatort im Burggraben, denn dort drängten sich Polizisten und mehrere andere Personen. Doch wie sahen die bloß aus? Sie trugen wallende Gewänder, Kapuzenmäntel, seltsame Jacken mit Pluderärmeln und – sie wollte ihren Augen nicht glauben – Kettenhemden! Paula fühlte sich in ein anderes Jahrhundert katapultiert.

Während sie auf diese Gruppe zuging, nahm sie den Helm ab – gegen diese Leute sah sie in ihrer rot-weiß-grauen Lederkombi wie ein Besucher von einem anderen Stern aus.

„Seid gegrüßt, holde Dame! Was ist Euer Begehr?“ fragte ein Mann in einem weiten, dunkelgrünen Kapuzenumhang, der aus der Menschengruppe heraustrat und sie unter seiner Kapuze hervor freundlich anlächelte. Der Tankstellenwart kam ihr in den Sinn – war das hier etwa eine Irrenanstalt?

„Ich bin von der Kripo, ich will zum Tatort!“ informierte sie den Mann knapp.

Der schob die Kapuze zurück und sah sie betrübt durch dicke Brillengläser an. „Oh, Ihr seid ein weiterer Arm des Gesetzes! Wahrlich, der Sensenmann hat unsere kleine Gruppe durchschritten und einen der unsrigen, Junker Friedhelm, mit sich genommen. Wie bedauerlich. Mit Verlaub, mein Name ist Junker Gieselher, ich war es, dem das Schicksal zuteilwurde, seine sterblichen Überreste zu finden. Nun, junge Dame, dort hinab!“ Er wies ihr mit theatralischer Armbewegung den Weg.

„Junker Friedhelm ... ich verstehe“, stammelte Paula und sah zu, dass sie von diesem Verrückten wegkam.

Ein Polizeibeamter aus dem gegenwärtigen Jahrhundert trat ihr in den Weg. „Hier könne Se net durch, des is än Tatort. Bitte gehn Se zu Ihrm Fahrzeuch zurick und verlosse Se die Burch!“ sagte er.

„Ich weiß sehr wohl, dass das hier ein Tatort ist, ich wurde schließlich herzitiert! Ich bin Kriminaloberkommissarin Paula Stern vom K 9.“

„Vum K 9 is awwer schun jemand do“, wehrte der Beamte ab. „Zeiche Se mol Ihrn Dienstausweis!“

Genau verstand Paula nicht, was er von ihr wollte, nur das Wort „Dienstausweis“. Mist, da sie ja eigentlich noch gar nicht im Dienst war, hatte sie natürlich auch noch keinen Ausweis bekommen! „Hab noch keinen“, gab sie ein wenig kleinlaut zu.

„Wolln Se mich uff'n Arm nemme? Verschwinde Se, bevor ich ungemiedlich werd!“ Der Beamte wurde zusehends unfreundlicher.

„Fragen Sie doch den Kollegen vom K 9, der wird Bescheid wissen!“ Auch Paula wurde jetzt ärgerlich. Was bildete sich dieser Tropf überhaupt ein?

„Und wie hääßt dieser Kolleech?“ hakte ihr Gegenüber nach.

„Keine Ahnung“, fauchte Paula ihn jetzt an. „Ich bin von der Einsatzzentrale hierher beordert worden, und jetzt bewegen Sie ihren Arsch gefälligst rüber zu dem Kollegen und sagen ihm, dass ich hier bin. Und das ein bisschen zackig – ich bin nämlich nicht zum Spaß hier!“

Hauptkommissar Keeser sah den Motorradfahrer sofort – kein Wunder, in dem roten Lederanzug leuchtete er aus dem Haufen der dunkel gewandeten Mittelalterleute hervor. Hatte der sich verfahren? Offenbar fand dort drüben ein heftiger Disput zwischen einem der Beamten und diesem Biker statt.

Schließlich kam der besagte Beamte mit hochrotem Kopf und sichtlich wütend zu ihnen herübergestapft.

„Gäbt's Ärcher?“ erkundigte sich Becker, der die beiden anscheinend auch beobachtet hatte.

„Wie es aussieht, werden wir es gleich erfahren“, orakelte Keeser.

„Herr Kriminalhauptkommissar, die Person dort driwwe behauptet, vum K 9 zu sein – hot aber kän Dienstausweis. Stern häßt se, und se määnt, Se wüssten Bescheid.“

„Stern? Sollte der nicht erst nächste Woche seinen Dienst antreten? – Das ist in Ordnung, lassen Sie ihn durch!“

„Ihn? – Des is äne Sie und äne recht frechi noch dazu!“ schnaubte der Beamte und stapfte den Weg wieder zurück.

„Eine Sie?“ rief Keeser ihm verwundert hinterher, wurde aber nicht mehr gehört. Dann sah er, wie sich die Person im roten Leder mühelos unter dem weiß-roten Absperrband durchbückte – was ihn mit ein wenig Neid erfüllte. Resolut kam sie auf ihn zu.

„Des is ja e Frä!“ stieß Becker hervor, als Paula sich näherte.

„Was hat er gesagt?“ erkundigte sich Paula, da sie kein Wort verstanden hatte.

„Dass Sie eine Frau sind“, übersetzte Bernd Keeser schmunzelnd.

„Wow, die pfälzische Polizei ist offensichtlich ein wahres Ermittlungswunder“, bemerkte sie spitz. „Natürlich bin ich eine Frau – haben Sie was anderes erwartet?“

„Ehrlich gesagt ja: nämlich einen Paul.“ Er streckte ihr die Hand entgegen. „Keeser, Bernd Keeser“, stellte er sich vor. „Anscheinend sind wir zwei das neue Dreamteam vom K 9.“

„Paul?“ wunderte sich Paula. „Jetzt fangen Sie auch noch damit an – die Einsatzzentrale wollte schon einen Paul aus mir machen! Paula Stern“, stellte sie sich vor und reichte ihrem Kollegen die Hand. Paula war mit ihren eins achtundsiebzig nicht gerade klein, aber zu Keeser musste sie regelrecht hochsehen. Ihre Hand verschwand fast in der seinen.

„Fer än Paul is se ach viel zu schä!“ stellte Polizeiobermeister Becker wohlwollend fest und reichte ihr ebenfalls die Hand. „Hans Becker.“

„Was hat er vor dem Hans Becker gesagt?“ Paula sah Keeser hilfesuchend an.

„Dass Sie für einen Paul viel zu schön sind“, grinste der Kommissar.

„Himmel, was ist denn das für eine Sprache?“ fragte Paula mit gekräuselter Stirn. „Sprechen die hier alle so?“

„Das ist Pälzisch oder auch Pfälzisch – und ja, in der Pfalz sprechen die meisten Menschen so – zumindest die Eingeborenen. Betrachten Sie mich als Ihren persönlichen Dolmetscher."

„Na bravo, das kann ja heiter werden!" Fast drei Jahre hatte Paula gebraucht, um die Bayern einigermaßen zu verstehen, und jetzt fing alles von vorne an. „Wo bin ich hier bloß gelandet?" fragte sie mit einem Anflug von Verzweiflung und sah sich kopfschüttelnd um.

Keeser klopfte ihr beruhigend auf die Schulter. „Nicht verzweifeln, sieht alles schlimmer aus, als es in Wirklichkeit ist", versuchte er zu trösten.

„Finden Sie? Und was ist mit denen da drüben?" Sie deutete zu den Mittelaltermenschen hinüber.

„Ach die", Keeser lachte, „ja, die sind schon ein spezielles Völkchen. Aber vollkommen harmlos!"

„Harmlos?" Paula betrachtete die Leiche auf dem Boden. „So arg harmlos wohl doch nicht, oder?"

„Das wird sich rausstellen – vielleicht ist Junker Friedhelm ja freiwillig in den Tod gegangen."

„Zum Glück sind unsere Ermittlungsmethoden aus diesem Jahrhundert!" meldete sich Becker zu Wort.

„Sieh an, Sie können ja auch ganz normal sprechen!" Paula sah ihn überrascht an.

„Ist er nicht!" ertönte eine Stimme aus der Nähe der Leiche. Andreas Knopp richtete sich auf und zog die Handschuhe mit einem schnalzenden Geräusch aus.

„Was ist er nicht?" Keeser sah ihn erwartungsvoll an.

„Freiwillig in den Tod gegangen, wie du es so schön ausgedrückt hast, Bernd. Es wurde ihm dabei geholfen." Er reichte Paula die Hand. „Andreas Knopp von der Gerichtsmedizin. Sie sind wohl Bernds neue Kollegin?"

„Paula Stern", stellte sie sich vor.

„Mann, Bernd, wenn das keine optische Aufwertung für dein Team ist!" lachte Knopp.

„Wie meinst du das denn, bitteschön?" Keeser strich sich wohlwollend über seinen unübersehbaren Bauch, und seine dunklen Augen blitzten übermütig unter seinen buschigen Augenbrauen. „Bin ich dir etwa nicht schön genug?"

„Nichts für ungut, mein Lieber, aber sie ist eindeutig um einige Klassen hübscher!" Der Gerichtsmediziner tätschelte Keeser die stoppelige Wange.

„Ihr Kerle geht immer nur nach dem Äußeren!“ maulte Keeser und zwinkerte seiner neuen Kollegin vergnügt zu.

„Was veranlasst Sie zu der Annahme, dass dieser Junker Soundso getötet wurde?“ machte Paula dem Geplänkel ein Ende. Sie war müde und wollte nach Hause.

„Genaues kann ich natürlich erst nach der Obduktion sagen, aber so, wie es aussieht, wurde ihm mit einem scharfen Gegenstand in den Rücken geschlagen. Die Wunde ist nicht tief, war also sicherlich nicht tödlich. Wahrscheinlich hat der grobe Stoff seiner Kleidung einiges abgefangen, auch wenn sie von der Waffe durchtrennt wurde. Und hier“, Knopp hob den Kopf des Toten leicht an und drehte ihn etwas, damit Paula und Keeser sehen konnten, was er ihnen zeigen wollte, „eine recht große Wunde seitlich am Schädel, oberhalb des rechten Ohres.“

Paula ging in die Hocke, um besser sehen zu können.

„Diese Verletzung hätte ihm hundertprozentig einige Kopfschmerzen bereitet, aber sie wäre sicherlich nicht tödlich gewesen – ich denke, der Sturz hat ihm den Rest gegeben.“

„Könnte er auch selbst gesprungen sein und hier unten auf etwas Scharfes gefallen sein? Einen scharfkantigen Stein zum Beispiel?“ wollte Paula wissen.

„Das hab ich auch schon in Betracht gezogen – bei einem Sturz aus solcher Höhe könnte schon ein etwas dickerer Ast solche Verletzungen hervorrufen. Aber unter ihm ist nichts, nur Gras.“ Knopp nickte ihr wohlwollend zu. „Wie gesagt: Genaueres nach der Obduktion! Aber erst müssen wir den armen Kerl ein bisschen zusammenkratzen und so weit wie möglich an einem Stück auf einen meiner Tische bekommen.“ Er winkte seinen Mitarbeitern. „Wir seh'n uns!“ Er hob zum Abschied die Hand und eilte davon.

„Knopp ist übrigens auch Bayer, Frau Stern“, sagte Keeser.

„Ich bin Fränkin, keine Bayerin!“

„Ich dachte, Sie kommen aus München?“

„Ich bin gebürtige Würzburgerin, und das liegt in Unterfranken. Wir sind also Franken und keine Bayern – da legen wir übrigens großen Wert drauf“, informierte ihn Paula. „In München – also in Bayern – habe ich nur die letzten drei Jahre gearbeitet.“

„Aber Franken gehört doch meines Wissens zu Bayern?“ wunderte sich Polizeiobermeister Becker.

„Das ist schon richtig, aber wir Franken sind trotzdem keine Bayern!“ insistierte Paula.

„Ist ja jetzt gut – die Franken sind mir eh viel lieber als die Bayern, weil die einen guten Wein machen.“ Keeser grinste breit. „Obwohl ... so ein gutes Bier ja auch nicht zu verachten ist!“

Paula sah nach oben und entdeckte auf einer breiten Holzbrücke noch mehr mittelalterlich gewandete Schaulustige, die neugierig zu ihnen herabsahen. „Da sind ja noch mehr von der Sorte! Ist hier ein Nest?“

„Hier findet gerade ein großes Mittelalterfest statt, ein sogenanntes Spectaculum“, erklärte Keeser. „Kollege Becker kann Ihnen da aber mehr erzählen als ich. Aber jetzt sollten wir mal da hochgehen.“

Paula marschierte vor den beiden Beamten her, wobei ihr langer, blonder Zopf lustig hin und her pendelte. Von hinten hätte man sie für einen schlaksigen jungen Kerl halten können – wäre da nicht der hüftlange Zopf gewesen ... und natürlich der Gang. Kein Arsch in der Hose, dachte Keeser bei sich. Hoffentlich war diese Paula Stern keines von diesen Magerhühnern, die ja kein Gramm zunehmen wollten und die nur an trockenen Salatblättern knabberten!

Die männlichen Mittelalterfans drehten sich alle nach ihr um und sahen ihr nach. Ha, egal, ob Mittelalter oder Gegenwart – da sind wohl alle Kerle gleich! stellte Keeser amüsiert fest. Sie schauen jedem Weiberrock hinterher, auch wenn es eine Lederhose ist! Auf dem Parkplatz angekommen, betrachtete er Paulas Motorrad eingehend. „Das ist ja ein nettes Teilchen!“ brummte er anerkennend. „Wie viele PS hat sie denn?“

„Hundertvierundsiebzig“, gab Paula stolz Auskunft.

„Wow, das sind ja mehr, als mein Auto hat!“

„Sie gehören wohl aach zu der Fraktion, die wie die Bekloppten zum Johanniskreuz hochjaache un wieder runner“, meldete sich Becker zu Wort. „Und wir misse euch dann wieder vun der Strooß abkratze!“

„Johanniskreuz?“ Paula hatte keine Ahnung, was er meinte.

„Ein beliebter Treffpunkt für Motorradfahrer hier ganz in der Nähe – das Wellbachtal, da geht's recht kurvig hoch. Jedes Jahr gibt es auf dieser Strecke ein paar Tote“, erklärte Keeser.

„Man kann mit viel PS auch langsam und vernünftig fahren“, sagte Paula.

„Wer's glaubt, werd selig!“ Becker ließ sie stehen und ging weiter zur Brücke.

„Wollen Sie den Helm in meinen Wagen legen? Dann müssen Sie ihn nicht immerzu mit sich rumschleppen“, bot Keeser an.

„Gute Idee.“ Paula legte ihren Helm in den Kofferraum, den Keeser für sie öffnete. Sie folgten Becker über die Brücke hinweg über den Burggraben. Ehrfürchtig bildeten die Schaulustigen eine Gasse für sie.

„Essen Sie gerne?“ platzte es aus dem Kommissar heraus, als sie das kleine Burgtor durchschritten.

„Essen?“ Paula sah ihn überrascht von der Seite an. „Jetzt im Moment würde ich besonders gerne etwas essen, am besten eine Kuh, gefüllt mit einem Elefanten! Ich habe nämlich zuletzt was in München gegessen, bevor ich in die Pfalz gefahren bin – gefrühstückt, um genau zu sein.“

Er lachte. „Ob Sie generell gerne essen, wollte ich wissen. So schlank, wie Sie sind ...“

Sie lachte ebenfalls. „Ich esse für mein Leben gerne – und viel. Ich mag Kalorien und Cholesterin in jeglicher Form!“

Hauptkommissar Keeser lächelte erleichtert und nickte. „Das beruhigt mich sehr – so eine Abnehm-Missionarin oder verbissene Salatschnecke als Kollegin wäre für mich nämlich ein echter Albtraum!“

Sie näherten sich der Stelle, von der aus Kaltwein gestürzt sein musste. Sie war großräumig abgesperrt, auch hier waren zwei große Strahler installiert, die die Szenerie fast unwirklich erscheinen ließen. Die immer wieder aufflammenden grellen Blitzlichter des Fotografen taten ihr Übriges.

„Können Sie kochen?“ bohrte Keeser weiter.

„Zum Überleben langt’s. Ich bin eher die perfekte Wärmerin. Aber backen kann ich recht gut!“ Paula beugte sich über die fast einen Meter breite Mauer und sah in die Tiefe, wo gerade die Leiche abtransportiert wurde.

„Auch Frankfurter Kranz?“

„Was?“ Sie sah ihren neuen Kollegen irritiert an.

„Also, mein Hobby ist Kochen – und Essen, wie man unschwer erkennen kann“, er liebkoste abermals seinen Bauch. „Mit dem Backen hapert’s leider ein wenig – aber ich esse sehr gerne Kuchen. Wenn Sie also wirklich gut backen können, würden wir uns doch wunderbar ergänzen!“

„Ich dachte, ich soll Sie beruflich ergänzen“, grinste Paula.

„Das eine muss ja das andere nicht ausschließen, oder? So ein kleiner Kuchen zum Arbeitseinstand wäre doch eine exzellente Gelegenheit, Ihr Können unter Beweis zu stellen!“ Er zwinkerte ihr zu.

„Verstehe ich das richtig? Meine Fähigkeiten in Bezug aufs Kuchenbacken sind Ihnen derzeit wichtiger als meine Fähigkeiten im Job?“

„Nun, Ihre Fähigkeiten im Job werde ich ja zwangsläufig miterleben. Aber wenn wir das Thema Kuchenbacken nie angesprochen hätten, würden

Sie vielleicht nie auf die Idee kommen, einen Kuchen für die Abteilung zu backen – ich määän jo blooss", grinste er sie frech an. „Ich meine ja bloß", fügte er betont hochdeutsch hinzu.

„Na, mal schaun, was ich für Sie tun kann", grinste sie zurück. Er schien ja recht nett zu sein, ihr neuer Kollege.

Dreißigacker kam zu ihnen herüber.

„Das ist Paula Stern, meine neue Kollegin", stellte Keeser sie dem Kriminaltechniker vor, und es klang fast ein wenig stolz.

„Na, endlich mal nicht so ein dicklicher, muffiger Kerl!" lachte Dreißigacker und schüttelte ihr sichtlich erfreut die Hand.

„Was willst du denn damit sagen?" brummte Keeser gespielt beleidigt.

„Hier gab es eindeutig einen Kampf", kam Dreißigacker ohne Umschweife zur Sache. „Muss recht heftig gewesen sein, nach den Spuren zu urteilen. Allerdings sind hier so viele Fußabdrücke im Sand, dass es schwer sein wird, die relevanten herauszufiltern. Es waren hier in den letzten Tagen halt doch recht viele Menschen unterwegs."

„Haben Sie eine Waffe gefunden?" wollte Paula wissen.

„Nein, bisher noch nicht, aber wir sind ja noch ganz am Anfang der Ermittlungen. Hier oben werden wir noch heute Nacht alles absuchen, aber da unten", er zeigte in Richtung Mauer, „wird das schon schwieriger werden. Morgen ist hier wieder die Hölle los."

„Und morgen Abend packen die Mittelaltertypen alles wieder zusammen und verschwinden?" fragte Paula. „Dann sollten wir am besten gleich mit der Zeugenbefragung beginnen. Ich hab heute eh nichts Besonderes mehr vor", fügte sie leicht sarkastisch hinzu.

Keeser schickte seufzend einen letzten wehmütigen Gedanken an sein Essen. „Eben, was könnte man schon Schöneres machen, als müden Menschen die Würmer aus der Nase zu ziehen", grunzte er.

„Zwä vun meine Kolleche sinn schun dabei, alle Name uffzuschreiwe", Becker verfiel wieder in breitestes Pfälzisch.

„Was der werte Kollege Becker mitteilen wollte, ist, dass zwei seiner Männer schon damit beschäftigt sind, alle Anwesenden auf der Burg namentlich zu erfassen", übersetzte Keeser ungefragt.

Paula schenkte ihm einen dankbaren Blick. „Na, dann mal los!"

Auf dem Weg zur Brücke kam ihnen ein weiterer Beamter entgegen, der ihnen mit den Worten „Viel Spaß damit!" ein Klemmbrett mit einer mehrere Seiten langen Namensliste überreichte. Paula überflog die Liste. „Sechs Seiten – das schaffen wir ja heute nie und nimmer!"

„Und das sind nur die Leute, die hier oben lagern – die Konzertbesucher von außerhalb waren alle schon verschwunden."

„Konzertbesucher? – Das wird ja immer komplizierter!" stöhnte Paula.

„Hat keiner behauptet, dass es einfach werden würde." Keeser tätschelte ihr väterlich den Rücken.

„Gibt es irgendwelche Räumlichkeiten, wo wir die Leute befragen können?"

„In der Burgschenke, gleich hier um die Ecke", sagte Becker. „Das ist schon mit dem Wirt abgeklärt."

Paula ging in die angewiesene Richtung, kam durch ein Burgtor und trat auf den großen Burghof. Auch hier war alles hell erleuchtet. Unzählige Reihen von Holzbänken standen unter riesigen alten Bäumen, zwischen denen Lichterketten im Wind schaukelten. Es musste herrlich sein, hier zu sitzen, ein Bierchen oder einen Kaffee zu trinken und den Blick ins Land schweifen zu lassen! Schade, dass sie dieses fantastische Gemäuer unter solch unangenehmen Umständen kennenlernen musste. Fasziniert lief sie nach links zur hüfthohen Mauer und sah hinab auf das erleuchtete Klingenmünster. Direkt unter ihr, im früheren Wehrbereich, waren Zelte aufgebaut – hier hausten also die Mittelalterfans.

Als sie sich umdrehte, sah sie die Schänke, dicht angeschmiegt an die mächtige Burgmauer und den alles überragenden Burgturm. Die Tür stand offen, und sie betrat einen kleinen, gemütlichen Raum mit ein paar Tischen.

Keeser folgte ihr. „Gibt's noch was zu essen?" rief er über die Theke in die Küche hinein.

„Kummt druff aa, was Sie wolle", kam die Antwort zurück.

„Flammkuchen?" fragte Keeser laut. Er beugte sich zu Paula hinab und raunte ihr zu: „Der ist hier besonders gut!"

„Des geht, der Offe is nuch häääß!" Der Mann, dem die Stimme gehörte, kam aus der Küche und betrachtete die beiden. „Äääner oder zwä?"

„Flammkuchen? Kenn ich nicht – was ist denn das?" Paula spürte bei dem Gedanken an Essen ihren leeren Magen rumoren.

„Mögen Sie Speck, Sauerrahm und Zwiebeln?"

„Grundsätzlich ja", sagte Paula vorsichtig.

„Dann mögen Sie Flammkuchen ganz bestimmt!" entschied Keeser. „Zwää", sagte er und streckte zur Bestärkung seiner Bestellung Zeige- und Mittelfinger in die Luft.

„Sinn Sie vun der Bolizei?" wollte der Mann noch wissen.

„Ja, das sind wir", bestätigte Keeser.

„Alles klar, Herr Kommissar – zwää Flammkuche fer die Bolizei! Kummt sofort!“

Sie setzten sich gerade an einen Tisch, als Becker hereinkam. „Wie soll’n mer’s denn mache, Herr Keeser? Soll ich Ihne gleich ään roischicke?“

„Machen Sie nur – je eher, desto besser!“ sagte Paula.

„Na, Sie verstehen den guten alten Becker ja schon ganz gut!“ Keeser zwinkerte ihr zu.

Ein betörender Duft zog von der Küche herüber.

„Wenn das so gut schmeckt, wie es jetzt schon riecht, dann werde ich hundertprozentig ein großer Fan von Flammkuchen!“

„Aach was zum Dringe?“ erkundigte sich der Koch.

Beide bestellten sich ein alkoholfreies Hefeweizen.

„Des is awwer e schäni Frau Kommissarin“, stellte er fest, als er die Getränke brachte. „Die im Fernseh sinn ja määst so derwe Weiwersleit!“

„Vielen Dank“, murmelte Paula und errötete leicht. „Was heißt denn ‚derwe Weiwersleit‘?“ erkundigte sie sich bei ihrem Kollegen, als sie wieder alleine waren.

„Derbe Frauen“, übersetzte dieser gutmütig. „Ihr Einstand war ja mehr als positiv – alle Kerle sind in Sie verliebt!“

„Ach, die kennen mich nur noch nicht näher – das wird sich schnell wieder legen“, winkte Paula verlegen ab.

Becker brachte den ersten Zeugen herein.

„Oh, Junker Gieselher“, erinnerte sich Paula. „Nehmen Sie doch bitte Platz.“ Sie zeigte auf den Stuhl ihr gegenüber. Ein Strahlen erhellte sein rundes Gesicht mit der Brille. Seit wann gibt es eigentlich Brillen? überlegte Paula kurz und entschied, dass Junker Gieselher in der Zeit, in der er unbedingt leben wollte, wahrscheinlich blind wie ein Maulwurf gewesen wäre.

„Mein Name ist Paula Stern, und ich möchte Ihnen ein paar Fragen zu dem Toten stellen“, eröffnete sie die Befragung.

„Wohlan, fraget Eure Fragen!“ Es klang fast erfreut. Er hatte seine Hände jeweils in den Ärmel des anderen Armes gesteckt. Mönche pflegten das wohl so zu tun – Paula musste unweigerlich an Robin Hood und den dicken Bruder Tuck denken.

„Wie Sie mir ja schon erzählt haben, haben Sie den Leichenfund gemeldet.“ Paula versuchte ruhig zu bleiben.

Keeser sah sie überrascht an.

„Ja, Junker Gieselher und ich hatten schon das Vergnügen“, erklärte sie ihm.

„Wohl wahr, ich war derjenige, der Friedhelms zerschmetterte Gebeine fand und die Hüter des Gesetzes herbeirief!“ verkündete Gieselher theatralisch.

„Mit Ihrem Mittelalterhandy?“ fragte Paula scheinheilig.

Verlegen steckte Junker Gieselher seine Hände noch tiefer in die weiten Ärmel seines Gewandes. „Wahrlich eine verteufelt moderne Technik, das muss ich zu meiner großen Schande eingestehen ...“, er sah sie an und lächelte verschmitzt, „aber in Anbetracht der Notlage doch eine wunderbare Erfindung, deren neumodische Vorteile ich zu diesem Zeitpunkt nicht umhinkam, zu nutzen.“

„Sie heißen Frank Müller?“ Lange würde sie dieses blödsinnige Gelaber nicht mehr ertragen.

„Das entspricht der Wahrheit – übermorgen, ab Sonnenaufgang wieder ...“

„Was machen Sie, wenn Sie nicht gerade spielen, Sie wären im Mittelalter?“

„Ich bin Lagerist bei Hornbach“, sagte er kleinlaut und weniger schwülstig.

„Wie gut kannten Sie Ernst Kaltwein?“

„Ihr meint Junker Friedhelm?“

„Ich meine Ernst Kaltwein“, zischte Paula scharf. Keeser saß grinsend daneben.

„Nun, unsere Zusammentreffen beschränkten sich stets auf das mittelalterliche Beisammensein. Wir verwenden hier nur unsere Mittelalternamen – ich kenne ... ähm, kannte Junker Friedhelm nur von hier.“

„Und, wie war Junker Friedhelm? Mochten Sie ihn? War er beliebt?“ Paula sah den Koch mit zwei Holzbrettern aus der Küche kommen. Eines davon stellte er genau vor sie auf den Tisch. Verdammt, roch das gut!

„Sie entschuldigen?“ fragte sie halbherzig, nahm eines von dem in mehrere kleine Stücke geschnittenen pizzaähnlichen Gebäck und biss gierig hinein.

„Guten Appetit“, wünschte Keeser und biss seinerseits in ein Stück Flammkuchen. „Und?“ fragte er mit vollem Mund. „Is er gut?“

„Einfach himmlisch“, seufzte Paula glücklich und stopfte sich den Rest des Stückes in den Mund. Jetzt dankte sie dem Universum, dass es sie hierher in die Pfalz verschlagen hatte!

Junker Gieselher alias Frank Müller sah ihr schwer schluckend beim Essen zu. Sie war versucht, ihm ein Stück davon anzubieten, entschied sich dann aber dagegen: Den ersten Flammkuchen ihres Lebens wollte sie mit niemandem teilen.

„Was ist denn nun?“ fragte sie zwischen zwei Bissen. „War dieser Friedhelm beliebt?“

„Nun, vor allem bei den Weibersleuten!“ sprudelte es aus Müller heraus. „Sie waren ihm fürwahr alle sehr zugetan.“

„Soll heißen: die Männer eher nicht?“ hakte Paula kauend nach.

Er schwieg kurz. „Um der Wahrheit Ehre zu tun ... nicht sonderlich“, stammelte Müller. „Sogar mit seinem Sohn hatte er heute Morgen einen heftigen Disput!“

„Mit seinem Sohn? Worum ging es dabei?“

„Keine Ahnung – aber sie haben sich laut angeschrien.“

„Dieser Sohn – wie ist sein Name?“

„Martin ... Markus ... irgendwas mit M.“ Er zuckte die Schultern.

„Ist er auch hier im Lager? Steht er auf der Liste?“

„Nein, der hat mit uns nichts am Hut – deswegen weiß ich ja auch nicht, wie er heißt.“

Paula nahm ein leeres Blatt vom Klemmbrett und notierte: *Ernst Kaltwein – Streit mit Sohn (?).* „War Ernst Kaltwein ein Weiberheld?“

Müller nestelte nervös in seinen Ärmeln herum. „Nun denn, so mag man einen Recken wie ihn wohl nennen!“

Paula klatschte mit der flachen Hand auf den Tisch, dass ihr Flammkuchen munter auf dem Brett herumhüpfte. Keeser sah erschrocken von seinem Essen auf. „Reden Sie um Himmels willen endlich wie ein normaler Mensch aus diesem Jahrhundert, sonst bekomme ich Magenschmerzen! Und dann kann ich wirklich unangenehm werden, und das wollen Sie doch bestimmt nicht riskieren!“

Frank Müller schüttelte den Kopf. Er trug sein dünnes mausbraunes Haar kinnlang, wobei er versuchte, einen Teil der Haare so über seine beginnende Glatze zu kämmen, dass diese nicht auffiel. Paula hatte das schon öfter bei sehr eitlen Männern beobachtet und stets feststellen müssen, dass das nicht nur lächerlich aussah, sondern auch nie von Erfolg gekrönt war. Wie alt mochte er sein? Höchstens dreißig und hatte schon so einen breiten Scheitel! Armes Kerlchen, dachte sie mitfühlend.

„Er lief jedem Weiberrock hinterher“, murmelte Müller eingeschüchtert.

„Na also, geht doch. Hat er eine Frau?“

Frank Müller nickte.

„Und? – Ist seine Frau auch so ... mittelalterbegeistert? Macht sie bei diesem Qua... – macht sie bei dieser Sache hier auch mit?“ Wieder nickte Müller devot. „Hat sie einen Namen? – Verdammt, lassen Sie sich doch nicht alles aus der Nase ziehen!“

Müller zog erschrocken den Kopf ein. „Trauthilde“, antwortete er, und nach einem Blick in Paulas zusammengekniffene Augen fügte er schnell hinzu: „Monika.“

„Brav. – Ist sie hier?“ Paula warf einen prüfenden Blick auf das Deckblatt der Namensliste, konnte aber diesen Namen nicht entdecken. Sie hob Keeser ihre fettigen Finger entschuldigend entgegen. „Herr Kollege, könnten Sie mal nachsehen, ob wir eine Monika Kaltwein beziehungsweise eine Trauthilde auf unserer Liste haben?“ Sie leckte sich die Finger trotz der mitgelieferten Serviette gründlich ab – sie wollte auf keinen Fall auch nur einen Brösel dieses köstlichen Essens vergeuden. Nach eingehender Überprüfung schüttelte Keeser den Kopf.

Frank Müller meldete sich zu Wort. „Die hat immer im Hotel geschlafen – das hier war ihr immer zu primitiv“, sagte er mit abfälligem Unterton. „Tagsüber ist sie stets dabei mit ihren tollen Gewändern, aber nachts geht sie immer ins Hotel.“

„Dann hatte sie ihren Mann doch aber nicht unter Kontrolle“, sagte Paula. Gelegenheit macht schließlich Diebe, und wenn dieser Kaltwein wirklich so ein schlimmer Finger gewesen sein sollte ...

Müller zuckte nur unbeholfen die Schultern.

„Gab es Ärger mit anderen Männern? Eifersüchteleien?“

Der Junker wand sich wie ein Wurm.

„Sie sollen niemanden anschwärzen – aber es geht hier um einen Mord, nicht um irgendwelchen Kinderkram. Einer Ihrer Kumpels oder Junker oder wie auch immer ist gerade auf dem Weg in die Gerichtsmedizin. Wir wollen herausfinden, wer daran Schuld hat – oder möchten Sie Seite an Seite mit einem Mörder Mittelalterspielchen machen?“

„Es gab immer Ärger, egal, wo wir waren“, platzte es schließlich aus Müller heraus. „Irgendein Ehemann fühlte sich immer gehörnt, irgendeine Frau fühlte sich immer betrogen – es war schändlich, wie Junker Friedhelm sich benahm.“ Er warf einen prüfenden Blick auf Paula, aber anscheinend ließ sie ihm das diesmal durchgehen. „Es wurde gemunkelt, dass er unsere Gruppe verlassen müsse.“

„Seine Frau – gab es da in den letzten Tagen irgendwelche Auseinandersetzungen?“

Müller druckste herum. „Nicht mehr als sonst – Trauthilde ... sie kann eine regelrechte Furie sein. Sie warf ihm ein Techtelmechtel mit Jungfer Aurora vor – lauthals und vor uns allen! Das war erst heute Nachmittag – wie von der Tarantel gestochen ist sie danach abgedampft."

„Aurora?" Paulas Stimme klang bedrohlich.

„Ja, Aurora, sie heißt wirklich so, also nicht nur hier bei uns!"

Müllers Blick wanderte hilfesuchend zu Keeser hinüber, der ihn nur angrinste.

„Aurora wie weiter?"

„Keine Ahnung, sie ist erst seit kurzer Zeit bei uns, ist eines Tages mit ihrem Freund Carolus hier aufgetaucht." Abwehrend hob er die Hände. „Ich habe keine Ahnung, wie der wirklich heißt, ehrlich!"

Der Name *Aurora* stand ziemlich weit oben auf der Liste, Aurora Rapp. Den Namen *Carolus* fand sie nicht auf die Schnelle. „Haben wir einen Carolus dabei?" Ungeduldig reichte sie Keeser das Klemmbrett.

„Knappe Carolus", bestätigte er nach längerem Blättern. „Wollen wir uns den als Nächsten zur Brust nehmen? Und die Jungfer gleich mit?"

Paula nickte. „Herr Müller, das war's erst einmal, danke für Ihre Mithilfe. Ihre Adresse und Personalien haben wir ja, wenn also etwas sein sollte, melden wir uns bei Ihnen."

Frank Müller schnellte von seinem Stuhl hoch und strebte dem Ausgang zu.

„Ach, Junker Gieselher", rief ihm Paula nach, „wie war denn überhaupt *Ihr* Verhältnis zu dem Toten?"

Müller drehte sich abrupt um. Er war kalkweiß geworden. „M-mein V-Verhältnis zu ihm?" stotterte er. „Ich hatte nichts mit ihm zu schaffen, also jedenfalls nicht so, wie Sie meinen. Ich bin Single, mir konnte er also keine Frau ausspannen."

„War ja auch nur so ne Frage. – Was wollten Sie eigentlich dort unten, wo Sie die Leiche fanden? War zu der Zeit nicht ein Konzert?"

Müllers Blick huschte hilfesuchend zu Keeser.

„Würde mich auch interessieren", sagte der mit verschränkten Armen.

„Nun, ich kenne deren Musik nur allzu gut ... ich wollte ein wenig spazieren gehen ... außerdem klang die Musik bis in den Burggraben hinab ..."

„Mit wem wollten Sie sich treffen?" Paula sah ihn kühl an.

„Woher ... wie ... ähm ... ich hoffte, Jungfer Aurora dort zu treffen", stotterte Müller.

„Waren Sie dort mit ihr verabredet?"

Er schüttelte mit zusammengekniffenen Lippen den Kopf.

„Und woher dann die Hoffnung, sie im dunklen Burggraben anzutreffen?“

„Ich sah sie in diese Richtung gehen ...“

„Und da sind Sie ihr gefolgt?“

Er nickte.

„Und, haben Sie sie dort noch einmal gesehen?“

Sie bekam ein Kopfschütteln zur Antwort.

„Haben Sie irgendjemand anderes gesehen?“

Noch ein Kopfschütteln.

„Haben Sie etwas Ungewöhnliches gehört, als Sie dort herumliefen?“

„Nur die Musik, die war recht laut.“

„Danke, Herr Müller“, entließ ihn Paula genervt. „Wir wissen ja, wo wir Sie finden, wenn wir noch Fragen haben sollten.“

Polizeiobermeister Becker steckte den Kopf herein.

„Einen Knappen Carolus hätte ich jetzt gerne“, orderte Keeser gestelzt. „Und wer darf es denn für Sie sein, holde Kollegin?“

Paula musste grinsen. „Jungfer Aurora wäre meine erste Wahl.“

Becker schüttelte verwundert den Kopf und verschwand.

Keeser gähnte ausgiebig, ohne sich die Hand vor den Mund zu halten. „Lustiges Völkchen, nicht wahr?“

„Also, einen Knall haben die schon“, bemerkte Paula kopfschüttelnd. Sie kämpfte gegen den Reflex an, ebenfalls zu gähnen. Wenn sie einmal damit anfing, würde sie nicht mehr aufhören können, das wusste sie aus Erfahrung.

Die Tür öffnete sich, und eine junge Frau trat ein. Ihr folgte ein junger Mann. Etwas verlegen standen sie im Raum. Die Frau war eine Schönheit, was das altmodische Kleid und das locker gebundene, rostrote Lockenhaar nur noch mehr unterstrichen. Paula konnte sich gut vorstellen, dass nicht nur Ernst Kaltwein das erkannt hatte. Sie musste an Frank Müllers Reaktion denken – Single und dank Brille nicht blind – vielleicht war er ja eifersüchtig auf Kaltwein gewesen?

„Aurora – was für ein seltener Name. Nehmen Sie doch bitte Platz.“ Paula machte eine einladende Handbewegung zu dem Stuhl hin, den Junker Gieselher gerade frei gemacht hatte.

„Die Göttin der Morgenröte“, sagte die junge Frau und sah sie aus rotgeweinten Augen an. Paula betrachtete den jungen Mann genauer. Sein dickes, braunes Haar wellte sich etwa kinnlang um seinen Kopf. Hätte er nicht diese hässliche Pubertätsakne, wäre er ein kleiner Adonis, stellte sie im Stillen fest.

„Carolus – ist das Ihr richtiger Name?“ wollte sie von ihm wissen.

„Mein Name ist eigentlich Carol, das kommt aus dem Tschechischen und heißt König.“

Aha, eine Göttin der Morgenröte und ein König – manche Eltern wollen mit den Namen ihrer Kinder wirklich hoch hinaus.

„Ich bin Hauptkommissarin Paula Stern, und das ist Kriminalhauptkommissar Keeser. Wir haben einige Fragen an Sie. – Aurora, wie alt sind Sie?“

„Siebzehn.“

Verdammt jung für diesen Kaltwein, dachte Paula. Was wollte ein junges Ding wie Aurora von einem alten Krauter, der mehr als dreimal so alt war wie sie? „Sie sind aus Kaiserslautern, wie ich sehe – ganz schön weit bis hierher. Haben Sie schon den Führerschein?“

Das Mädchen warf einen scheuen Blick zu Carolus hinüber. „Mein Freund hat ein Auto.“

„Wie gut kannten Sie Ernst Kaltwein?“

Aurora schien kurz den Atem anzuhalten, bevor sie antwortete. „Nicht so besonders gut, ich habe ihn erst vor kurzem kennengelernt.“ Eine Träne lief über ihre wohlgeformte sommersprossige Wange.

„Haben Sie mit ihm geschlafen?“

Empörung blitzte in den Augen des Mädchens auf. „Nein, wie kommen Sie denn auf so einen Blödsinn? Wer hat das gesagt?“ fragte sie aufbrausend.

„Gesagt hat das niemand, aber der Tote war kein Kind von Traurigkeit und außerdem dem weiblichen Geschlecht sehr zugetan. Sie weinen – Sie scheinen also sehr ergriffen zu sein, und ich habe nur meine Schlüsse daraus gezogen. Er hat Ihnen also nicht nachgestellt?“

„Nachgestellt? Was ist denn das für eine doofe Frage!“

„Natürlich hat er dir nachgestellt!“ mischte sich Carolus plötzlich ein. „Ständig ist er um dich herumscharwenzelt. Aurora hier, Aurora dort – widerlich war das. So ein alter Lustgreis! Geschieht ihm ganz recht, was da passiert ist!“ Trotzig verschränkte der junge Mann die Arme vor der Brust.

„Wann haben Sie denn Ernst Kaltwein zuletzt gesehen?“ mischte sich Keeser ein, der mit seinem Stuhl näher an Paula herangerückt war. Er wollte nichts verpassen.

„Warum wollen Sie das wissen? Beim Abendessen ...“ Er stutzte und sah von einem Kommissar zum anderen. „Wollen Sie mir das etwa anhängen? Ich glaub es nicht! Warum hätte ich das denn tun sollen?“

„Aus Eifersucht vielleicht? Das ist ein beliebtes Tatmotiv – eines der beliebtesten überhaupt“, brummte Keeser.

Aurora sah ihren Freund entsetzt an. „Du hast am Nachmittag mit ihm gestritten ... ich habe euch gesehen, kurz vor dem Abendessen“, sagte sie leise.

„Ach ja? Worüber denn?“ Paula beugte sich interessiert vor.

Carol schenkte seiner Freundin einen finsteren Blick.

Keeser beugte sich ebenfalls über den Tisch. „Ging es da zufällig um Ihre Freundin?“

Carolus machte einen Schmollmund wie ein kleines Kind, was irgendwie nicht zu seinem Dreitagebart passte. Er schwieg. Paula war sich sicher, er würde die Frage nicht beantworten.

„Ich sagte ihm, er solle die Finger von Aurora lassen, sonst würde ich es seiner Frau sagen!“ würgte er dann doch hervor.

Paula schrieb als nächsten Punkt *Ernst Kaltwein – Streit mit Carolus* auf.

„Und wie hat Kaltwein reagiert?“ Kommissar Keeser sah ihn gespannt an.

„Er hat gelacht – er hat mich einfach ausgelacht! Dann hat er sich umgedreht und mich stehen lassen!“ Ein wütendes Funkeln erschien in seinen wasserblauen Augen.

„Fand er Ihre Idee, er hätte was mit Aurora, absurd? Oder lachte er, weil es ihm keinerlei Angst machte, dass seine Frau davon erfuhr?“

Paula versuchte sich die Situation vorzustellen: Ein junger Schnösel will einen Älteren, einen erfolgreichen Anwalt, zur Rede stellen und ihn dann auch noch erpressen – das alles in mittelalterlicher Verkleidung und auf der beeindruckenden Mittelalterbühne dieser Burg. Wie ein großangelegtes Theaterstück – konnten diese *Ritter König Dagoberts* da überhaupt Spiel und Wirklichkeit auseinanderhalten?

Carolus zuckte nur mit den Schultern.

„Kaltwein hat Sie also nicht ernst genommen – das hat Sie doch sicherlich richtig wütend gemacht, oder?“ hakte Paula nach. „Und dann sind Sie ihm nachts gefolgt und haben ihn über die Mauer segeln lassen!“

„Nein!“ stritt Carolus vehement ab. „Der Kerl war zwar ein Widerling, aber umgebracht hab ich ihn deswegen noch lange nicht! Reden Sie doch mal mit diesem anderen Typen, diesem Wambsganß – der war echt mies auf ihn zu sprechen!“

Ein Handy klingelte ganz in der Nähe, und alle sahen sich fragend an.

„Meins“, erkannte Paula schließlich und holte es aus der Jacke.

Der aufleuchtende Name auf dem Display ließ ihren Blick verdunkeln, und sie drückte den Anrufer weg.

„Entschuldigung – wo waren wir stehengeblieben?“ sagte sie etwas fahrig.

„Bei Wambsganß", bemerkte Keeser und sah seine neue Kollegin forschend an. Besonders angenehm schien ihr dieser Anruf nicht gewesen zu sein. „Junker Wambsganß?" fragte er nach und kontrollierte die Liste, ohne fündig zu werden.

„Kein Junker – Klaus Wambsganß, ein Eheberater", berichtigte Carolus.

„Die Kaltweins waren also beim Eheberater?" Unter diesen Umständen käme dann ja auch die unzufriedene Ehefrau als möglicher Täter in Frage – eine Übernachtung in einem Hotel musste ja schließlich nicht heißen, dass sie auch die ganze Nacht dort zugebracht hatte. Keeser freute sich über den regen Zuwachs von Verdächtigen. Dass ein Eheberater seine Klienten auf einer Burg therapierte, war ihm allerdings neu.

„Nee, Wambsganß ist nicht der Eheberater vom Kaltwein – er ist der Exmann von Kaltweins derzeitiger Frau", berichtigte der Knappe großmütig.

„Sie sind ja richtig gut informiert", sagte Paula und steckte das Handy wieder in die Jackentasche. „Haben Sie vorhin nicht gesagt, Sie wären noch nicht lange dabei bei diesem ... ähm, Mittelalterding? Und dann breiten Sie plötzlich das Privatleben des Ermordeten vor uns aus."

„Ich hab nur ein bisschen recherchiert – man muss doch wissen, mit was für Leuten man es zu tun hat!" Carolus konzentrierte sich auf seine nervösen Finger und pulte Dreck unter seinen Nägeln hervor.

„Sie sind mir einer! – Schon mal überlegt, in den Polizeidienst zu gehen?" lachte Keeser gutmütig.

„Also, ich finde es nicht so lustig, dass uns der Kerl hier die Hucke volllügt!" blaffte Paula ihren Kollegen an.

Keeser legte ihr begütigend die Hand auf den Arm.

„Gehört es nicht eigentlich zum Kodex der Dagobertsritter, das wahre Leben außen vor zu lassen?" Der Kommissar sah den jungen Mann vor sich eindringlich an. Auf einmal fühlte er sich hundemüde – der Gedanke, einfach die Augen zu schließen und sich dem wohlverdienten Schlummer zu überlassen, war sehr verlockend.

„Dieser Wambsganß gehört also nicht zu diesem Verein hier?" Paula deutete auf die Liste, die vor ihr lag.

„Nee", war die kurze Antwort.

Paula notierte den Namen *Klaus Wambsgans* als dritten Punkt – den Mann mussten sie sich also so bald wie möglich vorknöpfen.

„Mit scharfem S", korrigierte Keeser.

Paula sah ihn zweifelnd an.

„Ist ein recht häufiger Name hier, glauben Sie mir!"

Paula machte aus dem s ein ß.

„Der war aber heute Morgen hier und machte dem Kaltwein die Hölle heiß!" ergänzte Carolus mit plötzlich einsetzendem Eifer. „Die beiden haben sich ganz schön angeschrien."

„Worum ging es dabei? Haben Sie was davon mitbekommen?"

„Um Geld und Schweine", gab Carolus Auskunft.

„Um Schweine?"

„Na ja, Wambsganß nannte Kaltwein ein Schwein, und Kaltwein nannte Wambsganß ebenfalls ein Schwein."

„Und was war mit dem Geld?" wollte Keeser wissen.

„Ach, das hab ich nicht so genau mitgekriegt – der Wambsganß brüllte herum, der Kaltwein und seine Ex hätten ihn schon genug ausbluten lassen, und dass er sich das nicht länger bieten lassen würde – so was in der Art."

„Wurden die beiden handgreiflich?"

„Nicht direkt, der Wambsganß hat den Kaltwein ein bisschen rumgeschubst, mehr nicht. Dann ist er wütend davongelaufen."

„Was war Ernst Kaltwein für Sie, Aurora – auch ein Widerling, wie Ihr Freund so schön sagte?" Paula schenkte nun Aurora wieder ihre Aufmerksamkeit.

„Er war kein Widerling, ganz im Gegenteil – er war sehr nett, höflich, charmant ..." Wieder sammelten sich Tränen in ihren auffallend grünen Augen.

„Klar, weil er dich flachlegen wollte", zischte Carolus zu ihr herüber.

„Das wollte er überhaupt nicht!" zischte das Mädchen böse zurück. „Er war immer ein Gentleman!"

Nun, alle anderen Menschen auf dieser Burg sind da irgendwie ganz anderer Meinung, dachte Paula. War dieses süße Ding am Ende einfach nur zu jung für den Womanizer Kaltwein gewesen, weil er sich angeblich so ehrenhaft zurückgehalten hatte? – Oder log sie, um ihrem Freund nicht wehzutun?

„Mit wem wollten Sie sich während des Konzerts treffen?"

„Ich? – Wie kommen Sie denn darauf?" Aurora sah Paula überrascht an. „Mit wem hätte ich mich denn treffen sollen?"

„Sagen Sie uns das", forderte Keeser sie ruhig auf.

„Ich war die ganze Zeit beim Konzert – ganz vorne an der Bühne." Sie deutete auf ihren Freund. „Carolus kann das bestätigen."

„Sie wurden aber gesehen, wie Sie den Burghof alleine verließen ..."

„Von wem? Der lügt auf jeden Fall!" Ihre vorhin noch blassen Wangen glühten jetzt vor Zorn.

„Uns kam seine Geschichte aber recht glaubhaft vor ...“

„Ha, das kann sich doch nur Gieselher, dieser Spinner, ausgedacht haben!“ sagte Aurora erbost. „Bloß weil ich ihn abblitzen ließ, erfindet er solche Lügengeschichten, dieser Mistkerl!“ Sie verschränkte die Arme vor ihrer Brust. „Ich war beim Konzert – die ganze Zeit!“

„Das stimmt“, mischte sich Carolus ein. „Wir waren zusammen genau vor der Bühne – das ganze Konzert hindurch.“ Er wechselte einen kurzen Blick mit seiner Freundin, die aber schnell wieder wegsah. „Ich hätte es gemerkt, wenn sie weggegangen wäre.“

Paula suchte in seinen jungenhaften Zügen nach den typischen Anzeichen einer Lüge – gut möglich, dass er nicht die Wahrheit sagte, um seiner Freundin zu helfen. Aber da war nur Entrüstung abzulesen.

„Er sagt aber, er sei Aurora nachgegangen ...“

„Der ist doch blind wie ein Maulwurf!“ rief Aurora. „Wer weiß, wen er glaubt, verfolgt zu haben – mich jedenfalls nicht!“

„Das war etwa zu der Zeit, als Ernst Kaltwein zu Tode kam.“ Keeser sah die junge Frau eindringlich an. Sie wurde schlagartig wieder blass.

„Und hat er etwa auch gesehen, wie ich Ernst umgebracht habe?“ antwortete sie angriffslustig.

„Das nun wieder nicht“, musste Keeser zugeben.

„Kann er auch nicht, weil ich nicht dort war!“

„Wir werden schon rausfinden, wer von Ihnen beiden die Wahrheit sagt“, brummte Keeser und streckte den Rücken.

„Und Sie, Carolus, waren Sie die ganze Zeit auf dem Konzert?“ fragte Paula – ihr ging dieser Blick nicht aus dem Kopf, den das junge Paar zuvor gewechselt hatte.

„Aber ja ... das sagte ich doch!“ Er schluckte sichtbar.

„Sie sagten, Aurora wäre die ganze Zeit dagewesen – waren Sie es auch?“

„Sonst könnte ich ja schlecht behaupten, ich hätte sie die ganze Zeit gesehen, oder?“ blaffte er sie an, wirkte aber verunsichert.

„Waren Sie die ganze Zeit dort?“ hakte Paula nach.

„Ich war mal kurz pinkeln. Da war ne Menge los vor den Toiletten, und ich stand einige Zeit in der Schlange, bis ich endlich drankam. Das waren aber höchstens zehn Minuten“, gab er schließlich mit reumütigem Blick zu.

Zu kurz, als dass Aurora zu Kaltwein gelangen und ihn hätte umbringen können, entschied Paula. Ebenfalls zu wenig Zeit für Carolus, sich durch die Menge zu drängen, zu Kaltwein zu gelangen und ihn umzubringen.

„Wir sollten für heute Schluss machen“, schlug Keeser an diesem Punkt vor. „Es ist spät, wir sollten alle eine Mütze voll Schlaf nehmen – morgen ist auch noch ein Tag.“ Er warf einen prüfenden Blick auf seine Uhr. „Besser gesagt: später – wir haben ja schon längst morgen!“

Erleichtert standen die jungen Leute auf und verließen nach kurzem Gruß den Raum.

Der extrem müde aussehende Polizeiobermeister Becker kam herein.

„Mann, Becker, Sie sehen so müde aus, wie ich mich fühle! Wir machen morgen weiter – sagen Sie dem Volk da draußen, dass keiner Klingenmünster verlassen darf.“ Keeser drückte ihm das Klemmbrett mit der Namensliste in die Hand. „Die Kollegen sollen gleich morgen früh mit der Befragung weitermachen. – Ach, und Becker, versuchen Sie doch noch rauszukriegen, in welchem Hotel die Frau Kaltwein nächtigt – Sie können mich ja anrufen.“

Dankbar verschwand Becker.

Wieder klingelte Paulas Handy. Keeser sah sie danach greifen und kurz zögern. Dieses Mal drückte sie das Gespräch jedoch nicht weg.

„E molto tardi“, fauchte sie in das Telefon und drehte sich weg. „Che cosa vuoi?“ Sie lauschte und sagte dann ungehalten: „Abbiamo parlato abbastanza – e finito! Mi lascia in pace!“ Sie klappte das Handy zu und stopfte es zornig in die Jacke zurück.

„Also, des is ja echt witzisch – unner schä Pälzisch versteht se net, aber idalienisch babble kann se wie e Buch!“

„Was?“ fragte Paula sichtlich durcheinander.

„Ich sagte, dass das echt witzig ist, dass Sie unser schönes Pfälzisch nicht verstehen, aber Italienisch reden Sie wie ein Buch“, sagte Keeser. „Ein unangenehmer Anrufer?“ fragte er und deutete in Richtung Telefon.

„Kann man so sagen – quasi meine höchstpersönliche Leiche im Keller.“ Paula versuchte ein Grinsen, das aber gründlich missglückte.

„Aber anscheinend eine noch recht lebendige Leiche“, neckte Keeser.

„Leider“, seufzte sie.

„Der Ex?“

„Der Ex, der das einfach nicht akzeptieren will“, verriet Paula.

„Wollen Sie darüber reden?“

„Nein“, antwortete sie brüsk, fügte dann aber etwas sanfter hinzu: „Ein andermal vielleicht.“

„Bekomme ich wenigstens eine Übersetzung?“

Paula sah ihn prüfend an, bevor sie ihm kühl antwortete: „Wenn ich gewollt hätte, dass Sie das Gespräch verstehen, hätte ich Deutsch gesprochen.“

Keeser hob die Schultern. „Alla gut, dann halt net!“ brummelte er und drehte sich zum Ausgang.

„Ich habe ihm gesagt, dass wir genug geredet hätten und er mich in Ruhe lassen soll“, besann Paula sich plötzlich anders. Das, was sie in der kurzen Zeit von Keeser kennengelernt hatte, war ihr sehr sympathisch, er schien wirklich ein netter Kerl zu sein – und: sie würde künftig mit ihm zusammenarbeiten müssen. Und das würde auch heißen, dass sie sich zwangsläufig näher kennenlernen würden – warum also nicht gleich damit anfangen?

„Ein Italiener also“, stellte Keeser auf dem Weg zum Parkplatz fest. Jetzt, da die Polizei abgezogen und mit ihnen die großen Strahler verschwunden waren, lag der Platz in Dunkelheit gebettet. Nur die Burg über ihnen wurde noch angestrahlt.

„Sizilianer, aber hier aufgewachsen“, ergänzte Paula.

„Ein Mafioso – Himmel, haben wir hier in Deutschland nicht genügend nette Kerle? Muss es denn ausgerechnet ein Mafioso sein?“

Paula musste lachen – ziemlich genau die gleichen Worte hatte damals ihr Vater benutzt, als sie ihren Eltern – frisch und bis über beide Ohren verliebt – von Leo erzählt hatte.

„Er ist kein Mafioso“, sagte sie zu dessen Ehrenrettung, obwohl er das gar nicht verdiente. „Er ist Motorradmechaniker und hat kein bisschen mit der Mafia zu tun.“

„Ach, die Italiener sind doch alle irgendwie Mafiosi – ich sage nur: Berlusconi!“ Keeser blieb vor seinem Dienstwagen stehen und betätigte die Fernbedienung. Paula öffnete den Kofferraum, um ihren Helm herauszuholen.

„Wollen Sie nicht lieber mit mir fahren? Ist doch bestimmt nicht berauschend, so im Dunkeln durch die Gegend fahren zu müssen. Morgen können Sie Ihr Motorrad dann abholen – wir müssen eh wieder hier hoch und die restlichen Leute unter die Lupe nehmen.“

„Danke für das Angebot, aber so eine kleine Fahrt wird mir jetzt guttun – das macht den Kopf frei.“ Sie stülpte den Helm über.

Ein Handy klingelte – ausnahmsweise das von Keeser. Er ging ohne zu zögern dran. Mit einem kurzen „Wunderbar“ versenkte er das Telefon wieder in der Jackentasche.

„Ihre Frau?“ wollte Paula wissen, steckte den Schlüssel ins Schloss und schlüpfte in ihre Handschuhe.

„Gott bewahre, das ist ja so gar nicht mein Typ!“ lachte Keeser polternd los. „Das war Becker.“

„Fahren Sie zufällig auch nach Landau?“ Paula war aufgestiegen und ließ den Ständer nach oben klappen. Sie hoffte, dass sie einfach hinter Keeser herfahren konnte.

Der schloss den Kofferraum und schüttelte nach kurzem Überlegen den Kopf. Becker hatte ihm das Hotel durchgegeben, in dem Frau Kaltwein abgestiegen war – spontan beschloss er, dieser einen Überraschungsbesuch abzustatten.

„Ich fahre erst noch nach Bergzabern – Frau Kaltwein weiß bestimmt noch gar nicht, dass ihr Mann tot ist. Es ist zwar einerseits immer eine recht unangenehme Angelegenheit, Todesnachrichten überbringen zu müssen – aber andererseits kann so eine allererste Reaktion von Hinterbliebenen auch recht hilfreich für die weiteren Ermittlungen sein. Das will ich mir nicht entgehen lassen!“

Paula musste nicht lange nachdenken. „Ich begleite Sie – fahren Sie einfach vor mir her!“ Sie drehte den Zündschlüssel, woraufhin die digitale Uhr sichtbar wurde. Die zeigte kurz nach drei an, und Paula entfuhr unter ihrem Helm ein leises Stöhnen. So hatte sie sich ihren ersten Arbeitstag nun wirklich nicht vorgestellt!

Keeser ließ den Motor an und wendete seinen Wagen. Paula tat es ihm gleich, wobei sie bei dem anscheinend erst vor kurzem aufgebrachten Schotter sehr vorsichtig sein musste, damit sie nicht wegrutschte. Mann, dachten die Typen, die sowas planten, denn nie an die Motorradfahrer? Auch Motorradfahrer wollen Burgen besichtigen, nicht nur Autofahrer und Wanderer!

Endlich waren sie vom Parkplatz runter, und Paula folgte Keesers Rücklichtern durch den Wald bis hinunter zum Klinikgelände, durch Klingenmünster hindurch und dann Richtung Bad Bergzabern. Frisch war es jetzt. Sie trug nur ein lumpiges T-Shirt unter der Jacke und zog fröstelnd die Schultern hoch, was sich allerdings nicht besonders wärmend auswirkte, sondern nur dazu führte, dass sich ihre Nackenmuskeln hoffnungslos verspannten. Außerdem musste sie ständig gähnen – oh, ihr Bett rief nach ihr!

Ihre Gedanken wanderten zurück in die Wohnung. Wo zwar das Bett schon stand, das Bettzeug aber noch in irgendwelchen Plastiksäcken schlummerte – nicht bezogen natürlich, denn sie hatte es sich einfach wunderbar vorgestellt, die erste Nacht in ihrer neuen Wohnung in einem frisch bezogenen Bett einzuschlafen. Außerdem stapelten sich Kistentürme auf besagtem Bett ... und sie gurkte hier mitten in der Nacht durch wildfremdes Land!

Sie fuhren durch das schlafende Bad Bergzabern. Kein Mensch war auf der Straße zu sehen, kaum ein Fenster war noch erleuchtet.

Endlich blinkte Keeser vor ihr und fuhr nach links auf den Parkplatz eines Hotels. Paula stellte ihre Maschine neben seinem Auto ab.

Hotel Petronella las sie auf der erleuchteten Überdachung über der Eingangstreppe, während sie den Helm abstreifte. „Seltsamer Name für ein Hotel“, bemerkte sie und stieg hinter ihrem Kollegen die Treppe hinauf.

„Finden Sie? Petronella ist die Patronin der Reisenden und Pilger.“ Keeser klingelte nach dem Nachtportier. „Ich finde, das passt doch recht gut.“

„Was Sie so alles wissen.“

„Sieht man einem so alten und hässlichen Kerl gar nicht an, gelle?“ lachte er und wirkte kein bisschen müde. „Zudem gibt es noch eine Sage um eine junge Frau namens Petronella. Sie soll mit ihrem Mann, einem römischen Hauptmann, hier in einem Soldatenstützpunkt gelebt haben. Als der von einem Marsch nach Mainz gegen die Germanen nicht zurückkam, zog sie sich mit gebrochenem Herzen in die Einsamkeit der Wälder zurück. Angeblich brachten ihr emsige Zwerge Stoffe, Kleider, Esswaren und säckeweise Gold und Edelsteine aus den Bergwerken in der Umgebung. Damit half sie bedürftigen Menschen hier im Tal. Sie soll auch Macht über den Teufel gehabt haben. Auch jetzt noch, lange nach ihrem Tod, soll sie hier als weiße Frau um den Berg Petronella herumschweben. Man erkennt sie an ihrer engelsgleichen Gestalt, dem weiten Umhang und dem langen, gelockten Haar.“

Fasziniert lauschte Paula der tiefen Stimme ihres Kollegen – eine leichte Gänsehaut kroch ihre Arme hinauf.

„Wir sind komplett ausgebucht!“ Mit diesen Worten wurde ihnen die Tür geöffnet und die fast mystische Stimmung schlagartig vertrieben.

„Herzlichen Glückwunsch! Wir wollen aber gar nicht hier übernachten – wir sind dienstlich hier“, erwiderte Keeser und hielt dem Nachtportier seinen Ausweis unter die Nase. „Kriminalhauptkommissar Keeser, und das hier ist meine Kollegin Paula Stern.“

„Polizei?“ wunderte sich der Hotelangestellte und sah Paula abschätzend von oben bis unten an. „Wer hat Sie denn gerufen?“

„Wir müssen mit einem Ihrer Gäste sprechen – Monika Kaltwein“, gab Keeser freundlich lächelnd Auskunft.

„Kann das nicht bis morgen warten?“

„Nun, grundsätzlich schon, aber ihr Mann ist gerade verstorben. Ich denke, das wird die Dame schon irgendwie interessieren, meinen Sie nicht auch?“ sagte Keeser nun etwas ungehaltener.

„Der Herr Kaltwein ist tot? Ach du Schreck, das ist ja furchtbar!“ entfuhr es dem Mann, und er riss die Tür für die beiden Beamten auf.

„Sie kannten Ernst Kaltwein?“ Paula betrat die schummrig beleuchtete Eingangshalle.

Verlegen wandte der Portier den Blick ab und beschäftigte sich auffallend lange mit dem Abschließen der Tür. „Ich werde oben anrufen und sagen, dass Sie hier sind.“ Eifrig eilte er um die Rezeptionstheke herum und griff nach dem Telefonhörer. „Herr Kaltwein war gelegentlich Gast in unserem Hause“, sagte er zögernd und vermied jeglichen Augenkontakt.

„Mit seiner Frau?“ hakte Paula nach.

Unschlüssig sah der Portier zwischen den beiden Kommissaren hin und her. „Nicht unbedingt“, brachte er schließlich über die Lippen.

„Dann vielleicht mit anderen Damen?“ Warum wohl sonst sollte ein Anwalt, der in Annweiler wohnt, schätzungsweise fünfundzwanzig Kilometer entfernt von zu Hause in einem Hotel übernachten, dachte Keeser bei sich.

Dem Portier schien eine Antwort schwerzufallen.

„Es genügt, wenn Sie nicken“, half Keeser in vertraulichem Ton weiter.

Der Portier nickte daraufhin ergeben. „Kann ich jetzt oben anrufen?“ erkundigte er sich hoffnungsvoll.

„Nur zu“, gab ihm Keeser grünes Licht. Der Portier wählte eine Nummer und lauschte einige zähe Minuten verlegen lächelnd in den Hörer hinein.

Paula konnte dem armen Mann ansehen, dass er in diesem Moment überall sein wollte, nur nicht hier an diesem Tresen und an diesem Telefon.

Was, wenn Frau Kaltwein nicht abnahm? Was, wenn sie es ihrem Gatten gleichtat und da oben mit einem anderen Mann in den Federn lag? Oder besser noch: Was, wenn sie gar nicht da war? Wenn sie ihren Mann getötet hatte und schon längst über alle Berge war?

„Frau Kaltwein“, sagte der Portier endlich. „Es ist mir ausgesprochen unangenehm, Sie wecken zu müssen ... aber hier stehen zwei Leute von der Kriminalpolizei, die mit Ihnen sprechen möchten ... ist in Ordnung, ich schicke sie hoch zu Ihnen ... und bitte entschuldigen Sie die Störung ...“ Er legte den Hörer auf und sah die Beamten sichtlich erleichtert an. „Sie sollen nach oben kommen – Zimmer 5 im ersten Stock.“ Er deutete zum Aufzug.

„Wir nehmen die Treppe“, entschied Keeser. „Das hält jung! Ach, könnten Sie uns eventuell noch eine Kanne Kaffee nach oben bringen? Das wäre reizend von Ihnen.“

Der Portier nickte, und Paula fand die Aussicht, gleich einen frischen heißen Kaffee trinken zu dürfen, sehr tröstlich.

Keeser stieg vor ihr die Stufen hinauf. Vor dem gesuchten Zimmer blieb er stehen und klopfte so kräftig, dass sie befürchtete, alle Bewohner dieses Stockwerks würden aus den Betten fallen.

Doch nur die Tür mit der blankpolierten bronzenen 5 wurde geöffnet, und eine überraschend frisch aussehende Frau von etwa fünfunddreißig Jahren erschien. Sie wirkte sehr zierlich und ging Paula gerade mal bis zum Kinn ... und sie sah kein bisschen so aus, als wäre sie gerade aus dem Schlaf gerissen worden. Um ihren schlanken Körper hatte sie einen teuer aussehenden Morgenrock geschlungen. Ähnlich exklusive Modelle kannte Paula nur aus Fernsehserien wie *Dallas* oder dem *Denver Clan*. Morgenröcke, dachte sie, sind was für Diven in Seifenopern. Und genau so sah Kaltweins Frau auch aus: Wie eine Diva. Paula konnte sich diese Frau wahrhaft nicht in einem der zugigen Zelte auf der Burg vorstellen!

„Frau Kaltwein?“ Keeser streckte ihr eine Hand zum Gruß hin, die andere hielt seinen Dienstausweis.

„Die bin ich“, antwortete die Frau, deren hellbraunes Haar wie frisch frisiert aussah.

Wow, dachte Paula, wie macht die das nur? Sie selbst sah nach dem Aufstehen immer aus wie ein aufgeplatztes Sofakissen!

Ihr lieber Kollege schien von dem Anblick sichtlich angetan zu sein, denn er stand da wie angewurzelt.

„Wollen Sie da draußen stehen bleiben oder doch lieber reinkommen?“ Frau Kaltwein machte eine einladende Handbewegung.

„Oh, entschuldigen Sie, natürlich kommen wir gerne rein“, antwortete Paula und gab Keeser einen Stups in den Rücken. Der setzte sich daraufhin endlich in Bewegung, und sie betraten ein typisches Hotelzimmer: ein Bett (ein Einzelbett wohlgemerkt), ein Schrank (an dem ein traumhaft schönes, dunkelblaues Leinenkleid mit aufwendig geschnürtem Mieder hing), ein kleiner Tisch, ein Stuhl, ein Sessel.

„Ist etwas passiert?“ erkundigte sich Frau Kaltwein ruhig und setzte sich divengleich auf ihr Bett. Den Beamten bot sie Stuhl und Sessel an. „Ist etwas mit Markus?“

„Markus?“ fragte Paula überrascht.

„Mein Stiefsohn“, klärte Frau Kaltwein sie auf.

„Wie kommen Sie auf Ihren Stiefsohn?“ fragte Keeser.

„Nun, warum sonst sollten zwei Kripobeamte mitten in der Nacht vor meiner Tür stehen? Markus ist ein ungestümer Hitzkopf – er macht gelegentlich Dummheiten und bringt sich dadurch in Schwierigkeiten, aus denen ich oder mein Mann ihn dann wieder herausmanövrieren müssen." Sie lächelte Keeser an. Paula erkannte in diesem Lächeln ein gewisses Maß an Verständnis für den missratenen Sohn ihres Mannes.

„Nein, gnädige Frau", sagte Keeser etwas gestelzt und räusperte sich. „Es geht nicht um Ihren Stiefsohn. Es geht um Ihren Mann: Er wurde vor ein paar Stunden tot auf der Landeck gefunden."

Frau Kaltwein wurde blass, ansonsten blieb sie aber ruhig. Keine Tränen, kein hysterisches Geschrei. „Ein Unfall?" fragte sie mit brüchiger Stimme.

„Wir glauben nicht ..." Keeser sah sie forschend an.

„Mord? Sie glauben, Ernst wurde ermordet? Oh mein Gott ..." Sie klammerte sich an die Gürtelenden ihres Morgenmantels. „Wer sollte denn so etwas tun?"

„Genau das wollen wir herausfinden", schaltete sich Paula in das Gespräch ein. „Hatte Ihr Mann Feinde?"

Ein trockenes Lachen war die Antwort. „Unzählige – jeder Mann, der von ihm geschieden wurde – angefangen mit meinem Exmann! Ernst ist nämlich gut in seinem Job, das können Sie mir glauben." Sie stockte. „Oh mein Gott, er *war* gut in seinem Job ..." Jetzt flossen doch Tränen über ihre blassen Wangen. Mit einer fahrigen Bewegung strich sie ihr dichtes, hellbraunes Haar nach hinten.

Ihr fehlt ein Ohrring, stellte Paula fest. Während an dem linken Ohrläppchen ein dicker, goldener Ring baumelte, war das rechte Ohrloch schmucklos.

Doch bevor sie ihr Gegenüber darauf hinweisen konnte, klopfte es.

Keeser stand auf, öffnete die Tür und nahm dem Portier ein Tablett ab. Zufrieden stellte er fest, dass der gute Mann mitgedacht und neben der Kaffeekanne drei Tassen platziert hatte. Ohne zu fragen füllte er alle drei. Er reichte Frau Kaltwein eine davon, die diese wortlos entgegennahm.

„Sie hatten Streit heute Nachmittag?" Paula gab Milch in ihren Kaffee und nahm eine Nase voll von dem herrlichen Geruch.

„Woher wissen Sie ...? Ach, ist ja logisch, dass die da oben alles ausgetratscht haben!" Monika Kaltweins Züge verhärteten sich. Sie starrte in die Tiefen ihrer Kaffeetasse, ohne auch nur einen Schluck zu nehmen. „Ja, wir hatten Streit – besser gesagt: ich habe ihm eine Szene gemacht! Wie ein hormongesteuerter, hirnloser Backfisch bin ich auf ihn losgegangen. Als ich merkte, wie absurd und peinlich das war, bin ich weggelaufen und habe mich hier im Hotel verkrochen."

„Diese Szene – war das wegen Aurora?"

„Aurora!“ entfuhr es Frau Kaltwein verächtlich und kein bisschen damenhaft, zu tief steckte anscheinend der Stachel der Eifersucht in ihrem Fleisch. „Dieses kleine Miststück – hat auf hilfloses, unschuldiges Mädchen gemacht und sich dabei meinem Mann gnadenlos an den Hals geworfen! Ist ständig um ihn herumgeflattert und hat ihm schöne Augen gemacht.“

„Und Ihr Mann?“ wollte Paula wissen.

„Ernst? – Dieser Hurenbock ist natürlich schwach geworden, was sonst!“

Nicht gerade die schönste Art, von dem gerade verstorbenen Ehemann zu sprechen, fand Paula.

„Hat er das zugegeben?“

„Was sind Sie denn für ein bescheuertes Lämmchen?“ Frau Kaltweins geballter Zorn richtete sich auf Paula. „Abgestritten hat er es natürlich – er hat immer alles abgestritten! Ha, dabei war das so offensichtlich, die zwei waren ja die ganze Zeit unzertrennlich! Die haben wohl gedacht, wir anderen sind alle blöd und merken das nicht.“

Ihre Fassung bröckelte zusehends. Mehr Tränen rannen nun über ihre Wangen, Schluchzen ließ ihre Schultern zucken, und der Kaffee schwappte gefährlich in ihrer Tasse.

Paula beschloss, das *bescheuerte Lämmchen* unter den Tisch fallen zu lassen.

„Fragen Sie doch mal diesen Carolus, den Freund von der kleinen Schlampe“, kam es stockend zwischen den Schluchzern hervor. „Der hat sich auch mit Ernst gezofft, kurz vor mir. Wie zwei Streithähne sind die beiden aufeinander losgegangen – vielleicht hat sich ja der Kleine nicht beherrschen können und hat Ernst ...“ Sie verstummte abrupt und sah Keeser an.

„Um wie viel Uhr haben Sie denn die Burg verlassen?“ wollte der wissen.

„Keine Ahnung – kurz nach neunzehn Uhr, schätze ich mal. Es war auf jeden Fall vor dem Konzert. Ich brauchte ewig, bis ich den Berg runter war, weil mir die Konzertbesucher alle entgegenliefen.“

„Haben Sie das Hotel im Laufe des Abends noch einmal verlassen?“ fragte Keeser und trank genüsslich von seinem Kaffee.

„Ob ich ...? Was soll das denn nun bedeuten? – Verdächtigen Sie etwa mich?“ Fassungslos starrte Monika Kaltwein ihn an, und Paula rechnete fast damit, dass sie die volle Tasse nach ihm werfen würde.

„Nun, nachdem Sie uns von Ihrer Auseinandersetzung mit Ihrem Mann erzählt haben, kommt mir das gar nicht so abwegig vor“, gab Keeser zur Antwort. „Wir sind noch ganz am Anfang unserer Ermittlungen – derzeit kommt noch jeder in Frage – auch Sie, gnädige Frau, so leid mir das tut. Wir müssen Sie das fragen – auch, um Sie eventuell aus dem Kreise der Verdächtigen streichen zu können!“

Frau Kaltwein knallte die Tasse auf den Tisch und richtete ein mittelschweres Fußbad an.

„Ich war hier, die ganze Zeit – fragen Sie das Personal, die werden das bestätigen! Ich war etwa eine Stunde drüben in der Wellness-Oase zur Massage, ansonsten war ich hier in diesem Raum. Das können Sie gerne überprüfen!“

„Das werden wir, verlassen Sie sich darauf“, versprach Keeser.

„Wir wissen, dass Sie die zweite Frau von Herrn Kaltwein sind – seit wann sind Sie denn verheiratet?“ änderte Paula die Richtung des Gespräches.

„Wir haben vor fast fünf Jahren geheiratet“, antwortete Monika Kaltwein etwas ruhiger.

„Und wie war Ihre Ehe?“

„Wie alle Ehen nun mal sind: erst himmelhoch jauchzend – und dann verschlingt einen der Alltag. Ernst war mit seiner Arbeit verheiratet, aber wir hatten uns arrangiert.“

„Hat er sie betrogen?“

Monika Kaltweins Züge verhärteten sich. „Mehrmals“, presste sie zwischen den Lippen hervor.

„Wie war das Verhältnis Ihres Exmannes zu dem Toten?“ bohrte Paula weiter.

„Verhältnis? – Sie sind ja lustig! Er hasste ihn wie die Pest“, lachte Frau Kaltwein kalt. „Ernst hat ihm nicht nur die Frau genommen, sondern auch einen Großteil seines Vermögens.“

„Würden Sie Ihrem Exmann zutrauen, dass er ihn ermordet hat?“

„Klaus? – Sie machen wohl Witze!“ Die Frage schien sie zu erheitern. „Klaus ist Pazifist – hassen kann er recht gut, aber darüber hinaus kommt dieser Trottel ganz bestimmt nicht.“

„Wie ist Ihr Verhältnis zu Ihrem Stiefsohn?“

Die Erheiterung ließ abrupt nach.

„Wir haben nicht viel miteinander zu tun“, sagte sie ausweichend. „Er blieb damals bei seiner Mutter, was mir mehr als recht war.“

„Wie alt ist er denn?“

„Markus ist jetzt achtundzwanzig.“

Paula musste etwas verständnislos aus der Wäsche geschaut haben, denn Frau Kaltwein fügte hinzu: „Er lebt auch jetzt noch im Hotel Mama – er macht keinerlei Anstalten, erwachsen und unabhängig zu werden.“

„Wo können wir ihn erreichen?“

Monika Kaltwein zuckte mit den Schultern.

„Wir wissen, dass Ihr Stiefsohn gestern Morgen auf der Burg war“, sagte Keeser ruhig. „Er stritt sich mit Ihrem Mann – wissen Sie etwas darüber?“

Sie kaute auf ihrer Unterlippe. „Ja, das stimmt“, sagte sie schließlich langsam. „Gestern Morgen hab ich ihn tatsächlich da oben gesehen – ich kam gerade vom Hotel. Sein gelbes Cabrio stand auf dem Parkplatz. Als ich über die Brücke lief, kam er mir wutschnaubend entgegen. Ich sagte ‚Guten Morgen‘, aber er registrierte mich gar nicht und rannte an mir vorbei. Dann drehte er sich doch noch einmal um. Erst dachte ich, er wolle mir etwas sagen, aber er schrie nur laut: ‚Das wirst du bereuen, du geiziger alter Sack!‘ Dann sprang er in sein Auto und fuhr vom Platz, dass der Schotter nur so spritzte.“

„Wissen Sie, warum er dort war und vor allem, warum er so in Rage war?“

„Er wollte Geld – Markus will immer Geld, da ist er wie seine holde Mutter, die hält auch immer die Hand auf!“ antwortete sie abschätzig.

„Und Ihr Mann wollte ihm keines geben“, folgerte Keeser.

„Nein, dieses Mal nicht. Er hat ihm erst letzte Woche mit einer größeren Summe aus irgendeiner Schwierigkeit geholfen und wollte den Geldhahn endgültig zudrehen. Natürlich hätte er das auf Dauer bestimmt nicht durchgezogen, irgendwie hätte Markus ihn ja doch wieder weichgeklopft.“

„Aber gestern ist er nicht weich geworden?“

„Nein – was mich sehr gewundert hat. Bisher zückte er immer brav den Geldbeutel, wenn Markus zum Betteln kam. Wir haben deswegen oft heftige Diskussionen geführt. Ich war der Meinung, dass es diesem Tunichtgut kein bisschen helfen würde, ein vernünftiger, verantwortungsvoller Mensch zu werden, aber Ernst war sich sicher, dass er es dem Jungen schuldig sei. Er hatte nach all den Jahren noch immer ein schlechtes Gewissen, weil er Markus und seine Mutter verlassen hat.“

„Ihr Stiefsohn – halten Sie es für möglich, dass er seinen Vater getötet hat?“

Monika Kaltwein sah Paula fassungslos an und sagte dann scharf: „Genauso wenig wie ich, mein Täubchen! Was sollen diese absurden Fragen überhaupt?“ Hilfesuchend wandte sie sich an Keeser.

„Tut mir außerordentlich leid, Frau Kaltwein, aber wir müssen diese Fragen stellen.“ Keeser trank seinen Kaffee aus und stand auf. „Wir lassen Sie jetzt in Ruhe. Wenn noch irgendwelche Fragen auftauchen, melden wir uns bei Ihnen. Wie lange werden Sie noch im Hotel sein?“

Monika Kaltwein hatte sich wieder gefasst.

„Am liebsten würde ich gleich nach Hause fahren ...“ Sie kramte in ihrer Handtasche und überreichte dem Kommissar eine Visitenkarte. „Sie können mich dann zu Hause erreichen. Bitte, finden Sie den Mörder meines Mannes!“

„Wir werden uns Mühe geben“, versprach Keeser.

„Mann, in dieser Frau steckt ganz schön viel Wut“, stellte Paula fest, als sie wieder neben ihren Fahrzeugen standen.

„Sie denken, sie könnte es getan haben?“

„Ja, auf jeden Fall – Motive hatte sie sogar mehrere. Erstens: Eifersucht auf Aurora. Zweitens: vielleicht hat ihr ja nicht gepasst, dass ihr Mann so viel Geld für den missratenen Sohn aus erster Ehe verplempert hat?“

„Warum hat sie denn dann nicht den Stiefsohn aus dem Weg geschafft? Dann wäre ihr wenigstens ihr Mann erhalten geblieben“, gab Keeser zu bedenken.

„Vielleicht wollte sie ihn ja loswerden? Welche Frau will schon einen Mann, der sich nach jedem Rock umdreht? Die ganzen Streitereien, die er mit Carolus, seinem Sohn Markus und diesem Wambsganß hatte, kommen ihr da doch sehr gelegen – jede Menge Verdächtige! Wir sollten gleich morgen“, Paula drehte den Zündschlüssel und warf einen Blick auf die Uhr ihres Motorrades, „also später überprüfen, wer da erbt und was es an Lebensversicherungen gibt.“

„Hm, wäre doch jammerschade, wenn eine so gutaussehende Frau ins Gefängnis müsste“, brummelte Keeser.

„Ha“, lachte Paula auf, „ich wusste gar nicht, dass in der Pfalz die Verbrecher nach Aussehen verhaftet werden!“

Keeser grinste verlegen.

„Ich bin auch nur ein Mann mit zwei funktionierenden Äuglein!“

„Apropos Mann: der Kaltwein hatte den ganzen Tag recht unangenehme Begegnungen – wer hat eigentlich nicht mit dem Kerl gestritten? Die Liste seiner Feinde wird immer länger.“

„Ist doch wunderbar, wir können mal so richtig aus dem Vollen schöpfen! Diesen Stiefsohn sollten wir als Erstes unter die Lupe nehmen“, sagte Keeser noch, bevor er in seinen Wagen stieg. „Fahren Sie einfach hinter mir her, ich führe Sie nach Hause! Wo müssen Sie hin?“

„Bringen Sie mich einfach zu unserer Dienststelle, ich wohne ein paar Meter weiter.“

„Alles klar – ich sage schon mal ‚Gute Nacht‘, Frau Kollegin, und schlafen Sie schnell!“

Nach kurzem Winken fuhr er hinaus auf die Straße, wo er geduldig wartete, bis Paula fertig war und ebenfalls vom Parkplatz rollte.

Sie folgte seinem Wagen bis nach Landau hinein. Vor dem Präsidium blinkte Keeser mehrmals links und rechts als Abschiedsgruß, dann fuhr er auf den Parkplatz der Dienststelle, wahrscheinlich, um den Dienstwagen gegen sein Privatauto einzutauschen.

Paula parkte ihr Motorrad auf dem Gehweg vor ihrem Haus – sie wollte vermeiden, dass sie ihre neuen Nachbarn, die sie ja noch nicht einmal kannte, mit lautem Motorradlärm weckte.

Als sie die Treppe in den zweiten Stock hinaufstieg, merkte sie erst, wie schrecklich müde sie war. Gähnend zog sie auf dem Weg zum Bett die Lederklamotten aus. Dann packte sie die Kartons, die auf dem Bett standen, und stellte sie achtlos irgendwo zwischen die anderen Kisten und Möbel. Zuletzt zerrte sie die unbezogene Bettdecke aus dem Plastiksack und legte sich erschöpft auf die blanke Matratze – sie brauchte kein Bettlaken, nur endlich ein bisschen Schlaf! Kaum, dass ihr Kopf die Unterlage berührte, war sie schon eingeschlafen. Ein kurzer Gedanke an Zähneputzen löste sich in Nichts auf.

2.
Sonntag, 26.6.2011

Irgendwo schrillte eine Klingel – ein Ton, der ihr völlig unbekannt war. Mühsam öffnete Paula die Augen. Ihrem Empfinden nach konnte sie höchstens ein paar Minuten geschlafen haben. Um sie herum war ein wildes Durcheinander von Kartons und Möbelstücken – Möbelstücke, die ihr irgendwie bekannt vorkamen. Das waren ihre Möbel. Aber wie sah es denn hier aus? Erschrocken fuhr sie hoch – jemand musste in ihre Wohnung eingedrungen sein und sie verwüstet haben.

Wieder dieses fremde Klingeln, diesmal noch eindringlicher.

Paula kroch unter der Bettdecke hervor und besah sich das Chaos. Langsam dämmerte es ihr: Niemand hatte ihre Wohnung verwüstet – sie war nur noch nicht richtig eingezogen!

Die Burg fiel ihr wieder ein, der seltsam verrenkte Tote unterhalb der Burgmauer ... Wieder dieses Klingeln.

Etwas wackelig auf den Beinen bahnte sie sich ihren Weg Richtung Diele und fand den Knopf der Sprechanlage: „Ja?"

„Guude Morche, Frau Kollegin!" flötete ihr eine schrecklich muntere Männerstimme aus dem in der Wand eingelassenen Lautsprecher entgegen. „Frühstück!"

Keeser! Was wollte der denn so früh am Morgen bei ihr?

Ohne zu antworten drückte sie den Öffner.

Erst jetzt merkte sie, dass sie nur in Slip und T-Shirt hier stand, und begann fieberhaft, die in der ganzen Wohnung verteilten Kleidersäcke nach etwas Anziehbarem zu durchsuchen. Sie trat barfuß in etwas Klebriges – verdammt, die Kaffeepfütze, die sie noch nicht weggewischt hatte!

Als es wieder klingelte, war sie noch nicht fündig geworden. Auf einem Bein hüpfte sie durch die Wohnung und schlüpfte notgedrungen in die Motorradhose, die noch so auf dem Boden lag, wie sie vor ein paar Stunden aus ihr ausgestiegen war.

Hüpfend begab sie sich in die Diele.

Keeser setzte gerade zu erneutem Klingeln an, als sie die Tür aufriss.

„Einen wunderschönen guten Morgen", verkündete er putzmunter und schwenkte eine Brötchentüte vor ihrer Nase. „Ich habe Frühstück mitgebracht!"

„Woher wissen Sie überhaupt, wo ich wohne?" brummte Paula und starrte ihn aus zusammengekniffenen Augen an.

„Ich bin bei der Kripo – schon vergessen? Außerdem steht Ihr Motorrad auf der Straße. Ich hab dann einfach dort geklingelt, wo noch kein Name dabei stand – war also ganz einfach. Darf ich reinkommen?“

„Wie spät ist es denn überhaupt?“ wollte Paula – nicht besonders freundlich – wissen und ließ ihn ein.

„Kurz nach neun ... Wow, echt gemütlich bei Ihnen“, bemerkte Keeser und sah sich um. „Das sieht nach viel Arbeit aus!“ Er schlüpfte aus seinem Jackett, als wollte er gleich mit dem Aufräumen anfangen.

Paula stand auf einem Bein neben ihm und folgte seinen Blicken. „Mir kam da gestern was dazwischen ...“, sagte sie verlegen lächelnd. „Aber die Kaffeemaschine tut's schon.“

Keeser angelte sich die umgekippte Tasse von einem der Kartons und begutachtete die angetrocknete Pfütze auf dem Parkettboden.

„Das hätten meine Ermittlungen wahrscheinlich auch ergeben. Und so einbeinig wie Sie dastehen, sind Sie gerade hineingetreten, stimmt's?“ Er reichte ihr die Tasse. „Haben Sie noch eine davon?“

„Irgendwo bestimmt ...“

Keeser hob stolz einen Karton in die Höhe, auf dem dick und fett *Küche* stand.

„Sie sind echt gut“, lobte Paula und wies ihm den Weg in die selbige.

Er wuchtete seine Beute auf den Tisch, der zufällig schon dort stand, wo er hingehörte.

„Hm, das nenne ich mal Irreführung der Staatsgewalt!“ Breit grinsend zog er einen pinkfarbenen BH aus dem Karton hervor. „Soll ich weiter auspacken?“

Paula entriss ihm mit hochrotem Kopf das Spitzenteilchen.

„Ich glaube, die Tassen sind in einem Wäschekorb – suchen Sie den mal, und ich mache in der Zwischenzeit Kaffee.“

Fröhlich verschwand Keeser aus der Küche.

Während Paula auf einem Bein stehend die Kaffeemaschine präparierte, hörte sie ihn nebenan räumen und schieben.

„Ich hab ihn!“ frohlockte er kurz darauf und kam mit einem großen Weidenkorb zurück. „Wollen Sie sich nicht mal hübsch machen?“ fragte er, während er Tassen, Teller und Besteck aus den Tiefen des Korbes hervorkramte.

„Könnte nicht schaden“, brummte Paula. „Wo ein frischer BH ist, weiß ich jetzt ja.“

Auf dem Weg zum Bad stolperte sie fast über einen großen blauen Müllsack, der – soweit sie sich erinnern konnte – einen Teil ihrer Kleidung enthielt. Eine Viertelstunde später trat sie frisch geduscht und in Bluse und Jeans in die Küche, wo es nach Kaffee und angebratenen Zwiebeln duftete. Ihr Magen knurrte vor Freude auf das, was ihn erwartete.

„Ihr Kühlschrank ist ja ein essenstechnischer Albtraum für Gourmets!“ meckerte Keeser und goss Kaffee ein.

Viel war da wirklich nicht drin, musste Paula zugeben, eben die kläglichen Reste aus ihrem Münchener Kühlschrank. „Ich weiß, Einkaufen steht auf meiner Liste auch ganz oben – bis morgen werde ich hoffentlich nicht verhungert sein!“

„Wenn ich das gewusst hätte, hätte ich meinen Kühlschrank geplündert!“ Keeser schaufelte Rührei auf zwei Teller. „Es ist angerichtet, Gnädigste, nehmen Sie Platz!“

„Rührei, fantastisch!“ freute sich Paula und setzte sich.

„Wurst und Käse ist leider aus. Mistige Haushaltsführung hier, kann ich Ihnen sagen.“

„Ich werde Ihre Beschwerde an die Dame des Hauses weiterleiten, wenn ich sie sehe“, versprach Paula mit vollem Mund. Ihr Blick fiel auf den leeren Korb, und sie sah Keeser fragend an.

„Hab schon mal alles eingeräumt.“ Er deutete auf einen Hängeschrank hinter sich. „Jetzt wissen Sie auch, wo Ihr Geschirr ist.“

Paula schmierte sich ein knuspriges Brötchen dick mit Butter und biss genussvoll hinein. „Ich weiß gar nicht, was Sie wollen, dieses Frühstück ist einfach wunderbar!“ schwärmte sie.

„Etzet noch ä guudi Pälzer Lewwerworscht owwe druff“, seufzte Keeser.

„Wos hoams gsoagt?“ hielt Paula grinsend dagegen.

„Da jetzt noch eine gute Pfälzer Leberwurst obendrauf“, wiederholte er und deutete auf seine mit Butter bestrichene Laugenbrezel.

„Pfälzer Leberwurst – ist die denn was Besonderes?“

„Ob die was Besonderes ist? – Ha, ich glaub es nicht! Pfälzer Leberwurst ist die Mutter der Leberwurst – alle anderen Leberwürste können sich da verstecken! Lächerliche Würstchen sind das sozusagen im Vergleich zu unserer grandiosen, fantastischen, unvergleichlichen Pfälzer Leberwurst! Junge Frau, mir scheint, Sie haben bis jetzt im kulinarischen Niemandsland gelebt!“ ereiferte sich Keeser, und Paula konnte vor lauter Lachen nicht weiteressen. „Welch ein Glück für Sie, dass Sie mir zugeteilt wurden – ich werde Sie aus diesem düsteren Zustand der Unwissenheit erlösen, so wahr ich Bernd Fridolin Keeser heiße!“ Er hob die Hand zum Schwur und versuchte dabei, ein ernstes Gesicht zu machen.

„Fridolin?" prustete Paula heraus. Dieser Bär von einem Mann sah so gar nicht nach einem Fridolin aus!

Etwas verlegen verzog Keeser das Gesicht. „Sagen Sie das bloß niemandem weiter – in der Verwaltung muss ich seit Jahren dicke Schmiergelder bezahlen, damit die Kollegen das nicht erfahren."

„Fridolin", wiederholte Paula kichernd. „Wie niedlich!"

„Das war ich ja irgendwann einmal, auch wenn man das heute auf den ersten Blick nicht unbedingt vermuten könnte – keine Ahnung, was sich meine Mutter dabei gedacht hat!" Er schüttelte den Kopf. Plötzlich sah er sie direkt an und zwinkerte ihr schelmisch zu. „Und wie sind Ihre Eltern darauf gekommen, Sie Paul zu nennen?"

„Ich dachte, das hätten wir gestern schon geklärt: ich heiße Paula."

„Ha, gelogen, und hier ist der Beweis!" Er angelte eine Ausweiskarte aus seiner Hemdtasche und wedelte damit vor ihrer Nase herum. „Hier steht es schwarz auf weiß, oh, Entschuldigung – auf grün natürlich: *Paul*!"

Paula schnappte sich die Karte – ihr neuer Dienstausweis, wie sie sofort erkannte. Ihr Foto unter dem pfälzischen Landeswappen, ihr Name ... halt, da stand tatsächlich Paul Stern!

„Ich glaub es nicht!"

„So schnell gehen heutzutage Geschlechtsumwandlungen", neckte Keeser. Dann tätschelte er ihr beruhigend die Hand. „Ich hab vorhin unserer Sekretärin einen Vermerk auf den Schreibtisch gelegt, dass sie gleich morgen in der Verwaltung Bescheid sagt – anscheinend ein klitzekleiner Übertragungsfehler. Keine Sorge, in ein paar Tagen sind Sie wieder eine Paula, und Sie bekommen einen neuen Ausweis, versprochen."

„Paul Stern, unglaublich!" Paula aß kopfschüttelnd weiter, den Blick auf den Ausweis auf der Tischplatte vor sich geheftet.

„Ach, übrigens, nach der Frühbesprechung ..."

„Frühbesprechung?" unterbrach ihn Paula und sah auf. „Warum haben Sie mir nichts davon gesagt?"

„Nun, ich sage es Ihnen doch gerade ..."

„Vorher, warum haben Sie mir heute Nacht nicht gesagt, wann die Frühbesprechung ist?"

„Ich wollte Sie ausschlafen lassen, Sie sind ja im Grunde genommen noch im Urlaub ...", wollte Keeser erklären, wurde aber wieder unterbrochen.

„Was war jetzt bei dieser Frühbesprechung?" fragte Paula ungeduldig.

„Lassen Sie die Leute auch manchmal ausreden?" beschwerte er sich.

Paula sah ihn grantig an.

„Die Besprechung war nicht aufstehenswert, ehrlich. Zusammenfassung der Fakten, die Staatsanwältin hat kurz reingeschaut und ein bisschen Druck gemacht, wie Staatsanwälte das zu tun pflegen: Der Fall hätte Priorität, schließlich handele es sich bei dem Opfer um ein bekanntes Mitglied der Gesellschaft, blablabla. Danach hab ich mich über Markus Kaltwein informiert. Wir haben da eine hübsche kleine Akte von ihm – seine Stiefmutter hat gewaltig untertrieben, kann ich nur sagen! Notorischer Spieler – und das nicht gerade von Erfolg gekrönt. Chronischer Zu-schnell-Fahrer, Gewohnheits-Falschparker, immer wieder Alkohol am Steuer, kleine Drogendelikte – aber sein Anwalt-Daddy hat das bisher immer wieder hingebogen und ausgebügelt. Keine Vorstrafen. Seine Adresse hab ich, wir werden ihn später besuchen."

„Noch was?"

„Knopp hat angerufen – wir sollen doch mal bei ihm in der Gerichtsmedizin vorbeikommen, er hätte da was Interessantes."

Paula trank ihre Tasse leer und stand auf. „Also los, worauf warten Sie noch?"

Da sie keine Ahnung hatte, in welchem Sack ihre Jeansjacke steckte, schlüpfte sie in ihre Motorradjacke.

Keeser betrachtete sein halb aufgegessenes Rührei – vor lauter Reden hatte er es kaum angerührt. Ihm kam es vor, als laste ein Fluch auf ihm, der Fluch des Niemals-Aufessen-Dürfens. Er klappte die beiden Hälften seiner Butterbrezel zusammen und steckte sie in die Brötchentüte, damit er sie unterwegs essen konnte. Dann stopfte er sich noch eine Gabel voll Rührei in den Mund und stand ebenfalls auf.

„Ich wollte eh nicht aufessen – Aufessen ist langweilig", murmelte er mit vollem Mund vor sich hin, als er sein Jackett aus dem Wohnzimmer holte. Schubert hätte ihn auf jeden Fall fertig essen lassen – ach, wie sehnte er sich in diesem Moment nach seinem alten Kollegen!

„Ich hab noch mal über diese Aurora nachgedacht – mir persönlich hat sie zu viel geweint. Würden Sie dauernd heulen, wenn ein Mann getötet wird, den Sie kaum kennen?" fragte Paula, als sie die Treppen hinunterstiegen.

Bernd Keeser konnte sich überhaupt nicht vorstellen, wegen des Todes eines Mannes zu heulen. Gut, als sein Vater vor ein paar Jahren starb, da hat er schon ein paar Tränen vergossen – aber das war ja auch der einzige Mann, der ihm jemals am Herzen gelegen hatte. „Nein", sagte er daher wahrheitsgemäß.

„Eben, genau das ist der Punkt: Die Kleine hatte rotgeheulte Augen, und ständig liefen ihr die Tränen – da war was zwischen den beiden, da bin ich sicher!“ diagnostizierte Paula und schwang sich auf das Motorrad. „Ich fahr es schnell in den Hof, damit nicht noch mehr Menschen sehen können, wo ich wohne!“ Sie ließ den Motor an und manövrierte die Maschine geschickt in die Einfahrt.

Keeser lauschte dem Getöse des Motors, das von den Wänden widerhallte und kurz darauf erstarb. Verrücktes Weib!, dachte er nicht ganz ohne Bewunderung – Paula war immerhin seine erste Begegnung mit einer Frau, die Motorrad fuhr.

„Ganz schönes Gewummer!“ stellte er fest, als sie wieder auf die Straße kam.

„Was machen wir zuerst? Gerichtsmedizin?“

„Erst zu Knopp, das liegt auf dem Weg“, stimmte er ihr zu und hielt ihr galant die Beifahrertür auf.

Paula sah interessiert aus dem Fenster, als ihr Kollege durch die Landauer Straßen fuhr. „Werde ich mich hier jemals auskennen?“ überlegte sie laut.

„Logisch, ist ja im Vergleich zu München ein Dorf – kaum ist man reingefahren, ist man auch schon wieder draußen!“ Er musste an einer roten Ampel anhalten. „Hier links“, er deutete über seine linke Schulter hinweg nach hinten, „das ist der Alte Messplatz. Hier finden jedes Jahr Frühlings- und Herbstmarkt statt – also sowas wie ein Rummel. Ansonsten ist es ein öffentlicher Parkplatz. Hier rechts geht es in die Innenstadt.“

Paula blickte in die angegebene Richtung, als sie weiterfuhren – von ihrer Wohnung bis ins Zentrum war es also nur ein Katzensprung, wunderbar!

„Ganz simpel, oder?“ Keeser bog die nächste Straße links ab.

„Zur Linken jetzt das Uni-Gelände – Landau ist nämlich Universitätsstadt“, erklärte Keeser. „Und gleich daneben der Zoo – nicht besonders groß, aber immerhin.“

Wieder fuhr er nach links. *Klinikum Landau-Südliche Weinstraße* las Paula auf einem Schild.

„Hier links im Luitpoldpark befinden sich die Reste der Fort-Anlage“, erzählte er gewissenhaft weiter. „Irgendwann Ende des sechzehnten Jahrhunderts erbaut.“

„Landau war eine Festungsstadt?“

„Etwa zweihundert Jahre lang – Ende des achtzehnten Jahrhunderts wurde alles zerstört – im Deutsch-Französischen Krieg, soviel ich weiß.“

Paula, die mit Geschichte eher wenig am Hut hatte, war schwer beeindruckt. „Sie könnten in Ihrer Freizeit glatt als Stadtführer arbeiten."

„In welcher Freizeit?" frotzelte er. Er fand einen Parkplatz und stellte den Motor ab. „Man muss doch über die Stadt Bescheid wissen, in der man geboren wurde, oder? Sie wissen doch sicherlich auch alles über Würzburg."

„Ähm, eher weniger", musste Paula zu ihrer Schande gestehen. „Es gibt dort die Residenz, gebaut von Balthasar Neumann, es gibt einen Dom und die Festung Marienberg. Ehemals die Stadt von Fürstbischöfen, heute Bischofsstadt. Der Schwedenkönig Gustav Adolf hat die Stadt irgendwann mal belagert ..." Mehr fiel ihr auf die Schnelle nicht ein.

„Na, ist doch schon mal nicht schlecht!" lobte Keeser und stieg aus. „Sind Sie bereit für die Katakomben des Grauens?"

Sie sah ihn fragend an.

„Knopp nennt sein Reich immer so", lachte er und ging voraus.

Sie betraten die Eingangshalle, mieden auch diesmal den Fahrstuhl und stiegen die Stufen in den Keller hinunter.

„Willkommen in den Katakomben des Grauens!" begrüßte Knopp sie dann auch tatsächlich und reichte ihnen grüne Kittel und Überzieher für die Schuhe. „Wird aber auch Zeit, ich möchte den Jungen gerne wieder zunähen!" Er wandte sich an Paula, die gerade in ihren Kittel schlüpfte: „Schon gefrühstückt?" So mancher Student hatte in diesem Raum schon seinen gesamten Mageninhalt von sich gegeben oder war ohnmächtig geworden.

„Eher halbherzig", gab Keeser an ihrer statt zur Antwort. „Ich werde noch vom Fleisch fallen, wenn das so weitergeht."

„Ach, mein Dickerchen, da mach dir mal keine Sorgen!" lachte Knopp und führte sie in einen der Sektionsräume.

Der Geruch verursachte bei Paula wie immer schlagartig Übelkeit.

Knopp hielt ihr ein Döschen Mentholsalbe entgegen. Mit dankbarem Blick tauchte sie einen Finger hinein und schmierte sich gehörig davon unter die Nase. Keeser lehnte dankend ab.

Kaltwein lag vor ihnen auf dem Edelstahltisch. Sein Oberkörper war in der typischen Ypsilon-Form aufgeschnitten worden, die Bauchdecke war zur Seite geklappt, die Rippenbögen entfernt. Man hatte freien Blick auf die Innereien des Toten.

„Zuerst mal das", Knopp hob die rechte Hand der Leiche und zeigte auf Handinnenfläche und Unterarm, „eindeutige Abwehrspuren. Mehrere Hämatome und hier", er deutete auf eine Vertiefung im Fleisch, „eine ähnliche Verletzung, wie wir sie schon gestern Nacht am Rücken fanden. Der gute

Mann hat also versucht, die Schläge abzuwehren. Ich werde euch jetzt mal den Tathergang schildern, wie er am wahrscheinlichsten abgelaufen ist: Das Opfer wurde mit einer Waffe angegriffen und hat versucht, diese abzuwehren. Als das nicht von Erfolg gekrönt war, drehte es sich um und versuchte wegzulaufen. Der Täter jagte ihm die Waffe daraufhin in den Rücken. Das Opfer brach zusammen, und der Angreifer schlug ihm noch einmal kräftig auf den Schädel. Der Schlag auf den Kopf kann nur verabreicht worden sein, als das Opfer kniete oder am Boden lag. Wenn es gestanden hätte – Kaltwein war ja immerhin einsfünfundachtzig groß – und wenn man den Einschlagwinkel in Betracht zieht, müsste der Angreifer nämlich weit über zwei Meter groß gewesen sein."

„Und was für eine Waffe war es?" wollte Paula wissen, die wieder etwas von dem Leichnam abrückte.

„Das ist ja das Seltsame. Die Wunden im Rücken und am Arm wurden anscheinend von einer anderen Waffe hervorgerufen als die Kopfwunde." Knopp schien begeistert. Er drehte den halbseitig rasierten Schädel des Toten ins Licht. „Diese Wunde sieht ganz anders aus, seht ihr? Nicht dieses runde, tiefe Loch, das fast aussieht, als ob es von einem großen Schnabel herrührt. Diese Wunde ist viel flacher und hier", er tippte mit dem behandschuhten Zeigefinger darauf, „vier kleinere Vertiefungen in quadratischer Anordnung. Seltsam, nicht wahr?"

„Hm", brummte Keeser nur und kramte umständlich unter dem Kittel in seinen Jackentaschen. Endlich zog er die zerknitterte und mit Fettflecken übersäte Brötchentüte hervor und befreite daraus mit triumphierendem Gesichtsausdruck die Butterbrezel.

„Lass dich nicht von mir stören", sagte er zu dem Gerichtsmediziner und biss herzhaft hinein. Paulas Magen hob sich reflexartig bei dem Anblick des kauenden Kollegen. Schnell drehte sie sich weg und betrachtete das Gesicht des Toten. Ein sehr männliches Gesicht, fand sie: schmal, markantes Kinn mit einem kleinen Grübchen, kraftvoll geschwungene, dunkle Augenbrauen und eine leichte Hakennase über schön geformten Lippen – fast ein wenig südländisch. Kein Wunder, dass er Glück bei den Frauen hatte.

Ein seltsames Plätschern ertönte in dem sterilen Raum. Keeser sah sich überrascht um, konnte die Ursache dafür aber nicht finden. Sein Blick blieb an Paula hängen, die verlegen lächelte.

„Mein Handy", erklärte sie schnell. „Eine SMS."

„Ha, das hört sich ja an, als ob sich einer ein Bier eingießt", grinste Keeser mit einem dicken Brezelkrümel am Mundwinkel.

„Ich komme ja nicht umsonst aus München ...“ Paula wollte den Brösel eigentlich ignorieren, fand ihn dann aber doch zu irritierend. Sie deutete mit dem Finger in ihr eigenes Gesicht. „Sie haben da was ...“

Keeser wischte sich den Mund mit dem Ärmel des Kittels sauber.

„War das das Interessante, das Sie entdeckt haben?“ kam Paula auf Knopps letzte Aussage zurück und wandte sich wieder der Leiche zu.

„Dass die Jugend immer so ungeduldig sein muss!“ nuschelte Keeser mit vollem Mund. „Merken Sie sich für die Zukunft: Leichenaufschneider Knopp fängt immer erst ganz langweilig an, dann steigert er sich langsam, und das Beste bringt er dann immer ganz zum Schluss – nicht wahr, Knoppi?“

Ohne darauf zu antworten, deutete Knopp auf den geöffneten Torso des Toten. „Tödlich waren diese Verletzungen allesamt nicht – dafür hatte der Angreifer nicht fest genug zugeschlagen. Das hatte ich ja schon am Tatort vermutet. Gestorben ist der Ärmste also durch den Sturz aus elf Meter Höhe, und zwar durch Genickbruch.“

„Soll das heißen, dass der Mörder ihn über die Mauer geworfen hat, weil seine Schläge nicht effizient genug waren?“

„Zum Beispiel“, bestätigte Knopp.

„Aber wenn jemand schon nicht genug Kraft für die Schläge hatte – wie konnte er dann einen fast einsneunzig großen Mann hochheben und über die Mauer schmeißen?“ Paula fand das nicht unbedingt schlüssig. „Sie sagen, die Wunden rühren von zwei verschiedenen Waffen her – könnten es auch zwei Täter gewesen sein?“ Im Geiste sah sie Aurora und Carolus gemeinsam dem armen Kaltwein den Garaus machen.

„Wäre möglich – aber, ihr zwei Hübschen, das müsst ihr schon selbst herausfinden. Aber ich hab da noch mehr: Davon abgesehen, dass durch den Sturz leichte Unordnung in dem Körper des Opfers herrschte, fiel mir das sofort ins Auge: Der Herr Anwalt war total verkrebst! Leber und Lunge“, er hob besagte Organe leicht an, „voll mit Tumoren. Metastasen überall: im Magen, in den Nieren – er wäre eh demnächst von uns gegangen.“

„Ob er davon gewusst hat?“ Paula beugte sich wieder über die Leiche. Keeser tat es ihr gleich, wobei ein paar Brösel seiner Brezel auf die blutige Masse fielen.

„Mensch, Bernd, pass doch auf!“ schimpfte Knopp, doch ehe er Keeser die Brezel abnehmen konnte, stopfte der den Rest in den Mund.

„Bin ja schon fertig“, grinste er mit dicken Backen.

„Er wusste davon“, beantwortete der Gerichtsmediziner Paulas Frage. „Die Ergebnisse der Blutuntersuchung sind vorhin aus dem Labor gekommen. Er wurde medikamentös behandelt und, wie es aussieht, schon seit längerer Zeit.“

Keeser schluckte den letzten Bissen hinunter. „Wenn es so in mir aussähe, würde ich glatt freiwillig von der Mauer springen.“

„Tja, da sind aber diese Verletzungen, und daraus schließe ich, dass es kein Selbstmord war, mein Lieber.“

„Die Todeszeit?“ wollte Paula wissen.

„Zwischen zwanzig Uhr und einundzwanzig Uhr dreißig.“

„Sonst noch was, das uns weiterhelfen könnte?“ Paula hatte genug von diesem unangenehmen Ort. Sie wollte raus an die frische Luft.

„Haare“, antwortete Knopp wie aus der Pistole geschossen.

„Sagte ich doch: Das Beste erzählt er immer zum Schluss!“ unterbrach Keeser den Gerichtsmediziner.

„Ein dickes rotes und ein Büschel brünette. Das rote befand sich auf dem Umhang, die brünetten hielt er in der rechten Hand.“

„Vom Täter?“ wollte Paula wissen und fühlte sich wie elektrisiert. Endlich eine vernünftige Spur!

„Gut möglich, ist schon alles im erkennungsdienstlichen Labor. Ach, und ich hab noch Hautzellen und Blut unter den Fingernägeln des Opfers sichergestellt – offensichtlich hat er sich gewehrt. Ist auch im Labor.“

„Vielleicht hat sich Kaltwein ja an seinem Mörder festhalten wollen“, überlegte Keeser. „Wir sollten uns die Ärmchen aller Beteiligten mal genauer ansehen!“ schlug er vor.

„Aurora hat rote Haare“, gab Paula zu bedenken.

„Und mit ihr Hunderte andere“, hielt Keeser dagegen, fügte dann aber zwinkernd hinzu: „Und wenn es tatsächlich ihres ist, dann kann es ja beim Schmusen hängengeblieben sein.“

„Sie glauben also auch, dass die Kleine nicht ganz ehrlich war und doch was mit Kaltwein hatte?“

„Liebe Kollegin, ich denke da wie alle Männer denken: Kaltwein wusste genau, dass er auf der Liste des Sensenmannes ganz oben stand – wäre doch nur allzu verständlich, dass er da noch mitzunehmen versuchte, was möglich war und so lange er noch dazu in der Lage war, oder? Und Aurora ist, wie wir nun schon von mehreren Seiten gehört haben, offensichtlich voll auf ihn abgefahren.“

„So denkt ihr Männer also? – Mitnehmen, was geht? Nicht gerade beruhigend für mich als Frau. Aber die Theorie klingt ganz gut.“

„Besorgt doch für die Kriminaltechnik ein paar Haare von dieser Aurora zum Vergleich, dann wisst ihr bald mehr“, schlug Knopp vor.

„Wohin jetzt?“ fragte Paula, als sie endlich das Klinikum verließen und sie frische Luft in ihre Lungen pumpen konnte.

„Wir werden mal diesem Markus Kaltwein einen Besuch abstatten – mal sehen, was der uns zu dem Streit mit seinem Vater zu sagen hat. Danach wieder auf die Burg. Becker und seine Kollegen sprechen derzeit mit den Mittelalterheinis, die noch auf der Liste standen. Das erspart uns viel Zeit.“ Keeser zog sein Handy aus der Tasche und tippte mit seinen großen Fingern auf den kleinen Tasten herum. „Aber erst sage ich Becker Bescheid, dass die Kollegen bei der Zeugenbefragung auf eventuelle Kratzer achten sollen.“ Er gab kurz Anweisungen ins Telefon. Dann wählte er erneut. „He, Mabuse, ich bin’s – sei so gut und schicke einen deiner Leute hoch zur Landeck, wir brauchen Haarproben und die DNS von allen Beteiligten – ja, es eilt!“ Er steckte das Handy wieder ein. „Das wäre schon mal erledigt!“

„Mabuse?“ wunderte sich Paula.

„So nenne ich den Dreißigacker immer, also den leitenden Kriminaltechniker – er regt sich immer so schön darüber auf!“

Sie erreichten den Wagen.

„Wo wohnt Kaltweins Prachtstück von einem Sohn?“

„In Edenkoben – nicht weit von hier.“

„Könnten wir noch einen Moment frische Luft schnappen?“ bat Paula. „Dieser Gestank da unten in der Gerichtsmedizin ...“

„Lassen Sie das bloß nicht Knopp hören, der wäre sofort beleidigt! Kommen Sie, wir gehen ein paar Schritte.“

Er fasste sie um die Schulter und zog sie Richtung Park. Wenige Schritte später waren sie von Grün umschlossen, und bald stießen sie auf alte Mauerfragmente.

„Die Reste des Forts“, erklärte Keeser.

Paula schwieg. Sie lief die alten Mauern ab, stieg ausgetretene Stufen hinauf und wieder hinab und genoss die fast sakrale Stimmung, die solche alten Gemäuer stets für sie ausstrahlten.

„Von wem war die SMS?“ erkundigte sich Keeser wie beiläufig.

„Neugierig sind Sie wohl gar nicht?“

„Ich bin bei der Kripo – es ist also mein Job, neugierig zu sein. – Von dem Mafioso?“

„Die etwa zwanzigste heute“, gab Paula seufzend zu.

„Das ist übrigens auch typisch Mann: Wenn eine Sache vorbei ist, merken wir erst, wie wichtig sie uns eigentlich war."

Sie gingen zurück zum Klinikgelände.

„Ist das Allgemeinwissen, oder sprechen Sie aus Erfahrung?"

Er lief einige Zeit schweigend neben ihr her. „Aus Erfahrung – ich war mal fast verheiratet ..."

„Das tut mir leid ..."

„Ach was", winkte der Kollege ab. „Andrea müssten Sie bemitleiden, weil sie mich Prachtkerl nicht bekommen hat! Aber im Ernst – ich habe erst gemerkt, wie sehr ich sie brauchte – oder liebte, was auch immer –, als sie mich verließ. Da hab ich mich auch auf die Hinterfüße gestellt, Blumen geschenkt, angerufen ... wie Ihr Mafioso halt, das gleiche Schema. Ich dachte, wenn ich mich ganz arg um sie bemühe, dann bleibt ihr gar nichts anderes übrig, als mich wieder zu lieben. Dabei ging ich ihr mit diesen Aktionen nur schrecklich auf die Nerven."

„Und Andrea – sie wollte Sie nicht mehr?"

„Wollen Sie Ihren Mafioso wieder?"

Paula schüttelte vehement den Kopf.

„Sehen Sie – genauso wollte sie mich nicht mehr. Wenn etwas vorbei ist, dann ist es vorbei – aber manchmal braucht es ein bisschen Zeit, bis man das endlich kapiert und akzeptiert. Ihr kleiner Italiener wird das sicher auch noch raffen ..."

Wie auf Kommando plätscherte Paulas Handy. Die beiden mussten lachen.

Ein leises Klingeln erklang in einer von Keesers Jackentaschen. „Jetzt bin ich endlich mal dran!" Er nestelte sein Handy hervor. „Ja? ... Wir sind gleich da!" Er steckte das Telefon wieder ein. „Das war Becker – Kaltweins Zelt wurde durchwühlt!"

„Das war doch sicherlich versiegelt?"

„Selbstverständlich, aber offenbar ließ sich jemand davon nicht abhalten."

Sie fuhren los, vorbei am Zoo, vorbei am Alten Messplatz, vorbei an Paulas Wohnung. Von da an kannte sie die Strecke und fühlte sich schon fast ein wenig zu Hause.

„Was ist denn das rechts für eine Burg?" fragte sie, als sie an Eschbach vorbeifuhren. „Sie ist mir gestern Nacht schon aufgefallen."

„Die Madenburg", gab Keeser Auskunft. „Hier sitzt fast auf jedem größeren Hügel eine Burg – war früher mal eine kriegerische Gegend. Heutzutage sind wir ein bisschen friedlicher."

„Leider nicht alle, wie unser Fall beweist“, gab Paula zu bedenken.

Wenig später erreichten sie das Gelände des Pfalzklinikums.

„Was könnte Kaltwein Interessantes in seinem Zelt gehabt haben?“ überlegte Paula.

„Geld womöglich oder auch einen verräterischen Spitzenschlüpfer – wer weiß? Ich hoffe, wir finden das bald heraus.“

Sie fuhren die schmale Straße zur Burg hoch. Ein kurzer Blick ins Tal, dann waren sie von Wald umgeben.

„Das kam mir heute Nacht mit dem Motorrad schon schrecklich eng vor, aber mit dem Auto ...“ Mehr konnte Paula nicht sagen, denn ein Wagen kam auf sie zugefahren – viel zu schnell, fand sie.

Keeser lenkte so weit nach rechts, wie es ging. Der Entgegenkommende wurde endlich auch langsamer, trotzdem war es Millimeterarbeit, die Autos ohne abgefahrene Außenspiegel aneinander vorbeizumanövrieren.

Am Steuer saß ein junger Mann. Sein braunes Haar war nach hinten gegelt, sein Kinn wurde geziert von einem kleinen Bärtchen – die Art Bärtchen, die Paula einfach schrecklich fand. Eine dicke Goldkette blitzte aus dem nicht ganz zugeknöpften Hemd, eine klobige Uhr schmückte sein Handgelenk.

Sieht aus wie ein Gigolo, fand Paula. Wie ein billiger Gigolo, fügte sie ergänzend hinzu. Dürfte etwa in meinem Alter sein. „Gelbes Cabrio?“ musste sie nur fragen.

„Wir haben wohl soeben Markus Kaltwein getroffen“, sagte Keeser prompt. „Gut, dass wir nicht zu ihm nach Hause gefahren sind, er war ja wohl anderweitig unterwegs.“

„Und das recht flott, wie ich meine.“

Der Parkplatz war voller Autos, jede Menge Menschen liefen herum, die meisten in normaler Straßenkleidung.

„Na toll, die vielen Leute werden die Ermittlungen nicht gerade unterstützen“, brummte Keeser grantig.

„Kommissar Keeser“, rief eine Stimme, kaum dass sie ausgestiegen waren. Eine Frau mit Mikrofon stürzte sich förmlich auf ihn – Presse!

„Das fehlt mir gerade noch!“ stöhnte er und knallte die Wagentür zu.

„Herr Kommissar, wie weit sind Sie in den Ermittlungen im Fall Kaltwein?“

„Oh, Frau Mertens, Ihnen auch einen guten Morgen! Darf ich vorstellen: Kriminaloberkommissarin Stern – Frau Mertens von der RHEINPFALZ.“

Die Journalistin nahm Paula gar nicht wahr. Sie löcherte Keeser weiter: „Wissen Sie schon, wer der Täter ist? Gibt es Verdächtige und wenn ja, wer sind sie?"

„Vor etwa", Keeser warf einen Blick auf seine Armbanduhr, „dreizehn Stunden war ich in der Sache zum ersten Mal hier – glauben Sie wirklich, dass man in so kurzer Zeit einen Fall lösen kann?"

Sie sah ihn überrascht an. „Ist vielleicht ein bisschen kurz", gab sie zu.

„Genau so ist es, meine Liebe – ein bisschen arg kurz! Warten Sie bis zur Pressekonferenz, da können Sie alle Ihre Fragen noch einmal stellen. Wenn wir dann dazu in der Lage sind, werden wir sie eine nach der anderen beantworten, versprochen!" Er sah ihr tief in die Augen. „Hab ich Sie schon jemals enttäuscht?"

Er ließ die Reporterin stehen und ging Richtung Brücke.

Gleich nach dem ersten Torbogen wandten sie sich nach links, wo bunte Zelte standen und reges Treiben herrschte.

„Das ist der Zwinger", erklärte Keeser. „Wer es von den Angreifern über den Außengraben bis hierher geschafft hatte, wurde von der inneren Burgmauer aus unter Beschuss genommen und im günstigsten Fall niedergezwungen ... oder im ungünstigsten Fall, wenn man es von der Warte der Angreifer betrachtet."

„Mann, Sie sind ja ein wandelndes Geschichtslexikon."

Keeser zwinkerte ihr zu. „Ich habe ein bisschen gemogelt – ach, heute nennt man das ja gegoogelt! Ist es nicht wunderbar, dass man im Internet alles suchen und auch finden kann?"

„Zum Beispiel wie man eine Bombe baut?"

„Auch das, Frau Kollegin, auch das – leider! Zum Glück wollen aber die meisten Menschen gar keine Bomben bauen."

Sie zwängten sich an neugierigen Besuchern vorbei, die alle Zeit der Welt zu haben schienen, überall stehen blieben und so den Weg versperrten. Zu sehen gab es einiges: Ein Schmied hieb auf ein Stück glühendes Eisen auf seinem Amboss ein, ein Feuerschlucker brachte seinem erstaunten Publikum seine Kunststücke dar, es gab Schmuckstände, Lederwaren, mittelalterliche Waffen – insbesondere Schwerter. Auch Kräuter und Tees wurden feilgeboten, Töpferwaren und Kleidung. So oder so ähnlich musste es auf einem Markt vor ein paar hundert Jahren zugegangen sein. Paula tauchte ein in diese fremde Welt. Sie genoss das bunte Treiben, die Gerüche, alles untermalt von dem rhythmischen Schlagen des Schmieds am einen Ende der Zelte und den Klängen einer mittelalterlichen Musikgruppe, die tanzend und singend am anderen Ende ihre Kunst zur Schau stellte. Und auf einmal fand sie die stilecht angezogenen Menschen gar nicht mehr so verrückt wie noch in der Nacht zuvor. Wäre nicht plötzlich Polizeiobermeister Becker aufgetaucht, hätte sie den Grund ihres Hierseins glatt vergessen können.

„Gut, dass Sie da sind – es ist hier wie im Irrenhaus! Kommen Sie mit mir mit!“ Er schlängelte sich den Weg durch Menschen und Stände hindurch, bis sie vor einem hübschen, grün-weißen Zelt standen, um das das Absperrband der Polizei gespannt war. Das zerrissene Polizeisiegel, mit dem der Eingang verklebt gewesen war, flatterte im leichten Wind.

„Kaltweins Zelt. Wir haben nichts angerührt“, versicherte er.

Paula hob das Absperrband etwas hoch. „Darf ich bitten, Herr Kollege?“

Keeser bückte sich ächzend darunter hindurch, und Paula folgte ihm. Sie schlug die Zeltwand am Eingang zurück und trat vor Keeser in das Zelt. Viel gab es hier nicht, aber das Wenige lag wild durcheinander auf dem Boden: zusammengeknüllte Kleidungsstücke, ein klappbarer und in die Ecke geworfener Regiestuhl, ein umgekippter Campingtisch. Auf einer unbequem anmutenden Pritsche lag ein aufgeschlitzter Daunenschlafsack. Alles war mit weißen Federn garniert.

Es roch stockig, der typische Geruch von Zeltwänden, die nicht ganz trocken abgebaut, zusammengelegt und aufbewahrt worden waren. Und es war heiß, die Spätjunisonne brannte auf das Zeltdach und brachte das bisschen Luft darunter zum Kochen.

„Also, ich würde dem Ganzen hier auch ein nettes, kleines Hotelzimmer vorziehen“, brummte Keeser und zog sein Jackett aus. Vorsichtig hob er die Fetzen des Schlafsacks in die Höhe und verteilte so ein paar Federn mehr in dem dreimal drei Meter großen Raum. „Da war aber jemand gründlich.“ Er bückte sich und stellte den Tisch wieder auf – Alugestänge und Plastikplatte, moderne Materialien, die so gar nicht zum Mittelalter passten.

Paula hob die Kleidungsstücke auf. Ein paar schlichte Hemden, im Ausschnitt zum Schnüren, manche mit Borten verziert und allesamt aus grobem Leinen gewebt. Himmel, wie die auf der Haut scheuern mussten! Noch ein schwerer Umhang wie Kaltwein ihn letzte Nacht getragen hatte. Sie untersuchte jedes einzelne Teil, fand versteckt eingearbeitete Taschen, die aber alle leer waren. Danach stapelte sie die Kleider ordentlich zusammengelegt auf dem wackeligen Tisch. „Ich kann mir nicht vorstellen, dass Kaltwein hier irgendetwas von Wert aufbewahrt hat“, sagte sie.

Keeser setzte sich ächzend in den Regiestuhl und wischte sich den Schweiß von der Stirn. „Vielleicht hat der Suchende ja gefunden, was er suchte und hat es mitgenommen?“ gab er zu bedenken.

„Das ist natürlich möglich“, murmelte Paula geistesabwesend. Sie ließ ihren Blick noch einmal durch das Zelt wandern, in der Hoffnung, doch noch ein geheimes Versteck zu entdecken – ein Stück frisch aufgegrabene Erde zum Beispiel oder eine unsichtbare Falte im Zelt. Fehlanzeige. Dann sah sie doch noch etwas. „Halt, da liegt was unter der Pritsche!“ Sie kippte die unbequem aussehende Bettstatt leicht nach hinten, um an ein zusammengeknülltes Stück Papier unter einem der hinteren Beine heranzukommen. Die Aufbauanleitung des Zeltes in mehreren Sprachen, stellte sie enttäuscht fest. Ein leises Geräusch ließ sie stutzen: Aus dem hohlen Gestänge eines der vorderen Füße der Pritsche war ein zusammengerolltes Blatt Papier herausgerutscht und lag nun am Boden.

„Da schau her, Sie sind ja eine begnadete Schatzsucherin!“ Schneller als Paula es ihm jemals zugetraut hätte, bückte sich Keeser nach dem Papier. Er entrollte es vorsichtig und pfiff dann leise durch die Zähne.

Paula trat neben ihn und las die feinsäuberlich geschriebenen Zeilen. „Ein Testament!“

„Bestimmt hat Kaltwein das Testament hier auf der Burg verfasst – sonst wäre es doch in seinem Büro oder zu Hause bei seinen Unterlagen“, überlegte Keeser.

„Und das, was ihn zu diesem Testament veranlasst hat, muss er hier erfahren haben, und da er wusste, dass seine Tage gezählt waren, hat er es sofort aufgeschrieben“, führte Paula den Gedanken fort.

„Und schon haben wir doch tatsächlich einen Anhaltspunkt, wer das Zelt so ungestüm und – wie wir jetzt wissen – erfolglos durchsucht hat, nicht wahr, Frau Kollegin?“

„Der junge Mann im viel zu schnellen gelben Cabrio?“

„Das würde ich auch sagen – doch woher wusste er von diesem Testament?“

„Vielleicht von seinem Vater? Wäre doch möglich, dass er letzte Nacht schon einmal hier war, um seinen alten Herrn umzustimmen, und der hat ihm knallhart ins Gesicht gesagt, dass er jemand anderen in seinem Testament bedacht hat und er ein für alle Mal raus ist. Daraufhin flippte der junge Kaltwein aus und brachte den alten um.“

„Hmm“, brummte Keeser, „ich weiß nicht – hätte er dann nicht sofort nach dem Testament gesucht und nicht erst heute Morgen?“

„Auch wieder wahr – dann hat er also erst heute Morgen davon erfahren ... wäre so herum auch möglich: Nach dem Tod seines Vaters erfährt er – von wem auch immer – von diesem Testament. Er fährt schnurstracks hier hoch und versucht im allgemeinen Trubel zu retten, was noch zu retten ist – nach dem Motto: Wo kein neues Testament, da gilt das alte Testament ... hört sich ja fast biblisch an."

„Doch wer wusste davon? Seine Stiefmutter? – So, wie sie über ihn sprach, hätte sie es ihm sicherlich gegönnt, wenn er leer ausginge ... Andererseits: Wenn sie wirklich davon gewusst haben sollte, dann ist es mehr als logisch, dass sie ihren Stiefsohn einweiht und ihn losschickt, um das Testament verschwinden zu lassen", Paula starrte auf das Stück Papier, das einige Leben verändern würde, „denn für sie schrumpft das Erbe damit auch gewaltig."

„Vielleicht ist es aber auch ganz anders, wir wissen einfach noch zu wenig." Keeser rollte das Testament wieder zusammen und steckte es in die Jackentasche. „Wir sollten erst einmal mit dem glücklichen Alleinerben sprechen – vielleicht wollte der ja ganz schnell reich werden und hat deshalb Kaltwein ein bisschen beim Sterben geholfen?"

Becker stand vor dem Zelt und sah sie erwartungsvoll an. „Ebbes gfunne?"

„Ja, wir haben etwas gefunden!" Keeser klopfte zufrieden auf das zusammengerollte Testament in seiner Tasche. „Wie sieht es mit der Liste der Leute von gestern aus? Sind Sie durch?"

„Bis auf ein paar haben wir alle befragt – die Protokolle hat Kollege Berger. War aber nichts dabei, was uns helfen könnte – keiner hat gesehen, wie der Kaltwein abgemurkst wurde."

„Ach, Becker, das wäre doch auch viel zu einfach – ein bisschen denken und ermitteln wollen wir doch auch, nicht wahr?"

Becker zuckte mit den Schultern. „Wenn Sie meinen ... Irgendwelche Kratzer konnten wir bisher auch nicht entdecken, aber das müssen wir ja in den meisten Fällen nachträglich noch überprüfen."

„Schon jemand von der Kriminaltechnik aufgetaucht?"

Becker schüttelte bedauernd den Kopf.

Keeser sah sich um. Er überragte die meisten Menschen, die sich an ihnen vorbeischoben, schien aber doch nicht zu sehen, was er suchte. „Jungfer Aurora – Sie wissen nicht zufällig, wo sie sich aufhält?"

„Oben im Burghof, sie hilft bei irgendwelchen Spielen. – Ist sie unsere Verdächtige?" Becker schien für diese Idee Feuer und Flamme zu sein.

„Nicht verdächtiger als die anderen – aber Knopp hat bei Kaltwein ein rotes Haar gefunden, und wir sollen eine Vergleichsprobe besorgen. Kommen Sie, Frau Kollegin, wir gehen ein Stockwerk höher.“

Keeser ging vor ihr. Wie ein Eisbrecher, der Eismassen spaltet und die Brocken beiseiteschiebt, bahnte er mit seinem massigen Körper einen Weg durch die Menschen.

Auch im Burghof herrschte großer Andrang. Hier waren ebenfalls Buden und Stände aufgebaut. Eine Gauklertruppe jonglierte und turnte vor dem geneigten Publikum. Ein Rittergrüppchen hielt einen anschaulichen Vortrag über die Kleidungsschichten, in die ein Ritter schlüpfen musste, bevor er in den Krieg ziehen konnte. Dafür zog sich ein gutgebauter, recht junger Ritter unter den aufmerksamen Blicken – vor allem der weiblichen Zuschauer – und mittels der helfenden Hände seines Knappen sorgsam immer wieder an und aus. Unterkleid, Wams, Kettenhemd, Reiterumhang etc. und wieder zurück.

Vor der Burgschänke schließlich war eine Zielscheibe aufgebaut, auf die die Männer von heute mehr oder weniger erfolgreich Äxte warfen. Und Aurora war es, die mit attraktiv geröteten Wangen diese Äxte wieder aufsammelte oder aus der Zielscheibe zog, um sie dem nächsten Werfer zu übergeben. Sie sah zauberhaft aus in ihrem dunkelgrünen Samtkleid mit den flatternden Trompetenärmeln und dem geschnürten Mieder.

Paula umrundete die ordentlich in einer langen Schlange anstehenden Männer und tippte Aurora auf die Schulter. „Wir müssten Sie kurz sprechen, haben Sie einen Moment Zeit?“

Aurora winkte Junker Gieselher heran, der ganz in der Nähe stand und, so wie es aussah, die junge Frau nicht aus den Augen gelassen hatte. „Übernimm doch mal, ich komme gleich wieder!“

Gieselher strahlte über das ganze Gesicht. „Aber ja, Jungfer Aurora, ich werde Euch würdig vertreten!“ versprach er und entkam dabei nur um Haaresbreite einer Axt, die – leicht von der geplanten Flugbahn abweichend – an seinem Kopf vorbeisauste.

Keeser gesellte sich zu den Frauen und deutete hinüber zum großen Turm. „Lassen Sie uns auf den Bergfried hinaufsteigen – oben ist es vielleicht ein bisschen ruhiger.“ Er lief schnurstracks zur Eingangstür, aus der gerade eine Gruppe begeistert schnatternder Japaner strömte. Was die wohl über die verkleideten Deutschen hier dachten? Es würde ihn nicht wundern, wenn sie die Pfälzer für total bekloppt hielten. Schweigend stiegen sie die ausgetretenen Treppen nach oben, die sich im Innern in die Höhe wanden. Gelegentlich mussten sie innehalten und sich eng an das kühle Mauerwerk pressen, um entgegenkommende Besucher vorbeizulassen. Etwas außer Atem erreichten sie die Plattform in dreiundzwanzig Metern Höhe, wie Paula von einer Tafel ablesen konnte. Einzig Aurora schien die Anstrengung nichts ausgemacht zu haben. Zu ihrer Überraschung waren sie jetzt fast alleine hier oben. Die Kommissarin zog automatisch die Lederjacke über ihrer Brust zusammen, denn der Wind pfiff ihnen hier oben unerwartet scharf um die Ohren. Der Blick war atemberaubend. Auf der einen Seite dehnten sich schier unendlich die bewaldeten Hügel des Pfälzer Waldes aus, auf der anderen Seite öffnete sich eine weite Ebene.

Wieder einigermaßen bei Atem erklärte Keeser: „Dort drüben ist das Kernkraftwerk Philippsburg." Er zeigte auf einen schneeweißen Wolkenberg in der Ferne. „Das dort ist Karlsruhe." In der angegebenen Richtung blitzten hohe Schornsteine in der Sonne. „Und weiter rechts kann man bis zum Schwarzwald sehen."

Paula erkannte eine dunkle Bergkette am Horizont – trotz der Entfernung sah es wie ein Katzensprung bis dorthin aus.

„Aber deswegen sind wir natürlich nicht hier hochgeklettert." Keeser wandte sich der jungen Frau zu. „Aurora, warum haben Sie uns nicht die Wahrheit gesagt?"

Sie stand gegen die dicke Mauer gelehnt, den Blick weit in die Ferne gerichtet. Mit ihrem Oberkörper stemmte sie sich gegen den Wind, der kraftvoll in ihr dickes Haar griff und an jeder einzelnen ihrer roten Locken zerrte. Wie lodernde Flammen flatterte ihre Mähne um ihren Kopf. Paula konnte ihre Augen nicht von diesem Anblick lösen – Aurora sah aus wie eine Prinzessin eines irischen oder schottischen Clans, die von den Zinnen ihrer Burg auf ihre Ländereien hinabblickte.

„Ich weiß nicht, was Sie meinen", antwortete diese schöne Prinzessin wie zu sich selbst, ohne den Blick zu wenden.

„Dass Ernst Kaltwein Ihr Vater war", sagte Keeser.

Sie drehte den Kopf und sah ihn ruhig an. „Weil das nur mich etwas angeht!"

„Falsch, junge Dame – Ihr Vater ist ein Mordopfer, und somit geht es mich und meine Kollegin ganz schön was an." Er musterte sie eindringlich. „Sie wollen doch sicherlich wissen, wer das getan hat."

„Bringt dieses Wissen ihn wieder zu mir zurück?" fragte sie mit spöttisch nach unten gezogenen Mundwinkeln.

„Natürlich nicht."

„Na, sehen Sie.“ Aurora drehte sich wieder in den Wind und schloss die Augen. „Und woher wissen Sie es?“

Keeser zögerte, das Papier aus seiner Tasche zu holen. Wie oft schon hatte er in Filmen gesehen, dass wichtige Dokumente von irgendwelchen Hochhäusern oder Türmen weggeweht wurden, unwiederbringlich durch die Luft flatterten und für immer verloren waren – quasi als dramaturgisches Element des Regisseurs. Deswegen umklammerte er die Papierrolle fest mit seinen Fingern und vermied es, sie aufzurollen. „Wir haben ein Testament gefunden“, erklärte er. „Ernst Kaltwein hat Sie darin als Alleinerbin eingesetzt.“

Jetzt riss Aurora den Kopf herum und starrte ungläubig auf das Dokument in seiner Hand. „Das ist doch Blödsinn!“ schnaubte sie. „Warum hätte er das tun sollen?“

„Nun, wir werden wohl nie seine Beweggründe herausfinden – Tatsache ist jedoch, dass er es getan hat.“

Tränen sammelten sich in den grünen Augen und flossen über ihr Gesicht.

„Sie wussten nichts davon?“ vergewisserte sich Paula, die es bisher vorgezogen hatte, still zu beobachten.

Stumm schüttelte Aurora den Kopf.

„Sind Sie so überrascht, weil Ernst Kaltwein noch nicht lange wusste, dass er Ihr Vater ist?“

Keeser sah seine Kollegin mit hochgezogenen Augenbrauen an. Ein in einem Zelt geschriebenes und noch dazu gut verstecktes Testament veranlasste Paula zu diesem Schuss ins Blaue.

„Seit Freitag“, antwortete Aurora dann auch prompt.

„Erst seit Freitag?“ brummte Keeser ungläubig.

„Ich habe es vorher einfach nicht fertiggebracht, es ihm zu sagen“, schniefte sie, und Keeser reichte ihr ein frisches Papiertaschentuch. Nachdem sie sich gründlich geschnäuzt hatte, erzählte sie die ganze Geschichte.

„Vor einem halben Jahr verplapperte sich meine Mutter. Bis dahin wusste ich nicht, wer mein Vater ist – sie hat es mir nie verraten. Immer wenn ich sie danach fragte, sagte sie mir, dass das doch vollkommen egal wäre und mein Vater sowieso kein Interesse an mir hätte.“ Sie schnäuzte sich erneut. „Letzten Dezember war ein Bericht über ein weihnachtliches Mittelalterfest in Worms in der Zeitung. Es waren auch ein paar Fotos dabei. Über eines regte sie sich dermaßen auf – sie schimpfte wie ein Rohrspatz über den Mann, der darauf zu sehen war. ‚Du vögelst dich also noch immer durch das Mittelalter‘ und ‚Wie viele Bäuche von jungen Mädchen hast du wohl inzwischen noch gefüllt, du elender Bastard!‘ Sie hat nicht gemerkt, dass ich zuhörte.“

„Auf dem Foto war Ernst Kaltwein?“ vermutete Paula.

Aurora nickte und sprach, jetzt, da sie endlich zu erzählen begonnen hatte, unbeirrt weiter. „Ich wusste, dass meine Mutter in ihrer Jugend auch über die Mittelalterfeste tingelte und somit auch, dass sie diesen Mann offensichtlich kannte. Zudem hatte sie diesen Hass in all den Jahren nur dann in der Stimme, wenn sie von meinem verantwortungslosen, flüchtigen Erzeuger sprach. Ich zählte also eins und eins zusammen und fragte sie, ob der Mann auf dem Foto mein Vater sei. Sie war so in Rage, dass sie das bejahte. Mit seinem Namen rückte sie allerdings nicht heraus. Ich begann also zu recherchieren, wann und wo solche Mittelaltertreffen stattfanden, kaufte mir die passenden Klamotten und zog los.“

„Wusste Ihr Freund, dass Sie Ihren Vater suchten?“ wollte Paula wissen.

„Nein – deswegen hatten wir ja ständig Ärger. Ich wollte ja nur meinen Vater finden und kennenlernen – und als ich Ernst dann fand, dachte Carolus, dieser Trottel, doch tatsächlich, ich wäre sexuell an ihm interessiert!“ Sie verzog angewidert das Gesicht. „Mit so einem alten Kerl – das ist doch eklig!“

„Und trotzdem haben Sie es ihm nicht verraten?“

„Ich hab doch vorhin schon gesagt, dass das alleine meine Sache ist!“ sagte sie ungehalten. „Ich wollte ihn einfach nur kennenlernen und sehen, wie er so ist – ob er tatsächlich so ein Schwein ist, wie meine Mutter Zeit meines Lebens behauptete. Ich wollte nichts von ihm, er sollte es nie erfahren ...“

„Und wie hat Kaltwein ... also Ihr Vater es dann doch herausgekriegt, dass Sie seine Tochter sind?“

„Wir verstanden uns von Anfang an gut – nicht, was Sie denken“, sagte sie trotzig. „Er hat niemals Anstalten gemacht, mich zu verführen! Wir redeten viel – er war so schlau, wusste so viel, er war so witzig ... Ich fühlte mich wohl in seiner Nähe. Und eines Tages erzählte er mir traurig von einer wunderschönen, jungen Frau, der ich sehr ähneln würde. Er hatte sie vor Jahren bei einem Spectaculum kennengelernt und so sehr geliebt, dass er damals alles für sie aufgegeben hätte!“ Sie schluckte gerührt und atmete tief durch. „Doch sie war eines Tages einfach aus seinem Leben verschwunden ... Und als er dann noch den Namen meiner Mutter nannte, musste ich es ihm einfach sagen ...“

„Wenn ich an das Testament denke, war er eher erfreut als schockiert über Ihre Nachricht“, schlussfolgerte Keeser. Wie würde er wohl reagieren, wenn eines Tages eine junge Frau vor ihm stehen und Papa zu ihm sagen würde? – Möglich wäre das allemal, schließlich war er auch mal jung und dem weiblichen Geschlecht von jeher sehr zugetan gewesen.

Aurora lächelte sanft und nickte. „Er war glücklich darüber! Er nahm mich in die Arme und hörte gar nicht auf, immer wieder zu sagen, wie glücklich ihn das mache.“ Wieder sah sie in die Ferne, und als die Beamten schon dachten, sie würde nichts mehr sagen, sprach sie leise weiter. „Und seine Geschichte war so ganz anders als die meiner Mutter: Er wollte sich für sie scheiden lassen, auch wenn sie ihm nie gesagt hatte, dass sie ein Kind von ihm erwartete. Über Nacht war sie verschwunden, ohne eine Spur zu hinterlassen. Nur ihren Vornamen wusste er, aber das genügte nicht, um sie zu finden. Das Internet gab es ja damals noch nicht. Also blieb er zunächst bei seiner Frau, war aber nie wirklich glücklich mit ihr. Auch mit der zweiten Frau, Trauthilde, lief es nicht wirklich gut – immer verglich er sie mit meiner Mutter ...“

Der Stoff für ein bewegendes Liebesdrama, konstatierte Paula. „Und wie lautete die Geschichte Ihrer Mutter?“ fragte sie, obwohl sie sich die recht gut vorstellen konnte.

„Pah ... sie hat mir immer eingeredet, er hätte sie fallenlassen, weil ich unterwegs war! Sie hat ihm einfach nicht vertraut, so war das!“

„Was sagt Ihre Mutter dazu, dass Sie Kontakt zu Ihrem Vater aufgenommen haben?“ Keeser schob sie sanft zur Treppe – er hatte genug Aussicht genossen.

Der Wind fuhr jetzt von hinten in Auroras Haar, wehte es nach vorne, so dass sie nichts mehr sehen konnte. Sie riss die Arme hoch und versuchte mit beiden Händen, ihrer Haarpracht Herr zu werden. Dabei rutschten die langen Trompetenärmel und gaben den Blick frei auf zwei makellose, fast weiße Arme.

Keine Kratzer, schade, dachte Paula. Ihr Blick traf den von Keeser, der offenbar genau das Gleiche gedacht hatte wie sie.

„Sie weiß es noch gar nicht ...“ Aurora hatte sich einen dicken Zopf geflochten.

„... weil es nur Sie was angeht, stimmt ja!“ beendete Keeser ihren Satz.

Aurora sagte nichts darauf und stieg mit versteinerter Miene die Stufen hinab.

„Umgebracht haben Sie ihn aber nicht zufällig?“ fragte Keeser beiläufig.

Sie blieb so abrupt stehen, dass Paula nicht schnell genug anhalten konnte und in sie hineinlief. „Natürlich nicht! Warum hätte ich das denn tun sollen?“

Auch Keeser blieb jetzt stehen und sah zu den zwei Frauen hinauf. „Gesetzt den Fall, Sie hätten uns vielleicht nicht die Wahrheit gesagt und hätten doch von dem Testament gewusst ... dann wären Sie so um einiges schneller an Ihr Erbe gekommen ..."

„Ich hasse Sie!" zischte die junge Frau voller Zorn.

Wow, dachte Paula amüsiert, vor nicht allzu langer Zeit wärst du mit so einer Vorstellung mit Sicherheit auf einem Scheiterhaufen gelandet!

Keeser drehte sich wieder um und ging seelenruhig weiter. „War ja nur so eine Überlegung", brummelte er halblaut.

Wieder auf dem Burghof angelangt, erinnerte sich Paula an Knopps Auftrag: Sie ergriff zwei, drei von Auroras Haaren und zog kräftig daran. Mit einem ärgerlichen „Autsch" fuhr das Mädchen zu ihr herum und schenkte ihr einen wütenden Blick.

„Tut mir leid!" entschuldigte sich Paula mit erhobenen Händen. „Ich dachte, es sei ausgefallen und wollte es nur wegzupfen."

Aurora machte auf dem Fuß kehrt und verschwand in der Menge.

„Die könnte glatt als Hexe Karriere machen!" Keeser sah der jungen Frau mit einer gewissen Bewunderung nach.

Triumphierend hielt Paula die erbeuteten Haare in die Höhe.

„Von Skalpieren war nie die Rede, Frau Kollegin!" frotzelte er, während er eine kleine Plastiktüte aus der Innentasche seines Jacketts fischte. Nachdem die Haare sicher darin verpackt waren, steckte er sie wieder ein.

„Na, da haben wir doch schon mal ein hübsches Mitbringsel fürs Labor", sagte er zufrieden und grinste. „Mann, war die sauer auf uns – ich glaube fast, sie hat mich mit einem Fluch belegt."

Sein Handy klingelte. „Becker", verkündete er nach einem Blick auf das Display und ging ran.

„Alla, des grieche mer scho hie, norre kä Uffrechung", hörte Paula ihn sagen, ohne zu verstehen, worum es ging. „Mir kumme gleich!" Er klopfte Paula auf die Schulter und marschierte los. „Folgen Sie mir unauffällig – Polizist in Not!"

Grinsend heftete sie sich an seine Fersen und versuchte, ihn im Gedränge nicht zu verlieren.

Keeser bahnte sich den Weg zurück zu den Zelten, wo Polizeiobermeister Becker auf sie wartete. Schon von weitem hörten sie laute Stimmen, und als sie sich durch den Ring der neugierigen Zuschauer nach vorne gedrängt hatten, sahen sie Becker mit hochrotem Kopf mit dem Waffenschmied vor dessen Zelt heftigst diskutieren.

„Ach, Herr Kommissar, guud, dass Se kumme! Der gudie Maa will äfach nit eisehe, dass mer sei Waffe beschlagnahme misse. Vielleicht hot er jo e Eisehe, wenn Sie em des vergliggre!"

„Was ist da los?" Paula hatte kein Wort verstanden.

„Kollege Becker wollte die Waffen beschlagnahmen, um sie ins kriminaltechnische Labor zu bringen, aber der Herr Schmied will sie nicht rausrücken. Er bekommt sie ja wieder – nach der Untersuchung – das soll ich ihm verklickern", erklärte Keeser.

Paula sah sich daraufhin in dem Zelt um, in dem jede Menge Waffen und Gerätschaften herumlagen oder von der Decke baumelten. Eine wirklich gute Idee, fand sie. Immerhin war es möglich, dass der Mörder sich hier bedient und nach seiner Tat die Mordwaffe wieder hierher zurückgebracht hatte. Blieb nur zu hoffen, dass sie im Laufe des Tages noch nicht verkauft wurde. „Wer hat das angeordnet?" wollte sie wissen.

„Na ich – heute Morgen bei der Frühbesprechung. Warum in die Ferne schweifen, dachte ich mir, nachdem keine Waffe in der Umgebung des Tatorts gefunden wurde. Ich weiß bloß nicht, warum das erst jetzt erledigt wird."

„Das ist geschäftsschädigend", brauste der Schmied auf. „Wie soll ich was verkaufen, wenn mein Zelt von euch leergeräumt wird?"

„Möchten Sie etwa eine Mordwaffe verkaufen?" fuhr ihn Keeser an. Langsam riss ihm der Geduldsfaden. „Im Übrigen ist das, was Sie hier treiben, Behinderung der Staatsgewalt! Bis zum nächsten Wochenende haben Sie die Sachen ja wieder – Sie bekommen auch eine Quittung von uns! Becker, los jetzt, einpacken, aber ein bisschen zackig!"

Der Schmied wich eingeschüchtert zurück, und Becker winkte sichtlich erleichtert zwei Beamte herbei, die sich Handschuhe überzogen und damit begannen, alles an Werkzeug und Waffen in Tüten zu verpacken.

„So, Leute, genug gesehen! Danke für Ihr Interesse und auf Wiedersehen!" Keeser wedelte mit den Händen, um die Schaulustigen zu vertreiben. „Alles muss man selber machen!" Fröhlich zwinkerte er Paula zu. „Und jetzt gehen wir zwei Hübschen was schnabulieren!" Er hakte sich bei ihr ein und zog sie mit sich.

„Gute Idee", willigte diese ohne Widerworte ein. Es ging auf ein Uhr zu, und ihr Magen hing in den Kniekehlen, wenn nicht noch ein Stückchen tiefer. Der Duft nach Essen, der von der Burgschänke herüberwehte, machte die Sache nur noch schlimmer. In Gedanken sah sie sich schon auf einer der unzähligen Bänke im schattigen Burghof sitzen, vor sich einen dieser köstlichen Flammkuchen.

Doch Keeser schlug nicht den Weg Richtung Flammkuchen ein. Er führte sie vielmehr zurück zum Auto.

„Kein Flammkuchen?“ maulte Paula enttäuscht.

„Was viel Besseres!“ versprach er und öffnete ihr zuvorkommend die Beifahrertür.

„Was kann es Besseres geben als Flammkuchen?“ fragte Paula unglücklich.

„Lassen Sie sich überraschen.“

Im Schritttempo fuhren sie den Weg nach unten. Besucherströme kamen ihnen zu Fuß entgegen, lachend, plaudernd – keiner kümmerte sich um das Auto, das sich seinen Weg durch sie hindurch zu bahnen versuchte; kaum einer machte von sich aus Platz. Genauso muss es Monika Kaltwein gestern Abend ergangen sein, überlegte Paula.

„Man muss unter der Woche hier hoch kommen, da ist es schön ruhig – an den Wochenenden ist es immer ein Albtraum“, brummte Keeser, der trotzdem bewundernswert ruhig blieb. Paula hätte schon längst auf die Hupe gedrückt oder laut ihren Unmut durch das geöffnete Wagenfenster kundgetan. Es dauerte eine kleine Ewigkeit, bis sie endlich unten angelangt waren.

„Wohin fahren wir überhaupt?“

Keeser nahm nicht den Weg nach Landau zurück, vielmehr bog er, kurz nachdem sie Klingenmünster hinter sich gelassen hatten, nach Eschbach ab. „Nach Edenkoben zu Kaltwein junior – aber wir machen einen kleinen Umweg. Sie wollen doch Ihr neues Zuhause kennenlernen – also fangen wir gleich damit an.“

Sie schlängelten sich durch die enge Hauptstraße von Eschbach. Danach kam Leinsweiler.

Keeser deutete über das Lenkrad hinweg auf den Berg vor ihnen. „Das dort oben ist der Slevogthof.“

Paula betrachtet ein Gebäude, das von einem weißen Turm mit Zinnen überragt wurde. „Aha“, sagte sie, nicht gerade beeindruckt.

„Slevogt – sagt Ihnen das nichts? Max Slevogt ist einer der berühmtesten Maler der Pfalz!“ Keeser klang leicht empört.

„Gehört habe ich schon von ihm – ich glaube, meine Mutter mag ihn recht gern“, erinnerte sich Paula trübe.

„Es gab in letzter Zeit recht viel Ärger da oben – ein Trickbetrüger soll die Enkelin von dem Maler beklaut haben – Bilder und Zeichnungen in Millionenhöhe. Als sie dann starb, wollte keiner Neukastel übernehmen – so hieß der Slevogthof früher. Nicht mal das Land interessierte sich dafür, was für eine Schande! Dort oben ist noch alles so, wie es zu Slevogts Lebzeiten war – er hat sogar die Decken und Wände bemalt, echt einzigartig! In Salzburg hätte keiner auch nur eine Sekunde gezögert, Mozarts Geburtshaus zu erhalten."

„Und, was wird jetzt damit?" Paulas Interesse war nun doch geweckt, obwohl sie schon längst durch Ranschbach fuhren und der Slevogthof hinter ihnen lag.

„Ein privater Investor hat sich jetzt erbarmt – mal sehen, was der damit anstellen wird. Jetzt sind wir auf der Alten Weinstraße", erklärte er, als er in Siebeldingen abbog. „Die neue befindet sich heutzutage im Flachland – sie geht vom Deutschen Weintor in Schweigen bis rauf nach Bad Dürkheim. Aber die alte finde ich viel schöner, führt durch die ganzen alten Weindörfer – da wird Ihr Motorradfahrerherz höher schlagen!"

Paula bestaunte schon seit sie losgefahren waren die hübsch herausgeputzten Orte mit den gepflegten Häusern aus Fachwerk und Sandstein. Die Weinberge rechts und links der Straße schienen sich ins Unendliche zu erstrecken. „Und die leben hier alle vom Weinbau?"

„Ja – ist bei euch in Franken doch auch so, oder?"

„Es sieht auch gar nicht so viel anders aus bei uns – wir haben fast die gleichen Fachwerkhäuser."

„Die Pfalz hat ja auch mal zu Bayern gehört", verriet Keeser.

„Echt? Das wusste ich gar nicht."

„Einer eurer Ludwigs – der Erste, glaub ich – hat sich hier in der Nähe sogar ein Sommerschlösschen gebaut, direkt über Edenkoben – Villa Ludwigshöhe. Das Slevogt-Museum ist übrigens jetzt dort untergebracht. Da müssen Sie unbedingt mal hoch – der Blick von da oben ist atemberaubend!"

„Sie sind wirklich ein wandelndes Lexikon", lachte Paula.

„Werden Sie mal so alt wie ich – dann sammelt sich auch bei Ihnen ein Haufen Wissen in den grauen Gehirnzellen an!"

Sie las das nächste Ortsschild. „Burrweiler – was gibt es da Wissenswertes?"

„Ein Ofenmuseum und die Sankt Anna Kapelle", antwortete er wie aus der Pistole geschossen. „Und", er wurde langsamer, bog nach links ab und kurz darauf wieder nach rechts, geradewegs in die Weinberge hinein, „die Burrweiler Mühle."

„Hier? Mitten in der Pampa?“ fragte Paula ungläubig. Doch schon nach der nächsten Wegbiegung sah sie ein gehöftähnliches Anwesen.

„Mitten in der Pampa!“ bestätigte Keeser und sah sich kopfschüttelnd nach einem Parkplatz um. „Dass diese KaLuMas uns Pfälzern immer alle Parkplätze wegnehmen müssen!“

„KaLu ... was?“

„Na, die Karlsruher, Ludwigshafener und Mannheimer Touristen! Immer das Gleiche – die überschwemmen die Pfalz jedes Wochenende wie ein Schwarm Heuschrecken.“ Er zwinkerte ihr verschwörerisch zu. „Und lassen freundlicherweise jede Menge Devisen bei uns.“

Endlich fand er eine Lücke und stellte den Wagen ab.

„Und jetzt gibt’s einen leckeren Saumagen!“ schwärmte er.

So richtig lecker hörte sich das für Paula allerdings nicht gerade an. „Saumagen?“ fragte sie zutiefst skeptisch.

Auf einem geschotterten Weg gingen sie Richtung Lokal. Über eine hohe Hecke hinweg konnte sie in einen wunderbar angelegten Biergarten sehen.

„Das Pfälzer Nationalgericht!“ Keeser verdrehte gespielt genervt die Augen. „Mann, Ihnen muss man ja wirklich noch alles beibringen – was lernt ihr denn überhaupt im fernen Bayern?“

„Ich dachte, der Flammkuchen ist das Nationalgericht?“ begehrte Paula auf.

„Ach, Gott bewahre, doch nicht der Flammkuchen! Den haben wir nur annektiert – von den Elsässern.“ Sie standen jetzt am Garteneingang, und er ließ seinen Blick suchend umherwandern. „Ich glaube, dort hinten sind noch zwei Plätze frei.“ Er folgte knirschenden Schrittes dem kiesbedeckten Weg zu einem Tisch, an dem tatsächlich noch zwei leere Stühle standen. „Ist hier noch Platz für zwei hungrige Pfälzer?“ fragte er das ältere Paar mit äußerst charmantem Lächeln. „Also, um ganz ehrlich zu sein: Wir sind ein Pfälzer und eine Roigeritschti – dürfen wir uns trotzdem zu Ihnen setzen? Wir beißen auch nicht, versprochen!“

„Aber ja!“ Lachend nahm die Frau ihre Jacke von der Lehne des leeren Stuhles neben ihr. „Wir wollen sowieso zahlen.“

„Eine Roigeritschti – was ist denn das nun wieder?“

„Eine Reingerutschte“, übersetzte Keeser und blätterte durch die Speisekarte.

„Ach so! In Bayern heißt das Zugroaste!“

„Und wie sagen die Franken dazu?“

„Eine Neigschmeckte.“

„Ist die deutsche Sprache nicht einfach wunderbar?“ grinste Keeser. „Wollen Sie Ihren Saumagen mit Bratkartoffeln oder mit Brot?“

„Ehrlich gesagt, weiß ich noch gar nicht, ob ich sowas überhaupt essen möchte ... hört sich ja nicht gerade verlockend an.“ Zweifelnd verzog sie das Gesicht.

„Liebe Frau Kollegin, wie wollen wir jemals das neue Dreamteam werden, wenn Sie Ihrem Partner nicht vertrauen?“ Mit vorwurfsvollem Blick klappte er die Karte zu.

„Bratkartoffeln“, sagte sie todesmutig.

„Braves Mädchen! Und einen Schoppen Rieslingschorle dazu?“

Paula hätte lieber ein Hefeweizen getrunken, aber sie wollte nicht widersprechen. Keeser gab ihre Bestellung auf. Das Ehepaar stand wenig später auf, wobei die Frau ihr aufmunternd auf die Schulter klopfte und sie anlächelte. „Zum ersten Mal in der Pfalz? – Keine Angst, der Saumagen ist gut. Es ist übrigens Ex-Bundeskanzler Kohls Lieblingsessen, falls Sie das ein bisschen beruhigt!“

„Nun, das Lieblingsgericht der australischen Ureinwohner sind dicke Ameisenlarven, und ich möchte sie trotzdem nicht essen müssen“, gab Paula zu bedenken.

Die Frau lachte schallend. „Auch wieder wahr – trotzdem: Guten Appetit!“

Die Getränke kamen. „Ach, du Schande, das ist ja ein ganzer Eimer!“ sagte Paula, als ein Halbliterglas vor ihr abgestellt wurde.

„Das ist ein Pfälzer Schoppen – Prost!“ Keeser nahm sein Glas und stieß es mit leisem Klirren an ihres. „Jemand, der aus dem Land der Maß kommt, sollte locker mit diesem Fingerhut fertig werden!“

Paula trank einen großen Schluck. „Hmm, schmeckt gar nicht übel!“ stellte sie überrascht fest. „Schön frisch.“

„Wir Pfälzer wissen schon, wie es sich gut leben lässt“, lachte Keeser.

„In Franken ist ein Schoppen ein Viertel – kein Wunder, dass ich ein bisschen erschrocken bin. Mann, danach müssen Sie mich zum Auto tragen!“

„Kein Problem, Sie halbes Hemd werf ich mir einfach über die Schulter.“

Das Essen kam. Keeser beugte sich über seinen Teller und inhalierte den Essensduft.

Paula beugte sich ebenfalls über ihren Teller und beäugte ihr Essen prüfend. „Von Sauerkraut war nie die Rede!“ maulte sie. „Bei dieser Hitze ...“

„Sauerkraut ist aber immer dabei“, nuschelte Keeser mit vollem Mund. „Jetzt stellen Sie sich doch nicht so an – in Bayern gibt es die Schweinshaxe doch auch mit Sauerkraut, oder?“

Paula ergab sich in ihr Schicksal und begann zu essen. „Und was ist das jetzt genau?“ Sie tippte mit dem Messer auf die beiden dicken, knusprig braun angebratenen wurstähnlichen Scheiben, die auf dem Kraut thronten.

„Lauter gute Sachen: Fleischmasse, Kartoffeln, Kräuter und Gewürze ...“ Keeser schien es jedenfalls zu schmecken, denn er hatte die erste Scheibe schon vernichtet.

Paula schob sich ein kleines Stück in den Mund. „Gar nicht mal schlecht ... und warum heißt das Saumagen?“

„Weil früher die Masse in eine leere und natürlich gereinigte Schweinemagenblase gefüllt wurde – heutzutage wird meistens eine Kunststoffhülle verwendet.“ Wie zum Beweis hob er die übriggebliebene Plastikhaut seiner ersten Scheibe hoch.

„Ist ja ähnlich wie unser Presssack – bis auf die Kartoffeln jedenfalls.“ Paula aß jetzt mit bestem Appetit. Sogar das Sauerkraut schmeckte ihr ausnehmend gut.

„Im Herbst werden oft noch Keschde mit reingemischt.“ Auf ihren fragenden Blick hin ergänzte er: „Kastanien.“

„Kastanien?“ wunderte sich Paula. Kastanien wurden bei ihr zu Hause im Winter an das Wild verfüttert. „Schmeckt das denn?“

„Esskastanien natürlich, Maronen. Dank unseres milden Klimas wachsen die hier in ganzen Wäldern. Wussten Sie nicht, dass man die Südpfalz auch die Toskana Deutschlands nennt?“

Paula schüttelte kauend den Kopf.

„Und es gibt in der Pfalz jedes Jahr diverse Saumagen-Wettbewerbe. Bei uns Pälzern geht die Liebe quasi durch den Saumagen!“

Derart aufgeklärt aß Paula ihren Teller leer und lehnte sich schließlich erschöpft zurück.

„Espresso?“ fragte Keeser. „Oder kennt man den bei euch auch noch nicht?“

Sie boxte ihm leicht auf den Oberarm. „Gerne einen doppelten – mir ist schon ganz schwummrig von dem vielen Wein.“

„Das war doch nur eine Schorle, also ganz viel Wasser dabei. Ich glaube, da liegt noch ein gutes Stückchen Arbeit vor mir, bis ich Sie zu einer leidlich akzeptablen Pfälzerin gemacht habe!“ stöhnte er gespielt verzweifelt.

„Wie war denn mein Vorgänger?“ erkundigte sich Paula, als sie ihre Espressi vor sich stehen hatten.

„Schubert?“ Keeser überlegt kurz, dann grinste er breit. „Alt und nicht so hübsch wie Sie! – Aber mal im Ernst: Er war meine bessere Hälfte ... dienstlich gesehen, natürlich nur! Ich dachte was, und er sprach es aus, bevor ich Luft holen konnte – so in etwa, Sie wissen schon. Aber das war nach fünfundzwanzig gemeinsamen Dienstjahren auch kein Wunder.“

„Er fehlt Ihnen wohl sehr.“

„Er ist ja erst seit Anfang des Monats im Ruhestand – noch fühlt es sich so an, als wäre er bloß im Urlaub. Ich hab ja jetzt Sie ...“ Er lächelte sie schief an. „Wir werden schon irgendwie zurechtkommen, was meinen Sie?“

„Warum nicht, ich kann manchmal ganz nett sein.“

Keeser lachte laut. „Ich mag Ihre Art: Sie nehmen kein Blatt vor den Mund. Ich denke, wir werden viel Spaß zusammen haben!“

Paula prostete ihm mit ihrer Kaffeetasse zu. „Auf gute Zusammenarbeit!“

„Gleichfalls!“

„Apropos Arbeit – wie geht’s jetzt weiter?“ wurde Paula wieder ernst.

„Gute Frage – noch ist alles ja recht unübersichtlich ...“ Er klopfte auf die Tasche seines Jacketts, das er trotz Hitze anbehalten hatte, weil er darunter seine Waffe trug. „Erst einmal die Haare in die Kriminaltechnik – falls sie mit dem auf Kaltweins Kleidung übereinstimmen, haben wir schon mal Aurora am Haken. Ich persönlich glaube irgendwie nicht an Kaltweins spätes Vaterglück – das passt so gar nicht zu seiner Vorgeschichte.“

„Meinen Sie nicht, dass man mit dem Tod im Nacken nicht doch noch ein besserer Mensch werden kann?“ gab Paula zu bedenken.

„Nun, es gibt nichts, was es nicht gibt, das hab ich in meinem Job schon oft erfahren müssen.“ Er klopfte wiederum auf das Jackett. „Und dann sollten wir von einem Grapho... Dingsbums ...“

„Graphologen“, half Paula.

„... von einem Graphologen, genau, überprüfen lassen, ob er dieses Testament auch wirklich selbst geschrieben hat.“

„Wer sonst hätte es denn schreiben sollen? Aurora?“

„Jemand, der von diesem Testament profitiert: Aurora natürlich oder ihre Mutter – alles möglich. Und falls Kaltwein es doch eigenhändig geschrieben haben sollte: Vielleicht war es ja gar nicht der junge Kaltwein, der danach suchte, sondern Aurora? Möglich, dass sie das Testament an sich bringen wollte, bevor es ein anderer verschwinden lassen konnte.“

„Nein, ich glaube ihr, dass sie nichts davon wusste." Paula sah das erstaunte Gesicht der jungen Frau genau vor sich, als sie ihr von dem Testament erzählt hatten. „Warum ist der junge Kaltwein wohl sonst so stürmisch an uns vorbeigebraust? Ich tippe auf ihn."

„Nehmen wir mal an, er wusste noch gar nichts von dem Tod seines Vaters, als er da hochgefahren ist. Er fuhr also auf die Burg, um noch einmal mit seinem Vater über seine prekären Finanzen zu sprechen, um ihn um Geld anzubetteln. Und erst hier erfuhr er von dem Tod seines Vaters – also, dann wäre es schon nachvollziehbar, dass er emotional etwas aufgewühlt gewesen und deshalb etwas zu stark aufs Gaspedal gestiegen wäre, nicht wahr?" gab Keeser zu bedenken.

„Okay, das wäre möglich. Wir können ihn das später fragen. Aber wenn Kaltwein sich an diesem Wochenende spontan zu dem neuen Testament entschlossen hatte – eventuell bestehende Lebensversicherungen sind dann bestimmt noch nicht geändert", überlegte Paula. „Vielleicht hat ihn ja jemand umgebracht, bevor er das auch noch ändern konnte?"

„Schadensbegrenzung also? – Hmm, eine plausible Option. Seine Frau müsste darüber doch Bescheid wissen. Wir werden sie also auch noch einmal aufsuchen. Sie ist doch brünett, oder?"

„Aber gefärbt, das kann man am Haaransatz erkennen."

„Kann man das?" wunderte sich Keeser.

„*Frau* kann das jedenfalls", grinste sie.

„Ihr Mädels beäugt andere Frauen wohl recht kritisch?"

„Kritischer als ihr Männer sicherlich. Männer finden große Brüste zum Beispiel einfach nur geil – wir sehen sofort, wenn sie nicht echt sind."

„Wir wollen halt einfach nicht wahrhaben, dass so schöne Dinge nicht echt sind", brachte Keeser zur Verteidigung des männlichen Geschlechts vor. Er winkte der Bedienung. „Ich möchte ungern zahlen!"

Paula zückte ihren Geldbeutel.

„Nichts da, Frau Kollegin, das übernehme ich!" Er nahm die Rechnung in Empfang und bezahlte.

„Das ist also Ihr neues Zuhause!" sagte Keeser. Sie standen vor dem Metalltor zum Hof ihrer Dienststelle und sahen zu, wie es sich automatisch und langsam öffnete. „Erst gehen wir in die Kriminaltechnik, dann zeige ich Ihnen unser Büro."

Er stellte den Wagen ab, und sie folgte ihm über den Parkplatz zu den sicherlich denkmalgeschützten Sandsteingebäuden. Er deutete auf das Haus zu ihrer Rechten. „Hier ist die Leitzentrale untergebracht, das Büro des Polizeioberrates und die Pressestelle.“ Er wandte sich nach links. „Und hier im Nebengebäude befindet sich unsere Spielwiese: Die Kommissariate 2, 4, 7, 8 und natürlich 9.“

Er hielt ihr die Tür auf und machte einen tiefen Diener. „Betreten Sie jetzt die heiligen Hallen der Wahrheitsfindung!“

Kichernd trat Paula ein und folgte ihm in den ersten Stock.

„Gleich hier rechts: der Besprechungsraum“, begann er die Führung.

Paula stand staunend an der Tür. Die Decke war sicherlich drei Meter hoch – typisch für ein altes Stadthaus. Aufwendige Stuckarbeiten und Malereien zierten die Zimmerdecke, von deren Mitte eine moderne Lampe herabhing, deren Optik eindeutig an das Prinzip des Kronleuchters angelehnt war. Darunter, mitten im Raum, im Achteck angeordnete Tische – hier würde sie also in Zukunft mit ihren Kollegen alles Ermittlungsrelevante besprechen.

„Wunderschön“, sagte sie beeindruckt. „Viel zu schön, um darunter über Mord und Totschlag zu reden.“

Keeser sah ebenfalls hoch zur Decke. „Ja, das ist wirklich schön“, murmelte er wie jemand, der gerade etwas schon immer Dagewesenes neu entdeckt. „Kommen Sie weiter“, unterbrach er gleich darauf den Moment des andächtigen Betrachtens.

Vor einer Tür ein paar Schritte weiter links blieb er stehen und flüsterte mit unheimlicher Stimme: „Und hinter dieser Tür befindet sich das Geheimlabor von Doktor Dreißigacker-Mabuse, dem Schrecken der Unterwelt!“

„Na, Keeser, machste wieder Sprüche?“ Die Stimme kam jedoch nicht aus dem Raum hinter der Tür sondern vom Gang hinter ihnen.

Werner Dreißigacker kam mit einem Stapel Unterlagen in den Händen über den dunkelgrauen Teppichboden gemächlich auf sie zu.

„Mensch, Mabuse, hast du mich erschreckt! Ich will dir nur kurz meine junge Kollegin Paula Stern vorstellen und ihr dein Reich zeigen ... und dir bei dieser Gelegenheit“, er kramte in der Innentasche seiner Jacke herum und hielt ihm schließlich das Tütchen mit Auroras Haaren unter die Nase, „ein bisschen Beweismaterial vorbeibringen.“ Er legte sein Mitbringsel zuoberst auf den Aktenstapel.

Dreißigacker nickte Paula zu.

„Hallo“, sagte Paula etwas verlegen.

Dann zog Keeser noch die Testamentrolle aus einer anderen Tasche. „Das auch noch – damit dir nicht langweilig wird, mein Bester!“

„Mir und langweilig – das möchte ich mal erleben!“ Dreißigacker stand jetzt mit ihnen vor der verschlossenen Tür seines Büros. „Würde einer von euch die Güte haben, mir die Tür aufzumachen?“ fragte er genervt.

Paula reagierte zuerst und betätigte die Klinke.

„Besten Dank!“ Dreißigacker ging an ihr vorbei und ließ drinnen seine Unterlagen mit lautem Knall auf einen Tisch fallen. Er betrachtete die Papierrolle missbilligend. „Schon mal was von Spurensicherung gehört? Bernd, du kannst doch Beweismaterial nicht einfach so in deiner Jackentasche herumschleppen!“

Keeser zuckte nur mit den Schultern. „Ich hatte nichts Passendes zum Einpacken dabei ...“

Der Kriminaltechniker ging zu einem Regal und griff erst in einen, dann in einen anderen Karton. „Hier, mein Dickerchen, das müsste erst einmal genügen“, sagte er väterlich und drückte ihm einen Packen verschieden große Tütchen für die Beweissicherung in die Hand. „Und was ist das?“ Dreißigacker hielt die Tüte, die auf seinen Akten lag, gegen das Licht einer Neonröhre. „Haare, wie nett!“

„Wir brauchen einen DNA-Vergleich mit dem Haar, das dir Knopp geschickt hat“, erklärte Keeser.

„Wozu hast du überhaupt einen Techniker von mir angefordert, wenn du deine Haarproben selbst nimmst?“

„Das Haar stammt von einer Hauptverdächtigen – es muss also schnell gehen!“

„Willst du etwa damit andeuten, meine Leute wären nicht schnell genug?“ Dreißigacker sah ihn drohend über den Rand seiner Brille hinweg an.

„Aber Werner, das würde ich mir doch nie erlauben!“ Keeser spielte den Empörten.

Dreißigacker betrachtete die Haare genauer. „Mit Wurzel, das habt ihr ja richtig gut gemacht!“ lobte er und überlegte: „Was haben wir heute? – Sonntag? – Übermorgen Nachmittag ... frühestens!“

„Geht das nicht ein bisschen schneller?“ nörgelte Keeser.

Dreißigacker sah Paula aus traurigen Augen an. „Das macht er jetzt seit wer weiß wie vielen Jahren mit mir: Er weiß genau, wie lange eine DNA-Analyse dauert, und jedes Mal will er mit mir verhandeln! Könnten Sie nicht ein bisschen Einfluss auf ihn nehmen – er geht mir damit nämlich sowas von auf den Keks ...“

„Wenn ich mal in Rente bin, hast du deine Ruhe – aber bis dahin, meine liebe Laborratte, musst du mich wohl oder übel ertragen!“ Keeser klopfte ihm gönnerhaft den Rücken. „Schon was über die Mordwaffe in Erfahrung gebracht?“ wechselte er das Thema.

„Außer dass sie aus Metall ist, nichts. Ich hab noch nie zuvor solche Wunden gesehen ... aber wir arbeiten dran. War's das? Ich hab nämlich zu tun!“ Dreißigacker schwenkte demonstrativ das Tütchen vor Keesers Nase.

„Wir sind ja schon weg.“

Sie ließen den Kriminaltechniker alleine und schlossen die Tür.

Keeser ließ Paula noch einen Blick in den Technikraum gegenüber werfen, der eher nach einer kleinen Werkstatt aussah als nach einer kriminaltechnischen Abteilung.

„Sie sind von München sicher andere Ausmaße gewöhnt – hier auf dem Land sind wir halt nur mit dem technisch Nötigsten ausgestattet.“

Da musste ihm Paula recht geben – gegen München war das hier lächerlich. Immerhin stand links in der Ecke ein Livescanner – ein Gerät zur digitalen Erfassung von Finger- und Handabdrücken. So ganz steinzeitlich war es dann zum Glück doch nicht.

„Zu wenig Geld in den Kassen des Landes“, entschuldigte sich Keeser für das mangelnde Equipment. „Und jetzt zeige ich Ihnen unser Büro!“

Sie gingen den Gang zurück zum Treppenhaus, als er abrupt stehen blieb und noch einmal zurück lief. Paula sah ihm nach und beobachtete, wie er die Tür zum Büro des Kriminaltechnikers noch einmal aufriss und hineinrief: „Tschüss, Werner, ich erwarte die Ergebnisse dann also bis übermorgen frühü ...!“ Schnell schloss er die Tür und grinste spitzbübisch.

Sie hörten etwas von innen an das Türblatt klatschen und danach zu Boden fallen.

Keeser lächelte Paula unschuldig an. „Ach, in den Tiefen seines Herzens mag er mich ja doch.“

Ihr neues Büro war ein Stockwerk tiefer. Im Gang davor thronte in einem ausgedienten Aktenschrank eine hochmoderne Kaffeemaschine.

Keeser deutete darauf. „Wie Sie unschwer erkennen können, sind wir hier technisch besser ausgestattet als Dreißigacker da oben.“

Das Büro sah nicht viel anders aus als ihr Büro in München: zwei große hellgraue Schreibtische standen dicht beieinander, auf jedem ein Computer. Zwei schlichte Schränke in Polizeigrün, die Wände waren in einem ganz hellen Mintgrün gestrichen und, wie es aussah, war das vor nicht allzu langer Zeit gemacht worden. Eine gut gepflegte Zimmeragave räkelte sich in der Junisonne. Nur der Bodenbelag unterschied sich bedeutend von dem ihres Münchner Büros: statt auf abgetretenem PVC wandelten sie hier auf hellem

Parkett in sehr gutem Zustand. Auf dem einen Tisch stapelten sich Akten und gebrauchte Tassen, der andere – also ihrer – war wunderbar leer. Als ob Keeser ihre Gedanken gelesen hätte, schnappte er sich gleich einen Teil des Aktenberges und pflanzte ihn auf den leeren Tisch.

„Sieht ja schrecklich aus, so ein steriler Arbeitsplatz! Sie sehen, ich teile alles mit Ihnen."

„Wäre gar nicht nötig gewesen", bedankte sich Paula halbherzig. Sie hasste diesen ganzen Aktenkram sowieso – noch mehr hasste sie es, sich durch die Akten ihr völlig unbekannter Fälle arbeiten zu müssen.

„Doch, doch, keine Ursache! – Und jetzt lassen Sie uns nach Edenkoben fahren."

Etwa eine halbe Stunde später standen sie vor dem Haus, in dem nach Keesers Informationen Markus Kaltwein wohnen sollte. Ein gelbes Cabrio in der Einfahrt bestätigte das.

„Sieht so aus, als ob wir Glück hätten", freute sich Paula.

Nach dem dritten Klingeln wurde ihnen von einer recht zierlichen Frau geöffnet. Paula dachte zuerst, es läge am Wein, den sie beim Mittagessen getrunken hatte, und der offensichtlich des Guten zu viel gewesen war. Auf den ersten Blick glaubte sie nämlich, Monika Kaltwein vor sich zu haben. Doch bei genauerem Hinsehen erkannte sie, dass diese Frau um einiges älter sein musste. Kaltweins erste Frau, folgerte Paula – er war seinem Typ aber treu geblieben!

„Kripo Landau", teilte ihr Keeser mit gezücktem Ausweis mit. „Mein Name ist Bernd Keeser, das hier ist meine Kollegin Paula Stern. Wir möchten gerne mit Markus Kaltwein sprechen."

Die Frau schien kein bisschen erstaunt über einen Besuch von der Kripo zu sein und ließ sie ein. „Er ist draußen auf der Terrasse." Sie deutete in ein großzügiges Wohnzimmer. „Einfach durchgehen, Sie können es gar nicht verfehlen."

Keeser ließ Paula den Vortritt.

Als sie den lichtdurchfluteten, modern eingerichteten Raum betrat, musste sie an ihr eigenes Wohnzimmer denken, in dem sich noch immer Möbel und Umzugskisten stapelten. Wann sich das wohl ändern würde? Die Chancen, endlich Zeit für das Einrichten und Aufräumen zu haben, standen derzeit allerdings denkbar schlecht.

Markus Kaltwein lag auf einem Liegestuhl in der prallen Sonne. Alles, was er am Leib hatte, war eine knappe Badehose.

Kein schlechter Anblick, entschied Paula. Er hätte glatt als Unterhosenmodel Karriere machen können.

Und so unbekleidet wie er war, sah sie mit einem Blick, dass seine braungebrannten Arme keinerlei Kratzer aufwiesen.

Kommissar Keeser zog beim Anblick des gut gebauten Mannsbilds reflexartig den Bauch ein, was ihm optisch aber auch nicht viel brachte.

Der junge Kaltwein schob seine Sonnenbrille nach oben in die Haare, als die Beamten auf die Terrasse traten.

„Polizei“, verkündete Frau Kaltwein, die ihnen gefolgt war.

„Kriminalpolizei“, verbesserte Keeser. „Ihr Vater wurde heute Nacht tot auf der Landeck gefunden.“ Er machte eine Pause, aber keiner der beiden Kaltweins äußerte sich zu dem gerade Gesagten. Ohne jegliche sichtbare Gemütsregung sahen sie ihn an. Keeser warf seiner Kollegin einen fragenden Blick zu, dann fuhr er fort: „Wir untersuchen seinen Tod und möchten Ihnen ein paar Fragen stellen.“

„Nur zu, ich habe nichts zu verbergen.“

„Wann haben Sie von seinem Tod erfahren?“

„Vielleicht ja gerade jetzt von Ihnen, Herr Kommissar“, entgegnete der junge Mann ungerührt.

„Ja, das würde auch die tiefe Trauer erklären, in die Sie soeben gestürzt sind!“ bemerkte Keeser sarkastisch.

„Haben Sie von seinem Ableben erfahren, als Sie heute Morgen auf der Landeck waren?“ wollte Paula wissen.

„Ach, war ich das?“ Er kniff die Augen gegen die Sonne zusammen, um sie genauer betrachten zu können.

„Ja, Sie sind zufällig von zwei Kripobeamten gesehen worden, als Sie die Burg mit überhöhter Geschwindigkeit verließen.“ Paula hielt seinem taxierenden Blick stand.

„Oh, lassen Sie mich raten: Die beiden Kripobeamten waren Sie?“

„Korrekt.“

„Erwischt – so was Dummes aber auch!“ lachte er und streckte ihr die Handgelenke entgegen. „Wollen Sie mich jetzt wegen zu schnellen Fahrens verhaften? Nur zu, ich wollte schon immer von einer hübschen Beamtin abgeführt werden!“ Er grinste Paula anzüglich an. „Mit Typen wie ihm“, er machte eine Kopfbewegung zu Keeser hinüber, „hab ich schon recht oft zu tun gehabt – aber von so einem entzückenden Zuckerschneckchen sind mir noch nie meine Rechte erklärt worden.“

„Markus, halt endlich die Klappe!“ Frau Kaltwein setzte sich auf einen Stuhl im Schatten und zündete sich eine Zigarette an. Paula wunderte sich über die Bluse, die die Frau trug: aus hauchdünnem Stoff, aber langärmelig – und das bei dieser Hitze! „Bitte entschuldigen Sie meinen Sohn.“

„Wir haben es übrigens gefunden“, lenkte Keeser wieder die Aufmerksamkeit auf sich.

„Wie schön für Sie – verraten Sie mir auch, was Sie gefunden haben?“ Der junge Kaltwein schob die Sonnenbrille wieder vor seine Augen und streckte betont desinteressiert sein Gesicht der Sonne entgegen.

„Das Testament, das Sie gesucht haben.“

Kaltwein schwieg, und Paula verfluchte, dass sie durch die dunklen Gläser der Brille seine Augen nicht mehr sehen konnte.

Seine Mutter starrte mit eiserner Miene auf einen Punkt im Garten.

„Ich weiß nicht, wovon Sie reden“, sagte der Sohn nach einer etwas zu langen Pause kühl.

„Was haben Sie denn dann im Zelt Ihres Vaters gesucht?“ fragte Paula wie beiläufig.

„Das reimen Sie sich doch alles nur zusammen, weil Sie nicht weiterkommen“, blaffte er. „Und da ich nicht gerade ein unbeschriebenes Blatt bin, haben Sie sich gedacht, dass ich genau der richtige Sündenbock wäre!“ Er setzte sich ruckartig auf und nahm die Brille ab. „Zum besseren Verständnis und ganz langsam zum Mitschreiben: Ich habe weder meinen Vater ermordet noch irgendetwas mit seinem Tod zu schaffen!“

„Immerhin hatten Sie gestern Streit mit ihm.“

„Haben Sie irgendetwas an meinem letzten Satz nicht verstanden?“ Er knallte die Brille auf den Tisch neben sich, wo sie gefährlich auf die Tischkante zuschlitterte, aber doch noch kurz vor dem Absturz zum Liegen kam. Vier Augenpaare hatten gebannt die Brille beobachtet.

Markus Kaltwein atmete tief durch, als ob er zu einem Entschluss gekommen wäre. „Ja, wir hatten gestern Streit – wir hatten oft Streit“, gab er zu. „Mein Vater war nicht immer so zufrieden mit mir und meinen Taten, müssen Sie wissen. Aber wir vertrugen uns auch immer wieder. Genau deswegen fuhr ich auch heute Morgen noch einmal zur Burg hoch. Ich wollte mich wieder mit ihm vertragen. Aber das war leider nicht mehr möglich, wie Sie ja wissen.“

„Sie behaupten also, dass Sie erst auf der Landeck vom Tod Ihres Vaters erfahren haben?“ fragte Paula.

„Genau so war das, Schätzchen“, sagte er gönnerhaft, und sie glaubte ihm kein Wort.

„Und daraufhin haben Sie das Zelt durchsucht ...“

„Ja, ich gebe es ja zu: Ich brauche dringend Geld, und da hab ich das Zelt von meinem Alten auf den Kopf gestellt. Er war ja tot und hätte es eh nicht mehr gebraucht, oder? Gefunden hab ich aber nichts, und da bin ich wieder runtergefahren.“

„Von dem Testament wussten Sie also nichts?“ Paula sah ihn direkt an.

Erst hielt er ihrem Blick stand, dann sah er kurz zu seiner Mutter hinüber. „Das habe ich doch schon gesagt“, erwiderte er nicht mehr ganz so sicher.

„Auch nicht, dass Sie nichts mehr erben würden?“ bohrte Paula weiter. „Na, sagen wir mal: fast nichts mehr.“

„Das natürlich auch nicht – hören Sie nicht zu?“

Das war für Paula die Bestätigung, dass er genau über dieses Testament Bescheid wusste – hätte er es nämlich nicht gewusst, wäre er bestürzt gewesen oder zumindest überrascht. Dann hätte er doch sicherlich wissen wollen, wer denn nun an seiner statt das Vermögen erben würde. Aber er tat nichts dergleichen.

„Und wie war es für Sie?“ erkundigte sich Keeser.

„Wie meinen Sie das?“

„Als Sie vom Tode Ihres Vaters erfuhren – waren Sie erschüttert, verzweifelt, traurig?“

„Genau in dieser Reihenfolge, Herr Kommissar – er war schließlich mein Vater!“ Auch das kaufte ihm Paula nicht ab.

„Frau Kaltwein, was sagen Sie zum Tod Ihres Exmannes?“ Paula wandte sich an die schweigsame Mutter.

Die lachte höhnisch auf. „Wenn Sie hören wollen, dass ich geweint habe, dann können Sie lange warten. Er hat mich und Markus damals fallenlassen wie heiße Kartoffeln. Um jeden Pfennig Unterhalt musste ich kämpfen – ich trauere ihm wahrhaftig nicht nach. Ernst war eine miese Ratte! Mich wundert nur, dass nicht schon viel eher jemand auf die Idee gekommen ist, ihn umzubringen.“

Paula konnte nur ahnen, wie sehr Ernst Kaltwein diese Frau verletzt haben musste. Doch das lag inzwischen einige Jahre zurück, das Leben war weitergegangen, der Schmerz musste lange verklungen sein. Warum hätte sie ihn gerade jetzt, nach so langer Zeit, töten sollen? Konnte sie von dem Testament gewusst haben?

„Wo waren Sie gestern Abend zwischen zwanzig und einundzwanzig Uhr dreißig?“ fragte sie.

„Hier.“

„Kann das jemand bezeugen?“

„Ich“, sagte Markus. Er stand auf und schlang sich ein Badehandtuch um die Hüften. „Wir waren beide hier und haben zusammen ferngesehen. – Zufrieden?“

Genauso sieht dieser Behelfsgigolo aus, dachte Keeser: An einem Samstagabend sitzt er brav mit seiner Mama auf dem Sofa – das kann er seinem Friseur erzählen!

„Frau Kaltwein, würden Sie uns bitte Ihre Arme zeigen?“ Paula stellte sich vor die Frau.

„Wozu denn das?“ Sie drückte wütend ihre Zigarette im Aschenbecher aus und begann ihre Blusenärmel hochzukrempeln. Sie drehte und wendete ihre unversehrten Arme, bevor sie sie wieder einpackte. „Zufrieden?“

„War's das dann?“ meldete sich ihr Sohn zu Wort. „Ich habe nämlich noch was vor.“

„Halten Sie sich zur Verfügung – Sie beide!“ Keeser trat den Rückzug an. „Bemühen Sie sich nicht, wir finden selber raus. Einen schönen Tag noch!“

„Ach, Frau Kommissarin“, rief Kaltwein ihnen hinterher. „Wenn Sie fertig sind mit Mörderfangen, können wir beiden Hübschen gerne mal miteinander ausgehen – Sie können mich jederzeit anrufen!“

„Irgendwie hab ich das Gefühl, Sie laufen mir hier in meinem Revier den Rang ab.“ Sie standen vor dem Haus der Kaltweins.

„Den Rang ablaufen – wie meinen Sie das?“ Paula sah ihn fragend an.

„Na, alle fliegen auf Sie – der Becker, der Dreißigacker – sogar Knopp, mein einziger richtiger Freund! Und jetzt auch noch einer unserer Verdächtigen!“

Sie schlenderten gemütlich zum Wagen.

„Soll ich Kaltwein junior anrufen und sagen, dass Sie mit ihm ausgehen wollen?“ frotzelte Paula. „Kein Problem, ich kann auf dieses Vergnügen wirklich verzichten.“

„Nein, nein, behalten Sie den Kerl mal ruhig für sich! Ich meine ja nur, dass alle Sie mögen – soweit ich mich erinnern kann, hatte noch nie zuvor ein Neuer in unserem Kommissariat so einen netten Empfang. Ich glaube, im nächsten Leben werde ich lieber eine Frau.“

Paula griff ihm ans stoppelige Kinn. „Dann müssen Sie aber unbedingt mehr auf Ihr Äußeres achten!“

Keeser langte sich daraufhin selbst ins Gesicht. „Das hab ich heute Morgen wohl ganz vergessen“, gab er zu. „Stimmt das denn, dass BHs arg kneifen?“

„Wozu wollen Sie das denn wissen?“

„Na, wenn ich doch das nächste Mal als Frau auf die Welt komme ... Mann will schließlich vorbereitet sein.“

Sie waren beim Auto angekommen, und Paula lehnte sich kichernd dagegen. „Ich gebe Ihnen gerne noch ein paar Schminktipps!“

Sie stiegen vergnügt ein.

„Das waren also zwei von den Menschen, die Kaltwein keine Träne nachweinen“, sinnierte Paula, als sie nach dem Gurt angelte. „Mann, hoffentlich geht es mir mal nicht so, wenn ich den Löffel abgebe.“

„Ich werde Ihnen zu Ehren eine große Portion Saumagen verspeisen“, versprach Keeser.

„Als Freudenfest oder Trauerschmaus?“

Er grinste sie nur an. „Immerhin ist ja die kleine Aurora traurig“, brummte er und startete den Motor.

Paula schloss ihren Gurt und sah ihn erwartungsvoll an. „Wohin jetzt?“

„Ich habe noch was ganz Dringendes in Edenkoben zu erledigen.“ Keeser fädelte sich in den Verkehr ein.

Ein paar Minuten später parkte er schon wieder. *Weingut Nicole Graeber* las Paula auf einem Schild. „Was ganz Dringendes also?“ Sie sah ihn strafend an.

„Ich habe keinen Wein mehr zu Hause – also muss ich dringend neuen kaufen! Warum nicht das Dienstliche mit dem Angenehmen verbinden? Kommen Sie mit rein.“

Paula folgte ihm in den hübsch ausgestatteten Verkaufsraum, wo sich schon ein paar Leute aufhielten. Einige durchstöberten die Regale, andere tranken an einer langen Theke Wein aus kleinen Gläsern.

„Sieh an, da kommt ja die Polizei – jetzt kann uns nichts mehr passieren!“ Eine junge Frau mit locker zurückgebundenen roten Locken schüttelte Keeser die Hand zur Begrüßung. Paula musste unweigerlich an Aurora denken.

„Nicole, das ist meine neue Kollegin Paula.“

Auch Paulas Hand wurde nun geschüttelt.

„Sie kommt aus dem fernen Bayern – könnten Sie ihr nicht einen Wein-Crash-Kurs angedeihen lassen?“

In Anbetracht des Riesenglases beim Mittagessen schwante Paula Schlimmes. „Wir sind doch im Dienst!“ monierte sie.

„Es ist doch aber Sonntag ...“, wollte er zu seiner Verteidigung vorbringen, schwenkte dann aber um: „Wenn Sie so pingelig sind, kann ich Ihnen nicht garantieren, dass ich Ihnen eines Tages nachtrauern werde!“ Seine Augen funkelten spitzbübisch. „Versuchen Sie wenigstens mal den Grauburgunder, den ich mitnehmen werde.“

Die Winzerin goss Wein in zwei Probiergläser und schob sie ihnen zu. „Das ist der 2010er Grauburgunder – der ist uns wirklich gut gelungen.“

Paula nippte vorsichtig. „Hmm!“ Sie nahm einen größeren Schluck. „Der ist ja fein!“

„Ich nehme zwei Kisten davon und eine Kiste von dem Schwarzriesling“, orderte Keeser. Er nahm einen großen Schluck, kaute darauf herum, schob die Flüssigkeit von einer Wange in die andere, bis er letztendlich schluckte. „Mein Lieblingströpfchen!“ verkündete er.

„Drei Kisten Wein? – Wann trinken Sie die denn?“

„Immer, wenn ich einsam bin. Und da ich das als alleinstehender Mann recht oft bin, werden diese drei Kisten nicht lange halten ... Sie haben recht, ich sollte vorsichtshalber eine Kiste mehr nehmen!“ Übermütig kniff er sie in die Wange. Er ließ sich noch eine Kiste Dornfelder zum Auto bringen. Dann fuhren sie zurück nach Landau.

„Wir sollten es für heute dabei belassen“, entschied Keeser und hielt vor Paulas Haus. „Für einen Sonntag waren wir doch recht fleißig, finden Sie nicht auch? Morgen legen wir dann richtig los.“

Paula war nicht böse, dass er den Feierabend einläutete – ihr Umzugschaos schrie regelrecht nach ihr. „Und was ist mit den Berichten?“ fragte sie vorsichtig.

„Das erledige ich – ausnahmsweise, gewöhnen Sie sich aber nicht daran!“

„Dann bis morgen!“ Sie stieg aus und merkte, dass sie recht erschöpft war.

„Viertel nach acht – Frühbesprechung, nicht vergessen! Schlafen Sie schön!“

Sie winkte kurz und warf dann die Tür zu.

Angenehme Kühle empfing sie im Treppenhaus. Es roch gut hier, irgendwie vertraut – sie sog die Luft ein, und ja, war da nicht ein Hauch von Acqua di Gio – oder vielleicht doch nicht? Sie bekam den Geruch irgendwie nicht richtig zu fassen. Es konnte sowieso nichts anderes als Einbildung sein, dass sie hier ausgerechnet Leos After Shave roch.

Langsam stieg sie die Treppen hinauf.

Wer wohl hinter den anderen Wohnungstüren lebte? Am besten wäre es, wenn sie in den nächsten Tagen eine Runde durchs Haus machte und sich ihren Mitbewohnern persönlich vorstellte.

Auf der vorletzten Stufe hielt sie überrascht inne: Vor ihrer Tür lag eine langstielige rote Rose.

Ein Willkommensgruß eines Nachbarn? Oder hatte jemand die Tür verwechselt?

Sie hob die Rose auf und tauchte die Nase tief in die blutroten Blütenblätter. Nichts – sie roch nach gar nichts, schade.

Sie schloss auf und überlegte dabei, in welchem Karton die Blumenvasen schlummerten. In ihrer Küche erwartete sie der übereilt verlassene Frühstückstisch – kalter, abgestandener Kaffee, eingetrocknetes Rührei und vertrocknete Brötchen. Sie verspürte keinerlei Lust auf Küchenarbeit und ging ins Wohnzimmer.

Unschlüssig stand sie mit der Rose in der Hand vor dem Durcheinander. Wo sollte sie nur anfangen? Wenn doch wenigstens die Schränke und Regale schon aufgebaut wären ... Da sie nicht wusste, was sie als Nächstes tun sollte, beschloss sie, eine kleine Runde mit dem Motorrad zu fahren. Es war kurz nach achtzehn Uhr – nicht mehr so heiß, noch nicht dunkel ... der ideale Zeitpunkt! Sie kippte ihre *Mamas Liebling*-Tasse aus und füllte Wasser hinein. Die Rose kappte sie kurzerhand ein paar Zentimeter unter der Blüte und stellte sie in die Tasse. Diese extralangen Baccara-Dinger mochte sie eh nicht besonders.

Dann schlüpfte sie in die Lederklamotten und verließ fluchtartig die Wohnung.

Automatisch schlug sie den Weg nach Klingenmünster ein, bog aber kurz vorher Richtung Annweiler ab. Sie wollte einfach nur fahren, nicht viel denken und sich die Gegend ansehen.

Sie kam durch Waldhambach, Waldrohrbach und bog dann kurzentschlossen nach links Richtung Silz ab. Bad Bergzabern war auch ausgeschildert, und da ihr der Ort ja schon bekannt war, stellte sich fast ein bisschen das Gefühl von Zuhaussein ein. Die Gegend gefiel ihr: Wald links und rechts, beschauliche kleine Orte, Straßen, die sich durch die Natur schlängelten – sie würde sich hier sicher wohlfühlen.

Sie ließ Silz hinter sich und kam an einem Wild- und Wanderpark vorbei. Hunderte parkender Autos, Familien mit vergnügt kreischenden Kindern – sie ließ das hinter sich.

Dann wieder links, eine schön geschwungene Straße durch den Wald – ach, sie hätte ewig so weiterfahren können!

In Birkenhördt – was für ein seltsamer Name! – kam ihr der Gedanke: Wenn sie schon einmal hier war, konnte sie doch gleich noch einmal in dem Hotel vorbeischauen, um Monika Kaltweins Alibi zu überprüfen! Sie hatte behauptet, das Hotel nach ihrer Ankunft gegen halb acht nicht mehr verlassen zu haben.

Aber irgendetwas – sie hatte keine Ahnung, was es war – ließ sie an der Richtigkeit dieser Aussage zweifeln. Sie wollte einfach auf Nummer sicher gehen. Da sie jetzt aus einer anderen Richtung kam als letzte Nacht, wäre sie beinahe am Hotel vorbeigefahren.

Während sie das Motorrad abstellte, musste sie an die Sage der Petronella denken, die Keeser ihr letzte Nacht erzählt hatte. Fast gruselig war das gewesen!

Mit dem Helm unter dem Arm betrat sie das Foyer und ging zur Rezeption. Eine junge Frau tat jetzt Dienst, und auf einmal bezweifelte Paula, dass der Nachtportier zu dieser Zeit schon im Hause sein würde. Sie zeigte ihren Ausweis kurz – kürzer als gewöhnlich, denn sie wollte nicht, dass die Hotelangestellte den *Paul* lesen und eventuell die Echtheit des Ausweises anzweifeln würde.

„Sie waren gestern Nacht schon einmal hier“, stellte die Angestellte fest, ohne den Ausweis groß beachtet zu haben. „Mein Kollege hat es mir erzählt – schrecklich, was dem armen Herrn Kaltwein zugestoßen ist!“

„Ja, eine schlimme Sache“, bestätigte Paula. „Ich würde Ihrem Kollegen gerne noch ein paar Fragen stellen – ist er da?“

Die Frau sah auf ihre Armbanduhr und schüttelte bedauernd den Kopf. „Er kommt erst in einer halben Stunde zum Dienst – wenn Sie so lange warten wollen, könnten Sie auf unserer schönen Terrasse Platz nehmen und einen Kaffee oder ein Gläschen Wein trinken“, schlug sie freundlich vor.

Wein wohl eher nicht, dachte Paula, sie war heilfroh, dass sie die Wirkung des Alkohols der üppigen Rieslingschorle von heute Mittag nicht mehr spürte! Aber gegen eine Tasse Kaffee war nichts einzuwenden. „Gute Idee!“ sagte sie daher und ließ sich den Weg dorthin zeigen.

Sie setzte sich an einen freien Tisch direkt an der Terrassenmauer. Von hier aus hatte sie einen wunderschönen Blick auf den Kurpark.

Als nach kurzer Zeit eine große Latte Macchiato vor ihr abgestellt wurde, fühlte sie sich wie im Urlaub und kein bisschen wie im Dienst. Zufrieden lehnte sie sich in ihrem Stuhl zurück und schloss die Augen. Sie lauschte dem fröhlichen Vogelgezwitscher im Park, den leisen Gesprächen der anderen Gäste neben ihr und genoss den Augenblick.

Ihr Kaffeeglas war noch nicht leer, als sich jemand neben ihr räusperte. Sie war fast eingeduselt gewesen und schreckte jetzt hoch.

„Verzeihen Sie, ich wollte Sie nicht erschrecken", entschuldigte sich der Mann verlegen lächelnd, den sie nach wenigen Sekunden als den Nachtportier erkannte. „Sie wollten mich sprechen?"

Paula bat ihn, sich zu setzen, und versuchte, ihre Gedanken zu sortieren. „Ähm, ja ... ich wollte Sie fragen, ob Sie sich erinnern können, wann Frau Kaltwein gestern Abend ins Hotel zurückgekommen ist."

Er überlegte kurz und zog ein Päckchen Zigaretten aus der Brusttasche seines Hemdes. „Darf ich?"

Paula nickte.

Er zündete sich eine Zigarette an und nahm einen tiefen Zug. „Eines meiner wenigen Laster", gab er verschämt zu. „Frau Kaltwein kam etwa neunzehn Uhr dreißig ins Hotel – vielleicht auch ein paar Minuten später. Sie ließ mich eine Massage für sie drüben in der Wellness-Oase bestellen."

„Hat sie das Hotel an diesem Abend noch einmal verlassen?"

„Nein, sie war die ganze Zeit im Haus."

„Warum sind Sie sich da so sicher? Sie haben doch bestimmt einen Hinterausgang."

„Das ist richtig, unsere Gäste können auch durch den Seiteneingang kommen oder gehen."

„Können Sie diesen Eingang von der Rezeption aus sehen?"

„Nein."

„Und warum sind Sie dann so sicher, dass Frau Kaltwein nicht diesen Eingang benutzt hat, um das Haus ungesehen zu verlassen?"

Er drückte seine Zigarette im Aschenbecher aus und grinste sie wissend an.

„Weil ihr Auto die ganze Nacht auf dem Gästeparkplatz stand. Sie verlässt das Hotel nämlich nie ohne ihr Auto." Er beugte sich näher zu Paula herüber und vertraute ihr mit gesenkter Stimme an: „Ich mache dort hinten nämlich regelmäßig mein Zigarettenpäuschen – ich hätte gemerkt, wenn ihr Wagen weg gewesen wäre!"

Paula war ein wenig enttäuscht. Doch das Gefühl, dass sie letzte Nacht irgendetwas übersehen hatte, wollte nicht weichen.

„Kann ich jetzt gehen? Mein Dienst fängt gleich an." Er erhob sich zögernd.

Paula ließ noch einmal vor ihrem geistigen Auge ablaufen, was sie letzte Nacht hier erlebt hatte: Ihr Kollege hatte geklopft. Monika Kaltwein hatte geöffnet. Sie trug einen Morgenmantel. Sie bat sie und Keeser ins Zimmer ... verdammt, das war doch alles ganz normal! Gut sah die Frau aus ... zu gut, genau das war es, was sie unbewusst gestört hatte: Die Frau war angeblich gerade aus dem Bett gekrochen ... aber ihre Frisur war weder zerdrückt noch zerzaust gewesen. Das Bett war zwar aufgeschlagen gewesen ... aber das Kissen unberührt – sogar das Schokoladentäfelchen hatte noch darauf gelegen. Geschminkt war sie auch ...

„Verdamm mich!" entfuhr es ihr halblaut. Keine Frau ging geschminkt ins Bett! Zudem gab es auch noch andere Möglichkeiten, von A nach B zu gelangen als mit dem eigenen Auto.

„Fehlt Ihnen was?" erkundigte sich der Portier leicht verstört.

„Nein, nein, ich habe nur laut gedacht. Haben Sie in der letzten Nacht zufällig ein Taxi gerufen?"

Er schenkt ihr einen fast mitleidigen Blick. „In Zeiten des Handys kann sich doch jeder selbst ein Taxi rufen."

„Sie haben also keines bestellt?"

„Nein – kann ich jetzt gehen? Sonst bekomme ich Ärger."

„Ja, gehen Sie nur – würden Sie mir aber bitte eine Liste der hiesigen Taxiunternehmen und deren Telefonnummern machen?" Paula spürte ein sanftes Kribbeln durch ihren Körper rieseln – für sie stets das untrügliche Zeichen, dass sie auf dem richtigen Weg war. Sie trank ihren kalt gewordenen Kaffee aus, zahlte und ging zurück in die Eingangshalle.

Dort stand der Portier jetzt ordentlich in seiner Dienstuniform und schob ihr wortlos die Liste über den Tresen zu.

Paula nahm sie aufgeregt entgegen. „Sie sind ein Schatz!" bedankte sie sich und ging nach draußen.

Die Telefonliste brannte regelrecht zwischen ihren Fingern, aber sie zügelte ihre Neugier und ging hinüber zum Eingang der Wellness-Oase. Bevor sie die Taxiunternehmen anrief, wollte sie zuerst überprüfen, ob Monika Kaltwein auch wirklich ihren Massagetermin wahrgenommen hatte.

Eine solarbankgebräunte Blondine begrüßte sie strahlend, teilte ihr aber gleichzeitig mit, dass sie seit etwa einer halben Stunde geschlossen hätten und sie doch bitte morgen wiederkommen möge.

„Ich brauche nur eine Information – dann bin ich schon wieder weg." Paula zeigte ihren Dienstausweis.

„Polizei? Ich wüsste nicht, wie ich Ihnen helfen könnte", wunderte sich die blonde Frau.

„Ich will nur wissen, ob Frau Monika Kaltwein gestern Abend hier zur Massage war, das ist schon alles."

Blondie blätterte in ihrem Terminkalender ein Blatt zurück. „Ja, sie war da, und zwar um zwanzig Uhr – sie wurde von Marcel bedient."

„Wäre es irgendwo vermerkt, wenn sie diesen Termin nicht wahrgenommen hätte?"

„Dann wäre der Eintrag durchgestrichen worden – aber sie war da, ich habe sie in ihrem Morgenmantel reinkommen sehen." Sie klappte das Reservierungsbuch zu.

„Alles klar, Sie haben mir sehr geholfen. Ich danke Ihnen!" Paula ging nach draußen und setzte sich auf eine Bank direkt neben der Treppe des Hotels. Sie zog ihr Handy aus der Jacke und betrachtete die Liste, die sie noch immer in der Hand hielt. Vier Taxi-Unternehmen gab es hier, und sie wählte zügig die erste Nummer. Sie nannte ihren Namen, ihren Dienstgrad und fragte die Dame in der Taxizentrale, ob sie ihr sagen könne, ob letzte Nacht ein Taxi zum Hotel Petronella geordert worden sei.

Die Frau am anderen Ende der Leitung zierte sich ein wenig – jeder könne schließlich behaupten, er sei bei der Kripo.

Paula musste ihr recht geben, gab aber nicht nach.

Schließlich wurde ihr mitgeteilt, dass von diesem Unternehmen kein Taxi zum Hotel bestellt wurde.

Wozu dann die ganzen Diskussionen? dachte Paula genervt, bedankte sich höflich und beendete das Gespräch.

Beim zweiten Taxi-Unternehmen fast das gleiche Spiel. Zwar wurde ihr ohne Widerrede die gewünschte Information gegeben, aber das Ergebnis war ebenfalls negativ.

Beim dritten Anlauf wurde sie schließlich fündig: Gegen einundzwanzig Uhr hatte ein Fahrer einen Fahrgast am Hotel Petronella abgeholt.

Paulas Herz begann wild zu schlagen. „War der Fahrgast eine Frau?"

Das wurde bestätigt.

Bingo! Paula freute sich. Von hier bis zur Burg in einer halben Stunde ... nun, nachts war weniger los auf den Straßen, die KaLuMas – sie musste unwillkürlich grinsen – waren zu dieser Zeit bestimmt schon längst wieder über die pfälzische Grenze in ihre Heimat zurückgekehrt. Es war zu schaffen, entschied sie. Knopp hatte den Todeszeitpunkt auf zwischen zwanzig Uhr und einundzwanzig Uhr dreißig festgelegt – vielleicht musste man dieses Zeitfenster nur ein paar Minuten nach hinten erweitern.

„Wohin wollte sie gebracht werden?“ fragte sie und hielt den Atem an.

Wenn die Stimme am anderen Ende der Leitung jetzt sagen würde, dass das Ziel dieser Fahrt die Burg Landeck war, hätten sie die Kaltwein am Wickel!

„Ich weiß nicht, ob ich das so einfach sagen darf ...“

Paula sah ihren Glücksstern sinken. „Guter Mann, bis ich was Schriftliches in der Hand habe, vergehen Ewigkeiten, und ein Mörder könnte bis dahin über alle Berge sein!“ sagte sie beschwörend.

„Na schön“, ließ sich der andere erweichen. „Ich hoffe nur, dass ich deswegen keinen Ärger bekomme ... es ist eine Adresse in Landau ... Industriestraße 12 b ... aber sagen Sie ja niemandem, dass Sie das von mir wissen.“

„Ich kenne ja Ihren Namen gar nicht“, beruhigte Paula ihren Informanten. „Sie haben mir sehr geholfen, vielen Dank!“ Sie klappte ihr Telefon zu.

Das war nun wirklich nicht das, was sie hatte hören wollen. Somit war Monika Kaltwein entlastet und raus aus der Sache. Trotzdem hatte sie mit der Behauptung, das Hotel nicht mehr verlassen zu haben, gelogen. Mochte ja sein, dass sie für den Mord an ihrem Mann nicht verantwortlich war – aber sie schien trotzdem etwas zu verheimlichen. Und wer weiß, vielleicht hatte das ja indirekt mit Kaltweins Tod zu tun.

Da gab es nur eines: auf nach Landau!

Zwanzig Minuten später war sie in Landau, und nach mehrmaligem Fragen fand sie die Industriestraße. Sie stellte ihr Motorrad vor einem größeren Wohnkomplex auf dem Gehweg ab. Ihre Hände zitterten leicht vor innerer Spannung, als sie den Helm abnahm und die Handschuhe hineinstopfte.

Das Schild eines Frauenarztes fiel ihr zuerst ins Auge. Doch wer würde mitten in der Nacht zum Gynäkologen gehen?

Sie zwang sich zur Ruhe und las die Klingelschilder eines nach dem anderen.

E. & F. Johann

Jochen Bergmann

INGA WOLL

M. KALTWEIN

PETRA MÜLLER ...

Sie hatte schon darüber hinweggelesen, als ihr der Name bewusst wurde – M. KALTWEIN.

Hatte Monika Kaltwein hier eine eigene Wohnung? War es um ihre Ehe doch schlimmer bestellt, als sie ihnen weiszumachen versucht hatte?

Paula drückte auf den Klingelknopf. Nichts rührte sich. Sie drückte noch einmal – und da summte der Türöffner. Sie betrat das Treppenhaus und stieg die Stufen nach oben. Im zweiten Stock erwartete sie eine offene Wohnungstür, leise Musik drang ins Treppenhaus.

Zögernd näherte sie sich der einladend geöffneten Tür. „Hallo?“ rief sie fragend in das Wohnungsinnere.

„Hast du deinen Schlüssel vergessen?“

Jemand kam ihr entgegen und blieb überrascht vor ihr in der Diele stehen.

„Na, da schau her – Sie haben ja schneller Sehnsucht nach mir bekommen, als ich es erhofft hatte – und dann auch noch in Lack und Leder, wow!“

Markus Kaltwein. Paula hatte Mühe, ihm ihre Überraschung nicht zu zeigen. Noch mehr Mühe bereitete es ihr, die zuletzt erhaltenen Erkenntnisse in ihrem Gehirn in eine sinnvolle Ordnung zu bringen.

„Ich dachte, Sie wohnen in Edenkoben bei Ihrer Mutter?“

„Offiziell ja – aber man braucht ab und zu doch auch ein wenig Abstand, nicht wahr? Ist doch immer wieder peinlich, wenn man mit der neuen Flamme im Bett liegt, und Mama platzt ins Zimmer.“ Er machte eine einladende Bewegung. „Wollen Sie nicht reinkommen? Ich beiße nicht, versprochen.“

Zögernd betrat Paula die Wohnung. Was hatte seine Stiefmutter letzte Nacht hier gewollt? „Das ist also Ihr Liebesnest“, schlussfolgerte sie und sah sich in der modern eingerichteten Wohnung um.

„Suchen Sie etwa das Schlafzimmer?“ Er riss die Tür zu besagtem Raum auf und sagte zweideutig: „Nur zu, wir können auch danach reden!“

Paula rollte genervt die Augen. „Können Sie sich auch wie ein ganz normaler erwachsener Mensch benehmen?“

Sein blödes Grinsen verschwand. Wortlos schloss er die Tür und deutete aufs Wohnzimmer. „Sind wir aber heute humorlos – zum Reden geht's da lang.“

Paula legte den Helm auf einen niedrigen Couchtisch und setzte sich auf eine orangefarbene Sofalandschaft. Normalerweise hätte sie die Farbe des

Sitzmöbels für grässlich erklärt, aber hier in dem großzügig geschnittenen, weiß gestrichenen Zimmer wirkte es sehr interessant.

„Möchten Sie was trinken?“ erkundigte er sich ernsthaft und ganz wie ein guter Gastgeber.

„Ein Schluck Mineralwasser wäre nett.“

Während er in der Küche hantierte, strich Paula über den flauschigen Bezug des Sofas.

„Gefällt Ihnen die Couch?“ fragte er und stellte ein Glas mit Wasser vor ihr ab.

„Ja, sieht toll aus – war bestimmt teuer.“

„Billig war sie nicht gerade“, bestätigte er. „Was führt Sie zu mir?“

„Wenn ich ehrlich bin: der Zufall!“ Paula trank einen Schluck und stellte das Glas wieder ab.

„Was für ein schöner Zufall ...“ Er brach ab und sah sie entschuldigend an. „Verzeihen Sie, ist einfach ne blöde Angewohnheit von mir.“

Paula ignorierte seine Bemerkung. „Sie waren also gestern den ganzen Abend mit Ihrer Mutter zusammen?“

„Das habe ich doch schon gesagt. Haben Sie keine interessanteren Fragen?“ Er stand auf, ging hinüber zur Stereoanlage und drehte die Musik – *Supertramp* erkannte Paula – etwas leiser.

„Sie wollen jetzt aber hoffentlich nicht, dass ich das gesamte Fernsehprogramm auswendig aufsage.“ Er setzte sich wieder ihr gegenüber.

Irgendetwas war da zwischen die Sitzpolster gerutscht – jetzt, da Paula auf dem einen saß, klaffte der Spalt zwischen den Polstern etwas auseinander. Unauffällig griff sie hinein und holte den Gegenstand heraus. Ein großer, runder, goldener Ohrring! Paula erinnerte sich an das Ohr, an dem genau dieser Ohrring fehlte.

„Wie verstehen Sie sich eigentlich mit Ihrer Stiefmutter?“ wechselte sie das Thema.

„Sind Sie extra hierhergekommen, um mich das zu fragen?“

„Nicht extra – ich bin ganz zufällig hier, schon vergessen? Wenn ich aber schon mal da bin, hätte ich gerne eine Antwort darauf.“

„Ich komme ganz gut mit ihr aus“, antwortete er ausweichend.

„Wie gut?“ Paulas Finger schlossen sich fest um das kühle Metall.

„Was soll das denn schon wieder bedeuten?“

„Ihre Stiefmutter war gestern hier – ich weiß das genau.“

Er sah sie ungläubig an.

„Woher wissen Sie das?“

„Woher ich weiß, dass Sie was mit Monika Kaltwein haben? Reine Intuition.“ Sie sah ihn gelassen an.

„Sie war hier, das gebe ich ja zu – aber deswegen habe ich noch lange nichts mit ihr!“

„Sie haben also nur hier gesessen und sich unterhalten?“

„Ja“, sagte er zögerlich.

„Worüber haben Sie denn gesprochen?“

„Über dies und das, ich weiß nicht mehr genau.“

Paula ließ den Ohrring demonstrativ an einem ihrer Finger baumeln. „Muss aber ein heftiges Gespräch gewesen sein, wenn Frau Kaltwein dabei ihren Ohrring verloren hat. – Und es ist ihr Ohrring, auch das weiß ich ganz genau.“

Der junge Kaltwein lehnte sich in seinen Sessel zurück und sagte resigniert: „Ja, wir haben was miteinander.“

„Seit wann geht das schon?“

„Etwa drei Jahre“, gab er widerstandslos zu.

„Wusste Ihr Vater davon?“

„Natürlich nicht! Er hätte uns beide in die Wüste geschickt, wenn er was erfahren hätte! Wir haben uns deshalb immer nur hier getroffen.“

„Wer bezahlt dieses Liebesnest?“

„Monika. Mein Vater hat ihr ja tüchtig dabei geholfen, ihren Exmann ausbluten zu lassen, und sie hat dieses Geld hier in die Eigentumswohnung investiert.“

„Wo waren Sie gestern Abend, bevor Ihre ... Stiefmutter hier ankam?“

„Hier, ich habe auf sie gewartet. Sie wollte eigentlich eher kommen, aber sie ging dann doch noch zur Massage.“

„Sie hätten also genügend Zeit und auch die Möglichkeit gehabt, Ihren Vater zu töten“, resümierte Paula.

„Ich habe ihn nicht umgebracht“, antwortete er unerwartet ruhig. „Ich habe zwar schon viel Scheiß in meinem Leben gemacht, aber ich töte keine Menschen – schon gar nicht meinen eigenen Vater.“

„Und das soll ich Ihnen jetzt glauben?“

„Ja, klar.“

„Und was ist mit Ihrer Behauptung, sie hätten den Abend mit Ihrer Mutter verbracht? Das hätte ich auch glauben sollen.“

Er sah sie verlegen an. „Das entsprach dann wohl nicht ganz der Wahrheit, glaube ich.“

Paula steckte den Ohrring in die Innentasche ihrer Jacke und stand auf. „Folglich wissen Sie also nicht, ob Ihre Mutter tatsächlich zu Hause war“, folgerte sie.

„Sie glauben doch nicht etwa, dass sie ihn ... umgebracht hat?“ Markus Kaltwein stand ebenfalls auf. Seine Selbstsicherheit schien etwas angeknackst.

Paula schnappte sich ihren Helm und ging Richtung Diele. „Mit Glauben ist es bei uns nicht getan – wir arbeiten mit Beweisen. Aber was ist mit Ihnen? Glauben Sie, sie wäre zu so einer Tat fähig?“

„Meine Mutter? Nie und nimmer!“

Für Paulas Geschmack kam seine Antwort viel zu schnell, und das Lachen, das er hinterherschickte, wirkte gekünstelt. „Wir werden es herausfinden, Herr Kaltwein, das verspreche ich Ihnen.“ Sie öffnete die Tür und trat ins Treppenhaus. „Einen schönen Abend noch!“

Die Haustür fiel hinter ihr ins Schloss, und sie atmete erleichtert durch. Ihr Riecher hatte sie zwar in eine etwas andere Richtung geführt als erhofft, aber sie konnte trotzdem mit sich zufrieden sein: Monika Kaltwein trieb es also mit ihrem Stiefsohn – wer hätte das gedacht!

Sie hatte das unbändige Bedürfnis, Keeser von den neuen Entwicklungen zu erzählen – aber, so ein Mist, sie hatte nicht daran gedacht, sich seine Handynummer geben zu lassen! Sie würde also notgedrungen bis zur Frühbesprechung warten müssen. Mann, der würde Augen machen!

Nachdem sie einige Zeit orientierungslos durch die Stadt gefahren war, erkannte sie endlich den Alten Messplatz und fand von dort aus problemlos nach Hause.

Sie hatte gerade die Jacke und die Motorradstiefel ausgezogen, als es an der Tür klingelte.

„Ja?“ fragte sie in die Sprechanlage.

„Essen auf Rädern!“ kam als Antwort aus dem Lautsprecher.

„Sie schon wieder?“ sagte sie lachend und drückte den Türöffner.

Grinsend stand sie in der Tür, als Keeser etwas atemlos und mit zwei prall gefüllten Stoffeinkaufstaschen die Treppe hochgestapft kam. „Wollten Sie gerade weg?“ fragte er enttäuscht, als er sie in der Lederhose stehen sah.

„Nein, ich komme gerade – hab noch ne kleine Runde gedreht.“ Sie nahm ihm eine Tasche ab und ging voran in die Wohnung.

„Und ich habe Neuigkeiten für Sie!“ platzte sie heraus.

„Und ich habe Fressalien für Sie!“ ächzte Keeser und wuchtete seine Tasche auf die Anrichte. „Ich konnte Sie doch auf keinen Fall mit Ihrem leeren Kühlschrank alleine lassen!“

Er zauberte zwei Flaschen Grauburgunder, eine Packung Spaghetti, ganze gekochte Tomaten in der Dose, ein Päckchen Hackfleisch und ein Sortiment Gewürze aus der Tasche. „Na, packen Sie schon aus“, forderte er Paula auf.

In ihrer Tasche waren Olivenöl, frischer Knoblauch, Parmesankäse am Stück, Wurst, Käse und noch andere Leckereien.

„Raten Sie mal, was wir heute Abend Feines essen – vorausgesetzt natürlich, es ist Ihnen überhaupt recht.“ Er sah sie prüfend an.

„Schwer, schwer ... ich tippe mal auf Spaghetti – und ja, es ist mir mehr als recht!“ Erst jetzt merkte sie, welch großen Hunger sie hatte.

„Und nach dem Essen werden wir ein bisschen Ordnung in Ihr Chaos bringen, was halten Sie davon?“ schlug er vor.

„Prima, ich wollte schon immer spätabends Möbel rücken!“ lachte Paula.

Keesers Blick blieb an der Rose in der Kaffeetasse hängen. „Wo kommt die denn her? Heute Morgen war sie jedenfalls noch nicht da.“

„Die lag vor meiner Tür“, berichtete Paula und begann den Tisch abzuräumen.

„Und wer ist der Rosenkavalier?“

„Keine Ahnung, es war kein Zettel dabei.“

„Ein stiller Verehrer also – ich sag’s doch: Ganz Landau liegt Ihnen zu Füßen! Und jetzt brauche ich zwei Töpfe, ein ordentliches Messer und ein Nudelsieb.“

Paula zog los, um die gewünschten Dinge zu suchen. Bald darauf kehrte sie mit einem schweren Karton zurück, auf dem *Küche* stand.

„Und Sie sind sicher, dass da Töpfe und keine Unterhöschen drin sind?“

„Keine Unterhöschen, das hab ich vorsorglich schon überprüft“, versprach sie. Während er wie ein Profikoch Zwiebeln hackte, stellte sie Nudelwasser auf.

„Das sieht ja richtig professionell aus, wie Sie das machen!“ staunte sie.

„Ich wollte eigentlich mal Koch werden“, erzählte er und warf die Zwiebelwürfel ins heiße Olivenöl.

„Ist ja fast das Gleiche wie Kriminalkommissar“, lachte Paula und räumte die restlichen Küchenutensilien in die Schränke.

„Immerhin fängt das auch mit K an!“ Er gab das Hackfleisch dazu.

Paula fand nach längerem Suchen auch noch die Pastateller aus Italien. Leos Mama hatte sie ihr einmal geschenkt.

„Käsehobel?“

Paula machte sich sofort auf die Suche. Wenn das so weiterging, wären bald alle Küchensachen an ihrem Platz!

„Mangiare!“ verkündete Keeser schließlich, und sie setzten sich zu Tisch. „Ups, der Wein!“ erinnerte er sich und stand noch einmal auf. „Wissen Sie schon, wo die Weingläser sind?“

Auch Paula stand noch einmal auf und ging hinaus, um wenig später mit triumphierendem Lächeln und zwei Gläsern zurückzukommen.

„Ha, das nenne ich mal einen ordentlichen Haushalt!“ lobte er und schenkte ein.

Beim Essen erzählte Paula stolz, was sie Neues in Erfahrung gebracht hatte. Ihr Kollege staunte nicht schlecht. Er betrachtete den Ohrring, den Paula demonstrativ auf den Tisch gelegt hatte.

„Und Sie haben tatsächlich heute Nacht schon gemerkt, dass der Kaltwein ein Ohrring fehlt? Also, das wäre mir nie und nimmer aufgefallen!“ sagte er beeindruckt.

„Dafür haben Sie ja mich!“ Paula lehnte sich satt und zufrieden zurück und betrachtete die goldschimmernde Flüssigkeit in ihrem Weinglas, das sie träge schwenkte. „War doch ganz gut, dass Sie den heute gekauft haben.“ Sie hob das Glas und nahm noch einen Schluck.

„Aber erst meckern!“ beschwerte sich ihr Gegenüber. „Wollen wir zuerst spülen oder erst Kisten auspacken?“

„Am liebsten keins von beiden – ich bin jetzt so vollgefressen und faul ...“

„Nichts da, keine Müdigkeit vorschützen – ich bin doch nicht zum Spaß hier!“ Keeser stand auf und räumte das schmutzige Geschirr ab.

Mühsam stemmte sich Paula hoch. „Sklaventreiber!“

„Komisch, das hat Schubert auch immer zu mir gesagt!“ lachte er und ging hinüber ins Schlafzimmer.

„Die Nachbarn werden sich bedanken, wenn wir jetzt mitten in der Nacht Möbel durch die Gegend rutschen“, machte sie einen letzten verzweifelten Versuch, Keeser von der Arbeit abzuhalten.

„Wenn die sich beschweren sollten, verhafte ich sie und stecke sie in Beugehaft!“ Er deutet auf einen Stapel Holzteile. „Was wird das, wenn es fertig ist?“

„Mein Kleiderschrank.“

„Sieht antik aus, oder irre ich mich?“

„Sie liegen richtig, das ist ein etwa zweihundert Jahre alter Weichholzschrank.“

Keeser strich liebevoll über das honigfarbene Holz und betrachtete eingehend die Verzapfungen. „Wird alles zusammengesteckt, wie es aussieht." Eine gewisse Bewunderung schwang in seiner Stimme mit.

Paula nickte. „Da gibt es keine einzige Schraube – ein geniales Patent!"

Keeser entdeckte das Bodenteil und zog es in die Mitte des Raumes. „Also, dann mal los!"

Eine Viertelstunde später stand der Schrank fix und fertig da.

„Voilá, das wäre geschafft!" freute sich Keeser, nachdem sie ihn so leise wie möglich an die Wand geschoben hatten.

Sie schleppten noch eine Kommode aus dem Wohnzimmer herüber und sämtliche Kleidersäcke. Im Wohnzimmer platzierten sie die Couch unter dem Fenster und verteilten mehrere Schrankregale an den Wänden.

„Ein alter Brotschrank!" freute sich Keeser. „Meine Großmutter hatte noch so einen – wo der wohl hingekommen ist?"

„Ich hab ihn zum Phono-Schrank umfunktioniert." Sie öffnete die Tür und zeigte ihm die Löcher für die Kabel in der Rückwand.

Der Schrank fand seinen Platz neben der Couch.

„Na, sieht doch schon richtig wohnlich aus", stellte Keeser fest. „Der Schreibtisch, bleibt der hier?"

„Nein, der soll rüber ins kleine Zimmer, das wird mein Büro."

Keeser hob vorsichtig eine Seite des großen Tisches hoch, ließ ihn aber gleich wieder sinken. „Warum haben Sie das schwere Zeugs nicht gleich von den Möbelpackern an Ort und Stelle bringen lassen?" wunderte er sich.

„Weil ich noch in München war, als sie die Möbel hier reingeschafft haben. Es ging alles so hopplahopp – ich musste noch meine alte Wohnung durchputzen und die Wohnungsübergabe machen. Ich war schon heilfroh, dass alles hier stand, als ich gestern Abend ankam."

Keeser zog die Schubladen aus dem Schreibtisch und trug sie hinüber ins Büro. „Und jetzt mit vereinten Kräften ...!"

Ächzend schleppten sie den klobigen Schreibtisch Meter um Meter aus dem Wohnzimmer hinaus und ins Büro hinein.

Als Keeser die Schubladen wieder einsetzte, entdeckte er in einer davon ein Bild: Paula Arm in Arm mit einem extrem gutaussehenden jungen Mann.

„Ist er das?" Er hielt ihr das Bild hin.

„Das ist Leonardo, ja", bestätigte sie. „Ich bin nur noch nicht dazu gekommen, es aus dem Rahmen zu nehmen."

Er betrachtete den Ex mit den schulterlangen, dunklen Locken eingehend. „Hübsches Kerlchen“, stellte er fest und legte das Bild zurück in die Schublade.

Paula suchte und fand ihren Laptop und stöpselte das Internetkabel ein – ihr Kontakt zur Welt war somit endlich wieder hergestellt. „Ja, gut sieht er wirklich aus. Aber Schönheit ist halt nicht alles.“

Sie gingen ins Wohnzimmer zurück, wo Keeser sich bückte, um eine große Kiste hochzuheben, aber gleich darauf kapitulierte er. „Sind da Steine drin?“ fragte er und ließ sich erschöpft auf das Sofa sinken.

Paula holte ihre Gläser aus der Küche und reichte ihm seines. „Bücher!“

Sie hockte sich neben die Bücherkiste, klappte den Deckel auf und holte mehrere Exemplare heraus. „Lesen Sie gerne, Herr Kollege?“

„Ich heiße Bernd. Und: ja, ich lese für mein Leben gerne, habe aber viel zu wenig Zeit dafür.“ Auch er griff in die Kiste. „Wolfgang Burger – schreibt der nicht die Heidelberg-Krimis?“

„Genau. Hier: Andreas Eschbach – einer meiner Lieblinge!“ Paula reichte ihm einen Stapel Taschenbücher.

„*Das Jesus-Video* – hab ich gelesen. Die anderen kenne ich nicht.“ Er gab ihr die Bücher zurück.

„Ich kann sie Ihnen gerne mal leihen.“ Sie stand auf und stellte sie ins Regal. „Was halten Sie von den ganzen Regionalkrimis?“ fragte sie, als sie den nächsten Stapel aus der Kiste holte.

„Ach, das ist halt jetzt ein Trend“, antwortete er und reichte ihr die nächste Fuhre Bücher. „Für die Leute aus der entsprechenden Gegend ist das schon recht witzig, wenn sie die Tatorte alle kennen.“

„Gibt es auch was aus der Landauer Gegend?“ wollte Paula wissen.

„Landau direkt? – Nein, soviel ich weiß nicht. Aber die Ecke Neustadt und Kaiserslautern ist vertreten. Monika Geier – sagt Ihnen der Name was?“

Paula legte den leeren Umzugskarton sorgfältig zusammen und zog die nächste Bücherkiste heran. „Nein, bisher nicht. Ich hab mich logischerweise mehr um die Bayern-Krimis gekümmert.“ Das erste Regal war voll, und sie begann das nächste mit Büchern zu füllen. Plötzlich drehte sie sich um und grinste Keeser an: „Wäre doch genial, wenn jemand über uns was schreiben würde, oder?“

„Was sollte man schon über mich langweiligen alten Sack schreiben?“ knotterte er.

„Sooo langweilig finde ich Sie gar nicht.“

„Danke für das Kompliment, liebe Kollegin, das haben Sie sehr charmant gesagt."

Sie packten noch eine dritte Kiste aus, dann hatte Paula die Nase voll. „Genug für heute!" verkündete sie und setzte sich stöhnend in ihren Sessel. „Morgen ist schließlich auch noch ein Tag. Ich will jetzt in mein Bett."

„So nett bin ich noch nie rausgeworfen worden", lachte Keeser und trank aus. Er sah auf seine Uhr. „Ups, schon nach Mitternacht! Also denn, liebe Frau Kollegin ... "

„Paula", unterbrach sie ihn und stand ebenfalls auf.

„Also denn, liebe Paula, ich danke Ihnen für diesen wunderschönen Abend und mache mich flugs vom Acker."

„Ich habe zu danken, lieber Bernd – für das leckere Abendessen und die zwei starken Hände, die Sie mir so großzügig zur Verfügung gestellt haben." Sie machte einen tiefen Knicks.

Keeser schlüpfte in sein Jackett und gähnte. Dann deutete er auf den angetrockneten Kaffeefleck auf dem Boden. „Kommt da ein Teppich drüber, oder soll der als modernes Kunstwerk so bleiben?" neckte er.

„Es könnte auch sein, dass ich mich irgendwann dazu entschließe, ihn wegzuwischen."

Keeser begab sich Richtung Wohnungstür. „Ach, das hätte ich beinahe vergessen!" Er zog eine zusammengefaltete Straßenkarte aus der Tasche und überreichte sie ihr. „Damit Sie immer wissen, wo Sie gerade sind."

„Sie sind ein echter Schatz!" freute sich Paula. „Ich werde mich bei Gelegenheit erkenntlich zeigen."

„Ich sage nur: Kuchen!" erinnerte Keeser sie, winkte noch einmal und ging.

3.
Montag, 27.6.2011

Um sieben klingelte ihr Wecker. Nach einer ausgiebigen Dusche fühlte sich Paula bereit für den neuen Tag. Als sie sich gerade ihre zweite Tasse Kaffee einschenkte, klingelte ihr Handy.

Mutsch verriet das Display. Ihr schlechtes Gewissen meldete sich.

„Guten Morgen, Mütterchen!“ sagte sie ins Telefon.

„Sie lebt!“ kam die Stimme ihrer Mutter an ihr Ohr. „Wie geht es dir? Du wolltest dich melden, wenn du in Landau angekommen bist, Paula! Wir machen uns Sorgen – du weißt genau, dass wir uns immer Sorgen machen, wenn du mit dem Motorrad unterwegs bist!“

„Ach, Mama, mir geht es gut – ich hatte einfach keine Zeit, euch anzurufen. Ich stecke mitten in meinem ersten Fall“, versuchte sie zu erklären.

„Ich dachte, du hast noch Urlaub?“

„Das dachte ich auch. Aber ich wurde vorgestern Nacht zu einem Tatort gerufen, und seitdem düse ich durch die Gegend und versuche, einen Mörder zu fangen.“

„Frag sie, wie ihre neuen Kollegen sind!“ hörte sie ihren Vater im Hintergrund rufen.

„Bisher kenne ich nur ein paar Leute, sind aber alle recht nett. Bernd Keeser heißt mein neuer Partner.“

Während sie telefonierte, durchforstete sie ihre Kleidersäcke nach ihrer Jeansjacke – irgendwo musste sie doch sein! Sie liebte ihre Motorradjacke, aber im Moment war es viel zu warm für das dicke Leder.

„Macht er dir das Leben auch so schwer wie dieser Obermoser in München?“

„Nein, er ist ein ganz Netter – er hat gestern Abend sogar für mich gekocht und mir beim Aufstellen der Möbel geholfen“, konnte Paula sie beruhigen.

Hach, da war ja die hellblaue Jeansjacke! Paula zog sie aus einem der Säcke. Etwas verknittert war sie zwar, aber das störte sie nicht besonders.

„Ach, das ist ja reizend! Wie alt ist er denn?“

„Zu alt, Mutsch!“ Paula musste grinsen – ihre Mutter konnte es einfach nicht lassen, in jedem Mannsbild, das in das Leben ihrer Tochter trat, einen potentiellen Ehemann zu sehen. „Und jetzt muss ich los, ich hab gleich Besprechung. Ich rufe euch an, wenn ich ein bisschen Luft habe, versprochen!“

„Ach, da sind Sie ja!“ Keeser wartete vor dem Eingang auf sie. „Ich kann Sie doch nicht alleine in die Höhle des Löwen gehen lassen!“

„Guten Morgen, Bernd. Ich soll Sie von meiner Mutter grüßen und Ihnen sagen, dass sie mich ja gut behandeln sollen“, begrüßte sie ihn.

Er sah sie mit fragend hochgezogenen Brauen an.

„So sind Eltern nun mal – sie machen sich stets Sorgen um ihre Brut“, erklärte sie.

„Ich möchte ja nicht wissen, was Sie ihnen von mir erzählt haben ...“

„Nur Gutes!“ lachte Paula.

Sie betraten das Besprechungszimmer, in dem schon reger Betrieb herrschte. Alle Köpfe drehten sich zu ihnen herum, und schlagartig war es mucksmäuschenstill im Raum.

„Guten Morgen, Herrschaften“, nutzte Keeser gleich die Gunst der Stille. „Ich möchte euch Kollegin Paula Stern vorstellen – nicht Paul, wie wir alle erwartet haben, sondern Paula!“

Ein Murmeln machte sich breit, und Paula wertete es als Begrüßung.

„Paula, das ist Kriminaloberrat Heribert Sonne – der oberste Chef von dem Ganzen hier.“

Der viel zu gut genährte Kriminaloberrat stand schwerfällig auf und reichte ihr eine schwitzige Hand. „Herzlich willkommen bei uns! Keeser hat mir ja gestern schon ein bisschen über Sie berichtet, aber er hat versäumt zu sagen, dass Sie so hübsch sind.“

„Vielen Dank für die Blumen“, bedankte sich Paula etwas verlegen.

Sonne strich sich das dünne Haar aus der schweißglänzenden Stirn. „Er hat auch erzählt, dass sie gleich tatkräftig mit angepackt haben – genau solche Leute brauchen wir hier. Ich hoffe auf eine gute Zusammenarbeit.“

„An mir soll es nicht liegen“, versprach sie.

Keeser stellte ihr der Reihe nach die anderen Anwesenden vor, wobei sich Paula im Klaren war, dass sie sich alle Namen sowieso nicht auf einmal merken würde.

„Das hier ist Kriminalhauptkommissar Jochen Lenzmann vom Konkurrenzteam – mit ihm werden wir auch immer mal wieder zu tun haben.“

Paula schüttelte auch diesem Kollegen die Hand.

„Wenn Sie mal ans Kinderkriegen denken, ist er der richtige Mann für Sie“, fügte Keeser hinzu.

Ein Kichern ging durch den Raum.

Keeser wusste erst nicht, was an dem gerade Gesagten so lustig gewesen sein könnte. Endlich schien er zu begreifen und fügte erklärend hinzu:

„Mann, seid ihr alle albern! Er soll Ihnen nicht etwa die Kinder machen – er kann Sie aber bestens beraten, denn er hat drei Töchter. Ich hoffe, das ist jetzt geklärt!“

Es dauerte einige Zeit, bis wieder Ruhe einkehrte.

Schließlich wandte er sich der einzigen Frau neben Paula zu. „Und das hier ist das Herz unserer Abteilung: Martina Geiger. Sie ist Sekretärin, begnadete Adressen- und Informationenbeschafferin und die schnellste Aktenfinderin in Landau und Umgebung. Wenn sie jetzt noch meine Berichte für mich schreiben würde, wäre sie absolut perfekt. Noch weigert sie sich erfolgreich mit Händen und Füßen, aber eines Tages wird sie mich anbetteln, sie für mich scheiben zu dürfen – ich arbeite daran.“

„Ha, da können Sie warten, bis Sie alt und grau sind, Commissario Keeser!“ lachte sie auf.

Paula musste grinsen. Commissario – wer sagt immer Commissario zu seinem Chef? überlegte sie. Die Antwort lag zum Greifen nah, aber sie kam nicht darauf.

„Da muss ich ja nimmie lang waarde!“ kicherte Keeser und fuhr sich mit der Hand durch das mit grauen Strähnen durchzogene Haar.

Die Sekretärin ignorierte seine letzte Bemerkung geflissentlich und schüttelte Paula lachend die Hand. „Ich bin die Tina. Endlich weibliche Verstärkung für mich! Jetzt geht’s euch Kerlen an den Kragen, passt nur auf!“ Sie drohte den anwesenden Männern mit einer ihrer kein bisschen gefährlich wirkenden Fäuste. Sie war keine Schönheit – klein, etwas pummelig. Ihr rundes, pausbäckiges Gesicht ließ sie jünger aussehen, als sie es wahrscheinlich war, und das raspelkurz geschnittene, knallrot gefärbte Haar unterstrich diesen Eindruck noch. Paula schätzte sie auf etwa dreißig. Ihr Lächeln war umwerfend und herzlich.

„So, jetzt kennen Sie einen großen Teil unseres wilden Haufens. Und nun zu unserem Fall!“

Zuerst berichtete Keeser stolz, was Paula gestern Abend noch auf eigene Faust herausgefunden hatte.

Das überraschte Paula, denn ihr früherer Münchner Kollege Obermoser hätte sich lieber die Zunge abgebissen, als zu erwähnen, dass sie alleine erfolgreich gewesen war.

„Monika Kaltwein hat uns also dahingehend angelogen, was ihren Aufenthalt im Hotel betrifft – aber als Mörderin ihres Mannes kommt sie nicht mehr in Frage. Auch der Stiefsohn hat gelogen – er war zur Tatzeit nicht mit seiner Mutter zusammen, wie er behauptete, sondern ebenfalls in dieser besagten Wohnung. Bleibt also zu überprüfen, wo Kaltweins erste Frau zur fraglichen Zeit war."

„Hätte sie denn ein Motiv gehabt?"

„Ernst Kaltwein wollte ihrem Sohn den Geldhahn zudrehen – im Falle seines Todes würde er jedoch erben", beantwortete Paula Sonnes Frage.

Keeser sah zu dem jungen Polizisten hinüber, der nervös mit der Klammer eines Klemmbrettes herumspielte. „Sind das die Zeugenaussagen von der Landeck, Herr ...?" Er streckte die Hand danach aus.

Nickend übergab der Beamte das Brett. „Bolizeimeischteraawärter Hartmut Berger", stellte er sich vor.

„Was Interessantes dabei, PMA Berger?" erkundigte sich Keeser und überflog den Blätterwald.

„Eigentlich net – es waare an dem Owend äfach zu viele Mensche da owwe unnerwechs. Einiche Aussaache stimme allerdings iwwerei: der Kaltwein hatte an dem Daach viel Besuch, mit demm er sich gschdritte hot."

„Er sagt, dass einige der Zeugen das Gleiche ausgesagt haben, nämlich, dass Kaltwein regen Besuch hatte und sich mit denen allen gestritten hat", wiederholte Keeser noch einmal für Paula, die ihm dankbar zunickte.

„Und mit wem hatte er Streit?" wollte sie wissen.

Der junge Beamte stand auf und deutete auf das Deckblatt. „Des häb ich mir scho denkt, dass Sie des wisse wolle, desweche häb ich Ihne schun emol e List gmacht!" Sein Gesicht glühte vor Stolz.

„Circa zehn Uhr: heftiger Streit mit Markus Kaltwein – in Klammern: Geld", las Keeser vor. „Circa schreibt man nur mit c, nicht mit ck, mein lieber junger Kollege", monierte er die falsche Schreibweise.

Der junge Kollege wurde rot und betrachtete daraufhin eingehend den Parkettboden.

„Zehn Uhr dreißig: laute Auseinandersetzung mit Klaus Wambsganß", las Keeser weiter vor. „Circa vierzehn Uhr dreißig: Streit mit Carolus. Gegen achtzehn Uhr dreißig: heftiger Streit mit Monika Kaltwein – in Klammern: sie verlässt die Burg. Gegen zwanzig Uhr: laute Diskussion mit einer unbekannten rothaarigen Frau ..." Er sah den Beamten fragend an.

„Des ham e paar ausgsagt – gekennt ham sie die Frä aber net, duud mer läd, Herr Kommissar."

„Ich hab alles verstanden", rief Paula dazwischen, bevor Keeser für sie übersetzte.

„Und es war auf keinen Fall Aurora Rapp?"

Ein nachdrückliches Kopfschütteln des jungen Beamten. „Die soll viel älder gwest sei."

„Vielleicht ist das die Frau, die dieser Junker Dingsbums ..."

„Junker Gieselher", half ihm Paula aus.

„Genau, danke ... die dieser Kerl gesehen hat, als er dachte, er liefe hinter Aurora her?" sinnierte Keeser laut. „Sieht so aus, als würde Aurora diesbezüglich wirklich die Wahrheit sagen – sie stand an der Bühne, und Gieselher hat sich anscheinend geirrt." Er widmete sich wieder der Liste. „Kurz vor einundzwanzig Uhr: Monika Kaltwein." Er sah von dem obersten Blatt hoch. „Warum steht die denn noch mal auf der Liste?"

„Äner fu die Zeuche hat die aageblich noch emol am Owend gsähne, bei demme Konzert nämlich", warf der Polizeibeamte dazwischen.

Keeser und Paula wechselten Blicke. „Unmöglich, der Zeuge muss sich getäuscht haben – Frau Kaltwein war nach neunzehn Uhr erwiesenermaßen erst im Hotel und danach in Landau", sagte Paula.

„Also noch eine Unbekannte? Mann, in diesen Kutten und wallenden Gewändern sehen die doch eh alle gleich aus!" Keeser legte die Protokolle auf den Tisch.

„Das wussten wir alles schon so ungefähr – bis auf die angebliche Doppelgängerin von der Kaltwein, die ist neu."

„Und keiner von denen hat zerkratzte Arme oder Kratzer am Hals oder im Gesicht?" vergewisserte sich Paula.

„Kääner, ähm keiner – ich hab des aber extra hinner jedem Namen mit em Hake vermerkt." Er versuchte sich in ungelenkem Hochdeutsch. „Der Hake is auch dodafier, dass mer sieht, dass bei denne auch der Erkennungsdienscht wor."

Paula entdeckte die Haken am Rande der Liste. „Und Sie haben jeden dahingehend überprüft?"

„Hajoo, nadierlich!"

Paula verstand das als Bestätigung.

Die Tür wurde aufgerissen, und der Kriminaltechniker stürmte herein. „Tut mir leid, konnte nicht eher!" entschuldigte er sich kurz und legte gleich los: „Ich hab jetzt die Ergebnisse zu den Proben, die Knopp aus den Wunden des Toten entnommen hat. Die Waffe war eindeutig aus Metall. Und dieses Metall war leicht korrodiert – ich habe Rostpartikel nachweisen können", verkündete er. „Die Waffen von dem Waffenschmied, die ihr mir mitgebracht habt, kommen allesamt nicht in Frage. Erstens: Sie sind zu neu. Zweitens: An keiner konnte ich Blutreste nachweisen. Und drittens: Keine einzige davon ist so geformt, dass sie die Art von Wunden hinterlassen könnte, die Kaltwein zugefügt wurden."

„Herr Knopp sprach davon, dass es aufgrund der verschiedenen Wundmuster eventuell zwei verschiedene Waffen gewesen sein könnten – Sie sprechen jedoch von einer Waffe", meldete sich Paula zu Wort.

„Ja, das ist richtig. Da die Spuren in allen Wunden sowohl exakt die gleiche Zusammensetzung der verwendeten Metalle als auch den gleichen Grad der Korrosion aufweisen, komme ich zu dem Schluss, dass es sich um eine einzige Waffe handeln muss", bestätigte Dreißigacker.

„Schon eine Idee, was für eine Waffe das gewesen sein könnte?" Kriminaloberrat Sonne wischte sich den Schweiß von der Stirn. Es war warm und stickig im Zimmer, und er schien wegen seiner Leibesfülle am meisten darunter zu leiden.

„Noch nicht, wir arbeiten daran."

„Was ist mit dem roten Haar?" wollte Sonne als Nächstes wissen. Er stand auf und öffnete das Fenster. Endlich kam ein bisschen frische Morgenluft herein.

Alle Augen wandten sich Dreißigacker zu. Der warf wiederum Keeser einen bedeutsamen Blick zu. „Die DNA-Analyse ist noch nicht fertig – erst morgen Nachmittag – das hab ich dem ungeduldigen Kollegen Keeser schon gesagt. Allerdings habe ich die Haarstrukturen miteinander verglichen und kann euch schon mal so viel sagen: Die beiden Haare stammen von zwei verschiedenen Personen!"

„Scheint so, als wäre Aurora auch raus", brummte Keeser.

„Und die Aussagen über eine unbekannte rothaarige Frau wären somit bestätigt", ergänzte Paula.

„Was ist mit den braunen Haaren, die Knoppi gefunden hat?"

„Morgen Nachmittag, wie oft soll ich dir das noch sagen!" entgegnete Dreißigacker genervt. „Ich bin jetzt an den Vergleichsproben, die einer meiner Techniker bei euren Zeugen gesammelt hat – da auch noch keine Übereinstimmungen. Ich arbeite aber noch daran."

„Die Hautreste unter Kaltweins Fingernägeln?" Sonne sah gedankenverloren aus dem Fenster.

„Hört mir hier eigentlich keiner zu? Morgen Nachmittag!"

Paula musste ein Kichern unterdrücken. „Wir brauchen einen Durchsuchungsbefehl für das Haus der ersten Frau Kaltwein", sagte sie.

„Ich werde mich darum kümmern", versprach Sonne und drehte sich wieder zu ihnen um. „Was ist noch für heute geplant?"

„Wir wollen dem Exmann von Monika Kaltwein einen Besuch abstatten, diesem Wambsganß. Der soll extrem schlecht auf Ernst Kaltwein zu sprechen gewesen sein, und er war, wie wir ja wissen, am Samstagmorgen auf der Landeck. Weiter wollen wir klären, wer von Kaltweins Tod profitiert – lebensversicherungstechnisch. Dazu müssen wir zu Monika Kaltwein nach Annweiler“, sagte Keeser.

„Und wir wollen in Kaltweins Kanzlei, um dort was Handschriftliches von ihm für einen Schriftvergleich zu holen“, ergänzte Paula.

„Na, dann legen Sie mal los, und halten Sie mich auf dem Laufenden“, schloss Sonne die Besprechung.

Keesers Handy bimmelte. „Keeser.“ Er lauschte und machte dabei ein besorgtes Gesicht. „Geht es ihr gut?“ Wieder lauschte er. „Wir sind unterwegs.“ beendete er das Gespräch. „Das war Becker“, teilte er den Anwesenden mit. „Auf Aurora Rapp ist soeben geschossen worden!“

„Ist sie verletzt?“ erkundigte sich Paula besorgt, als sie neben ihrem Kollegen die Treppe hinunterhastete.

„Zum Glück nicht – aber Becker meinte, es wäre haarscharf gewesen.“

„Es gibt nicht viele, die es auf dieses junge Ding abgesehen haben könnten.“

Keeser sah sie gespannt von der Seite an. „Nachdem das Testament ja jetzt gefunden wurde, hätten Monika Kaltwein und ihr Stiefsohn etwas von ihrem Tod?“

„Eher nicht – ich denke, Auroras Mutter würde wohl automatisch ihre Tochter beerben, wenn der etwas zustoßen würde“, erwog Paula. „Obwohl ... Markus ist ihr Halbbruder. Wäre schon möglich, dass er auch was abbekommen würde.“

Sie fuhren aus Landau hinaus, und Paula wunderte sich insgeheim, dass sie nicht Richtung Autobahn fuhren. Aber Keeser kannte sich entschieden besser aus als sie – vielleicht kannte er ja eine Abkürzung? Doch sie fuhren die gleiche Strecke wie die Tage zuvor.

„Wieder auf die Landeck?“ wunderte sich Paula, als Keeser sich Klingenmünster näherte. „Ich dachte, Aurora wohnt in Kaiserslautern.“

„Das schon, aber anscheinend hat sie die letzte Nacht auch dort oben verbracht.“

„Sie ist doch noch Schülerin – offensichtlich schwänzt sie die Schule.“ Paula musste an ihre eigene Schulzeit denken – auch sie hatte das eine oder andere Mal Besseres zu tun gehabt, als die Schulbank zu drücken.

„Leider können wir sie deswegen nicht verhaften – in der Pfalz sind nämlich seit Freitag Sommerferien", grinste Keeser.

„Im Juni schon?" wunderte sich Paula. „In Bayern fangen die erst Ende Juli an!"

„Von wegen, die Pfälzer hinken immer hinterher – da haben Sie den Gegenbeweis!"

Der Burgparkplatz war heute, im Vergleich zum Wochenende, bis auf mehrere Polizeiwagen und ein paar Pkw wie ausgestorben. Sie stiegen aus, und ihr Kollege schritt mit seinen langen Beinen so zügig auf die Brücke zu, dass sie Schwierigkeiten hatte, ihm zu folgen.

Dort, wo gestern noch unzählige Zelte gestanden hatten, waren nur noch zwei Zelte aufgebaut. Das grün-weiße von Ernst Kaltwein und ein sandfarbenes, vor dem Aurora auf dem Boden lag. Jemand hatte ihr einen zusammengerollten Schlafsack unter die Beine gelegt, um ihren Kreislauf am Zirkulieren zu halten. Mit geschlossenen Augen lag sie da, unnatürlich blass, die Hände über dem Bauch gefaltet – wie tot sah sie aus.

Carolus hockte neben ihr und sprach leise auf sie ein. Polizeiobermeister Becker stand etwas unbeholfen daneben und schien sich sehr zu freuen, dass endlich jemand von der Kripo kam, um ihm beizustehen.

„Kein Krankenwagen?" wunderte sich Keeser.

Becker schüttelte den Kopf. „Sie wollt kään – sie wollt sich nur en Moment hinleche." Nach einem kurzen Blick auf Paula fuhr er fort: „Ich hab sie vorsorglich in die Schocklage gebracht."

Keeser klopfte ihm anerkennend den Arm. „Der Schütze?" Sein Blick wanderte die Mauer empor.

„Auf und davon. Mit ein paar Kollegen hab ich noch einmal das Gelände nach der Mordwaffe durchkämmt. Als wir die Schreie hörten, kamen wir so schnell wie möglich her, aber der Schütze war natürlich über alle Berge." Becker sah ebenfalls nach oben. „Der Schuss kam von dort."

„Haben Sie wenigstens die Kugel und die dazugehörige Hülse sicherstellen können?" wollte Paula wissen.

„Kugel?" Becker sah sie irritiert an. „Es gibt keine Kugel und auch keine Hülse." Er deutete auf einen zweiten zusammengerollten Armeeschlafsack neben dem Zelt. „Es gibt nur einen Pfeil!"

„Einen Pfeil?" Keeser näherte sich ungläubig dem Schlafsack. Aus dem olivgrünen Stoff ragte der Schaft eines Pfeiles.

„Ich hab mal alles so gelassen, wie es war, Herr Kommissar."

„Is schon recht, Becker. Das haben Sie gut gemacht."

Paula trat auch näher und schloss aus dem Winkel, in dem der Pfeil in den Stoff eingedrungen war, das Gleiche wie Becker: Der Schuss war von oben gekommen.

Keeser zückte ein frisches Papiertaschentuch und zog damit den Pfeil aus dem Schlafsack.

„Der ist aber kurz“, wunderte er sich und besah sich das etwa fünfzig Zentimeter lange Teil von allen Seiten.

„Der ist von einer Armbrust“, erklärte Carolus ohne große Gemütsregung.

„Von einer Armbrust? – Himmel, wir sind ja tatsächlich im Mittelalter gelandet!“ Keeser holte eines der Plastiktütchen aus seinem frisch aufgefüllten Vorrat und steckte den Pfeil hinein. Da er weit aus der Tüte herausragte, stülpte er noch eine weitere Tüte über den Schaft. „Eine Armbrust hatte ich auch noch nicht als Tatwaffe! Sie, Frau Kollegin?“

„Ein Samurai-Schwert ja, aber ganz bestimmt noch keine Armbrust.“

„Ein Samurai-Schwert, echt?“

Paula bejahte und setzte sich neben Aurora. „Wie fühlen Sie sich?“ fragte sie leise.

Die junge Frau öffnete ihre Augen und sah sie ruhig an. „Geht so, vorhin war mir ein bisschen schwindelig, aber jetzt geht es wieder.“ Sie setzte sich auf, und Carolus sprang herbei, um sie zu stützen.

„Lassen Sie uns nach oben in den Schatten gehen“, schlug Paula vor. „Wir trinken einen Kaffee oder eine Cola, und Sie erzählen uns in aller Ruhe, was passiert ist – was halten Sie davon?“

Aurora nickte und ließ sich von ihrem Freund beim Aufstehen helfen. Kurze Zeit später saßen sie unter den großen Bäumen im Burghof. Das dichte Laub über ihnen rauschte leicht im Wind. Es würde auch heute wieder ein heißer Tag werden, doch hier spürte man nichts davon. Keeser hatte Kaffee für alle besorgt. Jetzt warteten sie nur noch darauf, dass Aurora ihre Geschichte erzählte.

„Wir waren am Zusammenpacken“, begann sie schließlich stockend. „Die Taschen waren schon gepackt, die Schlafsäcke zusammengerollt – wir wollten gerade das Zelt abbauen.“ Sie hielt inne, trank einen winzigen Schluck von ihrem Kaffee, dann fuhr sie fort: „Ich bückte mich gerade, um einen Hering aus der Erde zu ziehen, da flog etwas zischend an meinem Kopf vorbei. Erst wusste ich gar nicht, was los ist – aber dann sah ich den Pfeil im Schlafsack stecken und hab vor Angst losgeschrien.“ Sie sah Paula aus ihren grünen Augen an. „Mehr gibt es nicht zu erzählen.“

„Haben Sie irgendwas gesehen? Haben Sie zufällig nach oben geschaut und jemanden an der Mauer stehen sehen?“ fragte Keeser.

Aurora dachte kurz nach und schüttelte dann langsam den Kopf. „Nein.“

„Wo waren Sie, als der Pfeil abgeschossen wurde, Carolus?“

„Auf der anderen Seite des Zelts – ich habe das Zischen aber genau gehört. Und dann schrie Aurora auch schon los.“

„Warum sind Sie nicht, wie die anderen, gestern abgereist?“ fragte Paula.

„Wir“, Aurora warf Carolus einen zärtlichen Blick zu, „wollten einfach eine ruhige Nacht hier oben verbringen. Ich dachte, dass ich vielleicht so meinem Vater ein bisschen näher sein könnte.“ Eine einzelne Träne rann über ihre rechte Wange.

„Kennen Sie jemanden, der mit einer Armbrust umgehen kann?“ wollte Keeser wissen.

Carolus musste nicht lange überlegen. „Einige – es gehört einfach dazu. Ich schieße auch manchmal damit. Wir tragen sogar regelmäßig Armbrust-Wettkämpfe aus.“

Keeser konnte sich vage daran erinnern, wie eine Armbrust funktioniert. Mit etwas Glück hatte der Schütze beim Einlegen des Pfeiles Fingerabdrücke auf eben jenem Pfeil hinterlassen. „Wissen Sie auch, wer eine Armbrust besitzt?“

„Nein, ich denke, die gehören den Dagoberts-Rittern – keine Ahnung, ob da jemand eine eigene Armbrust hat. Sind sicher recht teuer, diese Geräte.“

„Sie sollten jetzt Ihre Siebensachen einpacken und so schnell wie möglich nach Hause fahren“, riet Keeser dem jungen Paar. „Polizeiobermeister Becker wird solange auf Sie aufpassen, nicht wahr, Becker?“

Der nickte. „Wird gemacht, Herr Kommissar!“

Paula und Keeser verabschiedeten sich und gingen zurück zum Parkplatz.

„Carolus war ja auch nicht gerade gut auf den Kaltwein zu sprechen“, überlegte Paula. „Aber er behauptet, er wäre die ganze Zeit mit Aurora vor der Bühne gewesen – er ist ihr Alibi und sie seins.“

„Und er hat eingeräumt, dass er kurz pinkeln war – und keiner weiß, wie kurz. Na, der DNA-Abgleich wird es uns verraten.“

„Eine Armbrust – die Sache wird ja immer verrückter!“ stöhnte Keeser, als sie wieder im Auto saßen. Er deutete auf das dunkelgraue Gemäuer der Burg. „Es könnte so schön friedlich sein hier oben – aber nein: irgendein Verrückter muss ja unbedingt auf Menschenjagd gehen!“

„Was, wenn Kaltweins Mörder der Gleiche ist, der Aurora ausschalten wollte?“

Keeser startete den Motor und ließ den Wagen langsam die enge Straße hinunterrollen. Er sagte nichts, bis sie das Klinikumgelände verlassen hatten und wieder auf dem Weg nach Landau waren. „Auf jeden Fall wusste der Attentäter – ich nenne ihn einfach mal so – also, der Attentäter wusste, dass Aurora noch auf der Landeck war und nicht am Abend vorher abgereist ist", murmelte er.

„Womit wir wieder bei unserer sechsseitigen Zeugenliste von Samstagnacht angekommen wären: Alle, die gestern Abend ihre Zelte abgebaut haben, konnten sehen, dass Aurora und Carolus als Einzige das nicht taten! Und wer von denen hätte was von Auroras Tod? – Soviel ich weiß, keiner."

Sie schwiegen beide eine Zeitlang.

„Vielleicht ist ja gar nicht das Testament der Schlüssel? Vielleicht denken wir einfach in die falsche Richtung?" überlegte Paula laut.

„Und deswegen gehen wir zwei Hübschen jetzt einfach Schritt für Schritt vor – und eines schönen Tages wird die Lösung genau vor uns liegen!"

„Das nenne ich doch mal Optimismus", brummte sie.

„Ich liebe Optimismus, denn ein weises Sprichwort besagt: Der einzige Mist, auf dem nichts wächst, ist der Pessimist."

„Amen!" kicherte Paula neben ihm.

Wenig später parkten sie wieder bei der Dienststelle und stiegen die Treppe zur Kriminaltechnik hinauf.

„Wenn das mal nicht mein Lieblingskripobeamter ist!" empfing sie Dreißigacker und sah ihnen erwartungsvoll über den Rand seiner Brille entgegen. Er deutete auf die Tüte, die Keeser in der Hand hielt. „Habt Ihr mir was Schönes mitgebracht?" Er entfernte das Plastik. „Ein Pfeil? Sind wir denn hier im Wilden Westen?"

Keeser erzählte ihm von dem Attentat.

„Eine Armbrust – und ich dachte, ich hätte schon alles gesehen."

Keesers Handy bimmelte. „Frau Geiger, einen Moment mal eben ..." er sah sich suchend um und schnippte dann mit den Fingern. „Hat einer von euch mal was zu schreiben?"

Dreißigacker reichte ihm einen Bleistift und riss ein Stück Papier von einem Block ab.

„Jetzt können Sie loslegen", verkündete er ins Telefon und schrieb eifrig mit. „Sie sind ein Goldstück!" Mit diesen Worten beendete er das Gespräch.

„Mabuse, wir müssen los – war nett bei dir!" Er machte Paula Zeichen zu gehen. „Ach, hätte ich beinahe vergessen: Was macht eigentlich die DNA der Haare?"

Der Kriminaltechniker warf ihm einen scharfen Blick zu. „Schau bloß, dass du Land gewinnst, mein Lieber!"

„Man wird doch mal fragen dürfen", lächelte Keeser unschuldig und verließ mit Paula den Technikraum.

„Kollege Keeser, Sie können ne echte Nervensäge sein!"

„Ach was, halb so schlimm! – Apropos: was macht denn Ihre italienische Nervensäge? Es bimmelt oder plätschert ja gar kein Handy mehr bei Ihnen – hat er am Ende schon aufgegeben?"

„Ich hab mein Handy stumm gestellt." Sie zog den kleinen Apparat aus der Jackentasche und kontrollierte die Mailbox.

„Acht Anrufe in Abwesenheit und ... kleinen Moment, ich muss schnell zählen ... insgesamt fünfzehn SMS", informierte sie den Kollegen.

„Tapferes Kerlchen", attestierte Keeser.

Sie fuhren vom Polizeigelände und fädelten sich in den Stadtverkehr ein.

Keeser kramte den Zettel, auf den er vor ein paar Minuten geschrieben hatte, aus der Innentasche seines Jacketts und reichte ihn ihr. „Lesen Sie mir doch mal die Adresse vor."

„Quartier Chopin", entzifferte Paula nur mit Mühe. „Mann, was für ne Sauklaue!"

„Musste schnell gehen", entschuldigte sich Keeser halbherzig. „Außerdem hatte ich nur eine Hand frei. – Was wollen Sie überhaupt – Sie konnten es doch lesen!"

„Klaus Wambsganß", entzifferte sie weiter, „Eheberater."

Er schlug den Weg in die Innenstadt ein.

„Quartier Chopin, was ist das?" erkundigte sich Paula.

„Geschichtsträchtiges Gemäuer", erklärte Keeser und musste an einer Ampel anhalten. „Gebaut wiederum auf der alten Verteidigungsanlage der Landauer Festung. Heute ist das alles umgebaut und saniert. Unsere hiesige Zeitung, also DIE RHEINPFALZ, ist dort untergebracht und noch diverse Büros und Läden."

Paula staunte nicht schlecht, als sie auf den Parkplatz neben dem imposanten roten Sandsteingebäude fuhren. „Das sieht tatsächlich nach einer alten Festung aus."

„Ja, das Mittelalter lässt uns irgendwie nicht mehr los."

Paula folgte ihm durch die elegante Einkaufspassage in den zweiten Stock. Ohne lange zu zögern betraten sie die Praxis von Klaus Wambsganß, wo ihnen eine für Paulas Geschmack viel zu herausgeputzte Dame freundlich entgegenblickte.

„Guten Morgen, haben Sie einen Termin?“

„Nein, haben wir nicht“, antwortete Keeser süß lächelnd und lehnte sich lässig über den Empfangstresen. „Es handelt sich um einen Notfall.“

Die Dame lächelte ihn leicht irritiert an. „Ein Notfall also, ich verstehe ...“ Sie betrachtete das ungleiche Paar eingehend. „Wie lange sind Sie denn schon verheiratet?“

„Ich bin gar nicht verheiratet“, erwiderte Keeser grinsend und zwinkerte ihr frech zu.

„Wenn Sie nicht verheiratet sind ...“ Ihr Blick wanderte verständnislos zwischen Paula und Keeser hin und her. „Was wollen Sie dann bei uns? Wir machen hier nämlich Eheberatungen, wissen Sie?“

„Wir möchten gerne mit Ihrem Chef sprechen. Würden Sie uns bitte anmelden?“ Keeser wurde nicht müde, sie anzulächeln.

„Das geht nicht so einfach, wissen Sie? Er hat gerade ein Paar bei sich drinnen ...“

Keeser zog seinen Ausweis, den sie erschrocken betrachtete. „Glauben Sie mir: Das geht ganz einfach!“

„Einen Moment, bitte, ich sage Herrn Wambsganß Bescheid.“

Beherzt ergriff sie den Hörer, drückte ein paar Tasten und sagte: „Ich weiß, dass ich Sie nicht stören soll, aber hier sind zwei Leute von der Kripo. Okay, mache ich.“ Sie erhob sich und kam zu ihnen vor den Tresen. „Kommen Sie mit – Sie sollen in Beratungsraum zwei auf Herrn Wambsganß warten.“

Sie öffnete die Tür zu einem schlicht, aber elegant eingerichteten Büro, das von einer großen, bequem aussehenden Couch dominiert wurde. „Er kommt sofort zu Ihnen“, versprach sie und schloss die Tür hinter ihnen.

Keeser fläzte sich auf das Sofa und streckte sich. „Die würde mir in meinem Wohnzimmer auch gefallen!“ Er tätschelte die freie Sitzfläche neben sich. „Kommen Sie, Frau Kollegin, nehmen Sie Platz – man hat ja nicht alle Tage die Gelegenheit, bei einem Psychologen auf der Couch zu sitzen.“

Sie setzte sich und betrachtete die knallbunten Bilder an den Wänden. „Waren Sie schon mal bei einem Psychologen?“ fragte sie.

„Gott bewahre! Die machen einen ja noch mehr durcheinander, als man eh schon ist“, winkte er ab. „Zum Glück halte ich mit meinem eher derben Gemüt einiges aus. Und Sie?“

Paula schüttelte den Kopf. „Nein, aber eine Kollegin von mir – sie war beim Sondereinsatzkommando. Während eines Einsatzes bei einem Banküberfall erschoss sie einen Geiselnehmer.“

„Und kam nicht damit zurecht?“

„Zuerst ja – sie wurde ja auch wie eine Heldin gefeiert. Sie hatte zudem gar keine andere Wahl: Wenn sie ihn nicht erschossen hätte, hätte er sie getötet. Dann stellte sich aber raus, dass der von ihr Getötete Familienvater war ...“

„Herrje, Familienväter sollten wirklich was anderes werden als Bankräuber und Geiselnehmer“, stöhnte Keeser auf. „Und, ist sie noch im Dienst, Ihre Kollegin?“

„Im Innendienst, aber das macht sie auch nicht glücklich. – Haben Sie schon mal jemanden erschossen?“ Paula lehnte sich zurück und spürte augenblicklich, wie sich die Müdigkeit wie eine Katze anschlich. Die beiden letzten Nächte ohne ausreichenden Schlaf machten sich langsam bemerkbar.

„Angeschossen“, hörte sie ihren Kollegen schon von ganz weit weg antworten. „Ich bin kein so besonders guter Schütze, müssen Sie wissen. – Da fällt mir gerade ein: Ich müsste mich mal wieder beim Schießtraining sehen lassen.“

Paula driftete mehr und mehr ab. In weiter Ferne hörte sie, wie eine Tür geöffnet wurde, ihr Kollege sprach mit jemandem – etwa mit ihr? Sie zwang sich, aus dem dichten Nebel des Schlafes aufzutauchen und öffnete die Augen.

Keeser grinste sie wissend an und sprach weiter, anscheinend mit Klaus Wambsganß – denn wer sollte es sonst sein, der da auf einmal hinter dem Schreibtisch saß und ihm mit angenehm ruhiger Stimme antwortete. Paula rappelte sich hoch und überlegte, ob sie sich für diesen Ausrutscher entschuldigen sollte, entschied sich dann aber dagegen, da Keeser ihren Sekundenschlaf zu ignorieren schien.

Sie musterte Monika Kaltweins ersten Mann und konnte schon irgendwie nachvollziehen, dass sie den attraktiven Kaltwein diesem eher farblosen Mann vorgezogen hatte. Er wirkte im Vergleich zu seinem Nachfolger eher schmächtig. Dieser Eindruck wurde vielleicht auch durch den mächtigen alten Schreibtisch verstärkt, hinter dem er fast verschwand. Seine Haut sah aus, als ob er sich nicht sehr oft an der frischen Luft aufhielt. Auch er hatte braunes Haar – waren denn alle Pfälzer braun- oder rothaarig?

Jetzt lächelte er ihr sanft zu und sagte mit seiner fast hypnotisierenden Stimme: „Diese Wirkung hat diese Couch auf fast jeden, der sich auf ihr niederlässt.“

Dann wandte er sich wieder Keeser zu, um eine Frage zu beantworten, die der ihm anscheinend vor ihrem Aufwachen gestellt hatte. „Warum sollte ich denn abstreiten, dass ich am Samstagmorgen auf der Landeck war? Das haben doch jede Menge Leute mitbekommen."

Paula kam sich vor wie der Kandidat einer amerikanischen Quizsendung, bei der nicht Antworten auf irgendwelche Fragen gesucht wurden, sondern die Fragen zu den aufgeführten Antworten – Jeopardy oder so ähnlich.

„Worum ging es bei diesem Streit mit Herrn Kaltwein?"

„Um meine Frau – es geht immer um meine Frau, wenn wir aneinandergeraten!" lachte Wambsganß warm.

„Um Ihre Exfrau", verbesserte Paula – sie war jetzt wieder voll da.

„Exfrau, wenn Sie das glücklich macht."

„Geht das etwas genauer?"

„Hören Sie", Wambsganß sah erst Keeser eindringlich an, dann Paula, „auch wenn wir geschieden sind, interessiert mich das Wohlergehen meiner Exfrau. Sie war nicht glücklich in der Ehe mit diesem Kerl", er spie das Wort regelrecht aus, „und ich wollte ihm meine Meinung dazu sagen. Und da bin ich ein wenig laut geworden, auch wenn das normalerweise gar nicht meine Art ist. Aber dieser .... er bringt mich immer in Rage."

„Und wie lautete Ihre Meinung?" fragte Keeser.

„Dass er sie nicht so behandeln darf, dass er ein Mistkerl ist und seinen Schwanz nicht bei sich behalten kann – entschuldigen Sie, bitte, meine Ausdrucksweise", sagte er mit einem Blick in Paulas Richtung.

„Hat er Sie so sehr in Rage gebracht, dass Sie nachts wiedergekommen sind und ihn umgebracht haben?" Keeser lehnte sich mit verschränkten Armen in die Couch.

„Nein, natürlich nicht!" entfuhr es Wambsganß empört. „Bei dem Kerl mach ich mir doch nicht die Finger schmutzig!"

Paula interessierte etwas ganz anderes. „Wie war das damals, als sich Ihre Frau von Ihnen trennen wollte?"

„Wie? Es tat weh!"

„Wie ist es passiert? Das wollte ich wissen."

Wambsganß verschränkte ebenfalls die Arme vor seiner Brust. „Monika interessierte sich schon immer für das Mittelalter – vor allem für die Kleider, die die Frauen damals trugen. Ich unterstützte sie dabei, denn sie sieht wirklich umwerfend in diesen alten Gewändern aus. Zu dieser Zeit wurde das Mittelalter dann ja auch richtig modern – was ich damit sagen will: Überall wurden auf einmal mittelalterliche Feste veranstaltet. Und Moni besuchte sie alle. Tja, und da traf sie *ihn* dann eines Tages. Nach einem halben Jahr eröffnete sie mir, dass sie sich von mir scheiden lassen wollte, um *ihn* zu heiraten – bumm. So war das."

„Sie sind Eheberater – gab es keine Chance, Ihre Ehe zu retten?" wunderte sich Paula.

Wambsganß lachte herzlich. „Wenn Amor seinen Pfeil schon in sein Opfer gebohrt hat, dann is die Beer gschält, wie wir Pfälzer so schön sagen."

„Der Käs gessen?" vergewisserte sich Paula, ob sie das auch richtig verstanden hatte.

Keeser und Wambsganß nickten unisono.

„Apropos Pfeil – kann Ihre Exfrau mit einer Armbrust umgehen?" wollte Keeser wissen.

„Eine Armbrust? Nicht, dass ich wüsste. Warum wollen Sie das wissen?"

„Nur so – reine Neugier", wich Keeser aus.

„Wie viel hat Sie die Scheidung damals gekostet?" Paula erinnerte sich an die Bemerkung von Kaltwein junior bezüglich der Wohnung in der Industriestraße.

Der Eheberater wurde noch eine Spur blasser, bevor sich hektische rote Flecken auf seinen Wangen ausbreiteten. „Dieser Mistkerl hat mich fast ruiniert", presste er zwischen zusammengekniffenen Lippen hervor.

„Und das war auch kein Grund, Ihren Widersacher aus dem Weg zu schaffen?" fragte Keeser beiläufig.

„Ich bin Psychologe und kein Killer."

„Wer sagt, dass das eine das andere ausschließen muss? Sigmund Freud?"

„Ich helfe meinen ... Kunden, mit ihren Aggressionen umgehen zu lernen, sie in den Griff zu bekommen. Davon abgesehen, dass ich nicht gerade ein aggressiver Typ bin, würde ich mir diese Techniken natürlich auch selbst zunutze machen, wenn es sein müsste." Wambsganß blieb gelassen.

„So, wie Sie Ihre erlernten Techniken zum Erretten der Ehen anderer bei ihrer eigenen Ehe erfolgreich eingesetzt haben?" versuchte Keeser ihn zu provozieren.

Der Eheberater sah ihn nur traurig an und sagte nichts dazu.

„Das war gemein", mischte sich Paula ein, „und ich entschuldige mich für meinen Kollegen."

„Nein, nein, ist schon in Ordnung – im Grunde hat er ja vollkommen recht. Ich konnte meine eigene Ehe nicht retten. Aber ich bin ja auch kein Eheretter, sondern Eheberater – was nichts anderes bedeutet, als dass ich Eheleute berate, die gemeinsam versuchen wollen, ihre Ehe zu retten. Monika wollte unsere Ehe nicht retten – sie wollte aus ihr ausbrechen, koste es, was es wolle. Da hilft dann nichts mehr, weder gesunder Menschenverstand noch angewandte Tiefenpsychologie. Ich habe sie damals kampflos gehen lassen, und dieser Typ hat mir zum Dank dafür den Boden unter den Füßen weggezogen." Er legte seine – kratzerfreien – Unterarme auf die Schreibtischplatte, verschränkte seine Finger und deutete mit aneinandergelegten Zeigefingern auf Keeser. „Ich hoffe für Sie, dass Sie so etwas nie erleben müssen. Aber um auf Ihre Frage zurückzukommen: Nein, auch das war kein Grund für mich, den Mann meiner Exfrau umzubringen."

„Sie lieben sie noch, oder irre ich mich?" stellte Paula mit belegter Stimme fest.

Wambsganß nickte, bevor er „Ja" sagte. „Man kann Liebe nicht einfach abschalten – leider, das würde vieles einfacher machen, nicht wahr?"

Paula musste insgeheim zustimmen – für Leo wäre so ein Schalter wirklich praktisch!

„Wenn Sie keine weiteren Fragen haben, würde ich jetzt gerne versuchen, eine weitere Ehe zu retten." Wambsganß stand auf.

„Eine Frage hätte ich noch: Wo waren Sie am letzten Samstag zwischen zwanzig Uhr und einundzwanzig Uhr dreißig?" Paula stand ebenfalls auf.

Der Eheberater öffnete eine Schublade seines Schreibtisches und entnahm ihr seine Brieftasche. Nach kurzem Suchen reichte er ihr eine Visitenkarte. „Ich war dort zum Essen, und ich habe jede Menge Zeugen dafür."

„Landgasthof Jägerhof in Birkenhördt", las Paula laut vor. Birkenhördt ... Birkenhördt ...? Den Namen hatte sie schon einmal gelesen.

„Das werden wir natürlich überprüfen, Herr Wambsganß. Noch eine allerletzte Frage: Würden Sie uns netterweise ein oder zwei von Ihren Haare überlassen? – Der Vollständigkeit halber, das verstehen Sie doch sicherlich?"

Wortlos zupfte sich dieser ein paar Haare aus und übergab sie Keeser, der schon ein Tütchen dafür bereithielt.

„Besten Dank – und nichts für ungut." Keeser lächelte ihn schief an.

„Sie machen nur Ihre Arbeit, Herr Kommissar."

„Mann, dieser Kerl ist ja das Verständnis in Person, das ist ja fast schon unheimlich!" resümierte Paula das Gespräch mit dem Eheberater auf dem Weg in die Industriestraße.

„Und noch dazu vollkommen unnatürlich", ergänzte Keeser. „Also, ich an seiner Stelle hätte dem ekeligen Kommissar die Fresse poliert, ehrlich!"

„Und, was hätte Ihnen das gebracht?"

Er grinste breit. „Genugtuung."

„Aber sonst nichts weiter – außer vielleicht einer Anzeige wegen tätlichen Angriffs“, gab Paula zu bedenken. „Mal ganz ehrlich: Mir hat der Mann wirklich imponiert.“

„Ach ja, wie das denn?“

„Na, wie er mit dem Niedergang seiner Ehe umgeht, mit der Scheidung und mit seiner Frau. Er liebt sie noch immer, ist ihr nicht einmal böse. Das ist für mich Größe!“

„Für mich ist das Dummheit. Der Kerl hat sich ausnehmen lassen, ohne sich zu wehren. Mit Größe hat das nun wirklich nichts zu tun.“ Er sah sie prüfend von der Seite an und fragte vorsichtig: „Sind Sie etwa katholisch?“

„Was soll diese Frage nun wieder?“

„Na, von wegen Backe – wenn dir einer auf die rechte Backe haut, dann halte ihm doch gleich noch die linke hin. Mit so nem Blödsinn komme ich einfach nicht zurecht.“

Paula zeigte auf einen freien Parkplatz direkt vor Hausnummer 12 b.

„Was denn nun?“ fragte er, als er den Wagen geparkt hatte.

„Was denn?“

„Ob Sie katholisch sind.“

„Evangelisch – zufrieden?“

„Na, wenn Sie aus Würzburg kommen, ist das nicht selbstverständlich – uralte Bischofsstadt, Dom – dort ist doch mehr oder weniger die Hochburg des Katholizismus, wenn ich mich nicht irre.“

„Da haben Sie ausnahmsweise recht“, stimmte sie ihm zu.

„Ausnahmsweise? Wie soll ich denn das bitteschön verstehen?“

„Wollen wir jetzt weiter über Religion diskutieren oder lieber Markus Kaltwein zum Thema Armbrust befragen?“ Paula stieg aus.

„Ich will über dieses ‚Ausnahmsweise‘ diskutieren, Religionen sind mir eher schnurz“, insistierte er und blieb demonstrativ sitzen.

Sie beugte sich noch einmal zu ihm in den Wagen hinein und grinste ihn an. „Ich kann das bisschen auch alleine machen, wenn Sie lieber hier sitzen bleiben und schmollen wollen, Kollege Keeser!“ Sie warf die Tür mit Schmackes ins Schloss und ging auf die Eingangstür zu. Energisch drückte sie den Klingelknopf. Hinter sich hörte sie Keeser schnaufend aus dem Wagen steigen, seine Tür ebenfalls zuwerfen und die Zentralverriegelung betätigen. Dann stand er neben ihr und wartete schweigend auf das Summen des Türöffners. Doch lange hielt er das Schweigen nicht durch.

„Ich habe immer recht – nicht nur ausnahmsweise“, murmelte er halblaut.

Paula riskierte einen Seitenblick und erhaschte ein kurzes Schmunzeln. „Ja, das sagen sie alle“, kommentierte sie seine Aussage.

„Bei mir stimmt das aber auch – fragen Sie die anderen Kollegen.“

Paula klingelte noch einmal. „Sie sind vielleicht *recht* eingebildet“, bemerkte sie keck und stemmte sich schnell mit dem Oberkörper gegen die Tür, als das erwartete Summen endlich ertönte. „Kommen Sie?“

Er folgte ihr in den zweiten Stock, wo Markus Kaltwein lässig am Türrahmen lehnte. Sein sonst so exakt nach hinten gegeltes Haar stand unordentlich vom Kopf ab, und er trug nur Boxershorts. Offensichtlich hatten sie ihn gerade aus dem Bett geklingelt.

„Also, wenn ich es nicht besser wüsste, Frau Kommissarin, könnte man meinen, Sie wollen was von mir!“ Er schenkte ihr ein anzügliches Grinsen und deutete einladend in die Wohnung. „Mi casa es su casa – treten Sie ein.“

„Im Grunde genommen will ich ja wirklich was von Ihnen“, ging Paula auf seine Anspielung ein. „Ich will nämlich von Ihnen wissen, wo Sie heute Morgen gegen neun Uhr waren.“

Der junge Kaltwein schloss die Wohnungstür hinter ihnen. „Neun Uhr, sagen Sie? Das kann ich Ihnen ganz genau sagen: Da war ich noch im Bett! Nicht alleine, natürlich – und welch ein Glück: Mein Alibi liegt sogar noch dort herum.“

Wie auf Kommando öffnete sich die Schlafzimmertür, und Paula erkannte den teuren Morgenmantel sofort: Monika Kaltwein. Im Vergleich zu Samstagnacht diesmal erheblich derangiert.

„Na, sieh mal einer an: Gleich zwei auf einen Streich!“ sagte Keeser.

„Was ist denn jetzt schon wieder los?“ fragte sie mit kratziger Stimme und strich sich die wilde Mähne aus dem Gesicht. Sie musterte die Beamten kurz. „Ich brauch erst mal einen Kaffee“, verkündete sie und tappte mit nackten Füßen in die Küche.

Das Mahlwerk einer Kaffeemaschine setzte sich lautstark in Gang.

„Machen Sie es sich schon mal gemütlich!“ Markus Kaltwein deutete ins Wohnzimmer. „Ich ziehe mir schnell was an.“ Er verschwand.

Tassenklappern aus der Küche.

„Sieht nicht so aus, als ob die beiden heute Morgen schon irgendwo anders waren“, stellte Keeser fest und betrachtete die DVD-Sammlung im Regal genauer.

„Da haben Sie wohl recht“, stimmte Paula zu.

„Ha“, er drehte sich blitzschnell zu ihr um und schenkte ihr einen triumphierenden Blick. „Natürlich habe ich recht – das ist doch meine Rede.“

„Für Sie auch Kaffee?“ erklang die Stimme von Frau Kaltwein aus der Küche herüber.

„Immer, gerne“, rief Keeser zurück.

Erneut das Mahlwerk der Kaffeemaschine.

„Was war denn um neun?“ Markus Kaltwein kam in kurzer Hose und Poloshirt ins Zimmer zurück.

„Ein Attentat auf Ihre Halbschwester“, sagte Keeser wahrheitsgemäß. „Sie wissen ja längst, dass Aurora Ihre Halbschwester ist, nicht wahr?“

Er nickte und setzte sich in einen Sessel.

Monika Kaltwein kam mit einem Tablett herein und verteilte die Kaffeetassen. „Ist sie verletzt?“ wollte sie wissen – offenbar hatte sie mitgehört.

„Nein, es geht ihr gut“, antwortete Paula und sah die beiden Kaltweins an, die ihre eher unkonventionelle Liaison so offen zur Schau trugen.

„Das arme Ding kann ja nun wirklich nichts dafür, sie ist nur ein weiteres Opfer.“ Monika setzte sich zu ihrem Stiefsohn und Liebhaber auf die Sessellehne. „Bei Ernst waren alle Frauen Opfer“, ergänzte sie.

„Sie auch?“ wollte Paula wissen und ergriff ihre Tasse.

Frau Kaltwein lachte ein rauchiges Lachen. „Oh ja, das war ich. Ich war leichte Beute für ihn. Für ihn habe ich meine Ehe weggeworfen. Und einige Zeit habe ich mir tatsächlich eingebildet, dass ich die wahre und einzige Liebe für ihn bin.“ Sie kraulte geistesabwesend in den Haaren ihres Stiefsohnes. „Das war ich ja vielleicht sogar für kurze Zeit – bis die nächste wahre und einzige Liebe in sein Leben trat“, fügte sie bitter hinzu.

„Aber ich liebe dich!“ begehrte der jüngere Mann neben ihr auf.

Paula glaubte ihren Ohren nicht trauen zu können – dieser aufgeblasene Schnösel sprach tatsächlich von Liebe! War sein aufreißerisches Auftreten bloß Theater?

„Ich weiß, mein Liebling“, sagte Monika zärtlich und küsste ihn auf die Stirn.

Keeser rutschte ungemütlich auf dem Sofa herum – derartige Liebesbezeugungen von Stiefmutter und Stiefsohn waren ihm dann doch unangenehm. „Wer hat Ihnen gesagt, dass Aurora Ihre Schwester ist?“ wechselte er das Thema.

„Mein Vater“, sagte Kaltwein junior ohne zu zögern. „Als wir am Samstag stritten, warf er es mir einfach an den Kopf. Er schien glücklich darüber zu sein, ein weiteres Kind zu haben – witzig, denn ich hatte immer das Gefühl, ich wäre ihm lästig.“ Er schüttelte den Kopf. „Mein Vater sagte mir, dass er genug in mich investiert hätte, dass er jetzt an Aurora denken müsse.“

„Waren Sie sauer?“ Paula trank ihre Tasse leer.

„Sauer? Ja, schon – logisch, oder? Ich bin dann ja auch recht missgestimmt abgedampft – ich hab Moni fast umgerannt, als ich zum Parkplatz stürmte.“

„Können Sie mit einer Armbrust umgehen?“ wollte Keeser wissen.

„Ist etwa mit einer Armbrust auf Aurora geschossen worden?“ Monika riss erschrocken die Augen auf.

„Mein Vater hat eine, aber ich hatte sie nie in der Hand. Mich hat der ganze Mittelalterkram nie besonders interessiert.“

„Wo ist die Armbrust Ihres Vaters jetzt?“ hakte Keeser nach.

Die Kaltweins wechselten einen kurzen Blick. „In meinem Haus in Annweiler“, antwortet sie.

„Würden Sie sie uns zur Verfügung stellen?“

„Aber wir waren hier, wir haben nicht damit geschossen“, ereiferte sich Monika Kaltwein. „Ich dachte, Sie glauben uns!“

„Glauben ist gut, Kontrolle ist besser – ein wirklich geniales Sprichwort, finden Sie nicht auch?“ ließ Keeser einen seiner Sprüche los. „Und wären Sie beide auch noch so nett, noch heute zu uns in die Dienststelle zu kommen, um dort Ihre Fingerabdrücke abnehmen zu lassen?“

„Wozu Fingerabdrücke?“

„Um sie mit denen auf dem Armbrustpfeil vergleichen zu können“, erklärte der Kommissar geduldig.

„Aber wir haben doch nicht ...“, begehrte Monika noch einmal auf.

„Und wenn dem tatsächlich so sein sollte, werden Sie durch Ihre Fingerabdrücke im Handumdrehen entlastet sein, Frau Kaltwein!“ beendete Keeser die Diskussion. „Was halten Sie davon: Sie ziehen sich jetzt an, und wir fahren gemeinsam in Ihr Haus. Wir laden die Armbrust ein und bringen sie in die Kriminaltechnik, und bei dieser Gelegenheit kann man Ihnen gleich die Fingerabdrücke abnehmen. Danach fahren wir Sie wieder hierher.“

Sie nickte und stand auf. Der Kaffee, den sie vorhin angeblich so dringend gebraucht hatte, stand unberührt auf dem Couchtisch.

Eine Viertelstunde später waren sie auf dem Weg nach Annweiler. Monika Kaltwein saß still auf der Rückbank des Wagens und starrte aus dem Fenster.

„Seit wann wissen Sie, dass Aurora die Tochter Ihres Mannes ist?“ Paula drehte sich etwas nach hinten, um die Frau ansehen zu können.

„Seit Samstagabend. Markus rief mich im Hotel an und erzählte mir von seiner Auseinandersetzung mit Ernst am Morgen.“

„Er hat Sie nicht früher darüber unterrichtet? Schließlich geht Sie das ja auch etwas an, wenn plötzlich eine frisch aufgetauchte Tochter Ihres Mannes erben soll“, gab Keeser seinen Senf dazu.

„Ich lasse mein Handy immer im Hotel – ich finde es einfach lächerlich, auf einer Burg das Mittelalter nachzuempfinden und dann zu telefonieren! Ich rief ihn vom Hotel aus an, weil er mir eine Nachricht auf der Mailbox hinterlassen hatte, und da erzählte er mir die Sache mit Aurora. Zu diesem Zeitpunkt wusste Markus auch noch gar nichts davon, dass er enterbt werden sollte.“

Paula überlegte einen Moment, dann fragte sie: „Wenn Markus da noch nichts von dem Testament wusste – wann hatte er dann davon erfahren?“

„Keine Ahnung, das hat er mir nicht gesagt. Ich bin morgens gegen halb drei zurück ins Hotel gefahren – da wusste er es auf jeden Fall noch nicht.“

Wenn er kurz vor drei noch nichts davon gewusst hat, dann muss er es danach erfahren haben – doch wann und vor allem: von wem? überlegte Paula.

„Als Markus mir das mit Aurora erzählte, wurde mir natürlich auch klar, warum Ernst mich so ausgelacht hat, als ich ihm eine Affäre mit ihr vorwarf“, fuhr Monika Kaltwein monoton fort. „Er amüsierte sich köstlich deswegen – halbtot hat er sich gelacht!“

Wie auf Kommando sahen sich die Beamten daraufhin an. Paula gab ihrem Kollegen Zeichen, dass das jetzt sein Part wäre.

Keeser räusperte sich und wusste nicht recht, wie er anfangen sollte. „Weil sie gerade *halbtot* sagen“, sagte er schließlich zögernd und nicht besonders elegant, „das trifft genau ins Schwarze. Sie wussten doch sicherlich von den gesundheitlichen Problemen Ihres Mannes?“ Er beobachtete sie durch den Rückspiegel.

„Welche gesundheitlichen Probleme denn?“ erwiderte Monika Kaltwein erstaunt und beugte sich zu ihnen nach vorne. „Ich weiß von keinen gesundheitlichen Problemen – was meinen Sie damit?“

„Nun, bei der Obduktion Ihres Mannes wurde eine fortgeschrittene Krebserkrankung festgestellt. Er wurde seit längerem behandelt. – Sie wussten tatsächlich nichts davon?“

Blass ließ sie sich in ihren Sitz zurücksinken und schüttelte langsam den Kopf. „Er ... ich hab gemerkt, dass irgendwas nicht mit ihm stimmt. Er hatte stark abgenommen und war oft appetitlos.“ Sie schlug mit der geballten Hand auf das Sitzpolster ein. „Ich hab ihn mehrmals darauf angesprochen – aber er hat nur immer von Stress und viel Arbeit gesprochen. Er ... hat mich angelogen ... er hat mich einfach aus seinem Leben ausgeschlossen! Das hat er schon immer so gemacht.“ Sie weinte still vor sich hin.

„Bestimmt wollte er, dass Sie sich keine Sorgen machen“, versuchte Paula zu trösten.

Von hinten kam ein spöttisches Zischen. „Tsss, da merkt man doch gleich, dass Sie ihn nicht kannten. Ernst hat sich nie um die Gefühle anderer gekümmert. Er hat zwar immer mit jemandem zusammengelebt, aber er hat trotzdem immer alleine für sich gelebt – wenn Sie verstehen, was ich meine. Manches hat er zwar mit mir geteilt – sein Geld, sein Haus, öffentliche Auftritte, ja, da durfte ich neben ihm glänzen – aber sonst hat er nichts mit mir geteilt, nicht seine Gedanken, nicht seine Träume, nicht seine Pläne ... noch nicht einmal seine Krankheit!“ Sie rang sichtlich nach Fassung. „Wenn ich mir vorstelle, wie einsam er an seinen bevorstehenden Tod herangegangen ist, wird mir übel!“

„Wir denken, dass ihn seine schwere Krankheit dazu bewogen haben könnte, das Testament zu verfassen“, bemerkte Paula. „Vielleicht wollte er damit bei Aurora und ihrer Mutter etwas gutmachen.“

„Keine Ahnung – auf jeden Fall wollte er mir damit eins auswischen, nicht wahr?“ antwortete Monika Kaltwein matt lächelnd. „Ist dir gelungen, du Mistkerl, herzlichen Glückwunsch!“

„Wer war sein Hausarzt?“ Paula entdeckte einen Block und einen Kugelschreiber in der Ablage.

„Ein Doktor Kutscher in Landau – seine Adresse kennen ich nicht“, antwortete sie kurz angebunden. „Wir haben nicht den gleichen Arzt, meiner ist in Annweiler.“ Den Rest der Fahrt sah sie wieder aus dem Fenster und schwieg.

Paula ließ sich von Keeser die Nummer der Sekretärin diktieren und speicherte sie gleich ab. Dann rief sie diese an und bat sie, Kutschers Adresse herauszufinden. „Ihre Nummer können Sie mir auch gleich geben – falls ich Sie mal anrufen muss.“ Sie speicherte auch Keesers Handynummer.

Die Armbrust hing in Kaltweins Arbeitszimmer als Dekoration an der Wand. Hätte einer der beiden Kaltweins mit ihr geschossen, hätte er sie nach der Tat wieder hierherbringen und dann zurück nach Landau fahren müssen. Was recht umständlich gewesen wäre.

„Bitte, bedienen Sie sich.“ Monika Kaltwein stand im Zimmer, die Arme um ihren Körper geschlungen, als ob ihr kalt wäre. „Ich will sie nach Ihren

Untersuchungen auch nicht wiederhaben – meinetwegen können Sie sie gleich Aurora geben."

Keeser zog Handschuhe an und nahm die Waffe herunter. „Hätten Sie ein frisches Handtuch für mich?" Während Monika das gewünschte Tuch holte, sah er sich die Armbrust genauer an. „Interessante Maschine", murmelte er. „Was sich der Mensch im Laufe der Zeit so alles hat einfallen lassen, um immer effizienter töten zu können!"

Frau Kaltwein brachte ein Geschirrtuch, und Keeser wickelte die Armbrust sorgfältig hinein.

„Wissen Sie, wo Ihr Mann Versicherungsunterlagen aufbewahrt?" fragte er als Nächstes.

„Wozu brauchen Sie die denn?" Sie öffnete einen antiken Schrank, in dem sich bunte Aktenordner ordentlich aneinanderreihten.

„Uns interessieren nur die Lebensversicherungen", erklärte Keeser und hatte den so beschrifteten Ordner schon herausgezogen. „Wir wollen überprüfen, wer die Begünstigten sind – vielleicht ergibt sich ja da noch ein Motiv für den Mord an Ihrem Mann."

„Ich weiß nur, dass ich eingetragen bin ... und Markus natürlich. Aber wir waren es nicht ..."

„Was wir Ihnen ja auch glauben, aber wir müssen in alle Richtungen ermitteln, um seinen Mörder zu finden", versuchte Keeser die Frau zu beruhigen. „Und falls er die Lebensversicherungen noch nicht geändert hat, gehen Sie vielleicht doch nicht ganz leer aus. – Dürfen wir den Ordner mitnehmen?"

„Tun Sie sich keinen Zwang an."

„Hatte Ihr Mann ein Handy?" erkundigte sich Paula. „In seinem Zelt und bei seiner Leiche wurde nichts gefunden."

„Das ist hier." Monika Kaltwein zog die oberste Schublade des Schreibtischs auf und überreichte ihr das Telefon. „Er ließ es am Wochenende immer zu Hause, er wollte seine Ruhe haben. Wozu brauchen Sie es denn?"

„Wir werden die Anrufe und SMS überprüfen lassen – vielleicht ergibt sich ja da ein Hinweis auf seinen Mörder. Ach, und wo hatte er seine Kanzlei?"

„In Landau, in der Nähe des Gerichts – Marienring."

Auf der Rückfahrt nach Landau wurde nicht viel geredet. Monika Kaltwein hing ihren Gedanken nach, und Paula und ihr Kollege vermieden es, vor ihr über den Fall zu sprechen.

„Wie kam es überhaupt zu dem Verhältnis mit Ihrem Stiefsohn?“ fragte Paula in die Stille hinein.

„Wir waren beide einsam in Ernsts Nähe – irgendwann hat sich das einfach so ergeben. Es hat uns beiden gutgetan, und es tut uns noch immer gut“, erzählte sie bereitwillig. „Markus mag seine Macken haben und ein Tunichtgut sein – aber er hat mehr Herz, als sein Erzeuger es je hatte.“

„Wie wird es bei Ihnen beiden weitergehen?“ Paula fühlte sich schrecklich neugierig.

„Keine Ahnung, mal sehen – wir lassen es einfach auf uns zukommen.“ Frau Kaltwein schien ihre Neugier nicht zu stören.

Die Beamten waren froh, als sie endlich in der Dienststelle ankamen. Keeser übergab Dreißigacker Armbrust und Handy des Opfers und stellte ihm Monika Kaltwein vor. „Von ihr brauchen wir die Fingerabdrücke, Werner, kannst du das gleich erledigen?“

Einer der Techniker führte Monika hinüber zum Livescanner. Zuerst wurden die vier Finger der rechten Hand, der Daumen und der Ballenabdruck eingescannt, danach folgte das gleiche Prozedere mit der linken Hand.

In dieser Zeit ging Keeser zurück zu Dreißigacker. „Hör zu, Werner, könntest du mal nachschauen, ob schon Fingerabdrücke von einem Markus Kaltwein existieren? Er war in der Vergangenheit ein paarmal auffällig.“

Dreißigacker durchforstete die Datenbank, schüttelte aber bald den Kopf. „Wenn wir seine Fingerabdrücke hatten, sind sie inzwischen wohl schon wieder gelöscht – du weißt ja, wie das bei Kleindelikten gehandhabt wird. So, wie es aussieht, war er in der letzten Zeit brav.“

Als sie gerade mit Monika Kaltwein gehen wollten, kam ihnen Markus Kaltwein auf der Treppe entgegen. „Mann, meine besten Freunde treffe ich nicht so oft wie Sie beide!“ flachste er und küsste seine Geliebte zur Begrüßung. „Wo muss ein gewissenhafter Staatsbürger hin, um seine Fingerabdrücke abnehmen zu lassen?“

„Nächstes Stockwerk, gerade durch, auf der linken Seite“, sagte Keeser. „Aber das müssten Sie ja eigentlich noch wissen.“

Der junge Kaltwein grinste ihn daraufhin schief an.

„Eigentlich könnten Sie Frau Kaltwein doch danach mitnehmen“, schlug Keeser ihm vor.

„Klar!“ Er schlang den Arm um ihre Hüfte. „Nichts lieber als das.“

„Hätten Sie gerne einen jüngeren Mann?“ fragte Keeser, als sie wieder im Auto saßen.

„Hm, gute Frage. Wenn ich jetzt einen ungefähr sieben Jahre jüngeren Kerl hätte, wäre der gerade mal einundzwanzig – also fast noch ein Baby. Fragen Sie mich das doch noch einmal in circa fünfzehn Jahren."

„Also, ich hätte gerne eine jüngere Frau!" grinste Keeser.

„Was Sie nicht sagen."

Die Kanzlei von Ernst Kaltwein lag im ersten Stock eines einst vornehmen Stadthauses. Auf ihr Klingeln hin wurde ihnen eine liebevoll restaurierte Jugendstiltür geöffnet, aber auch sofort mitgeteilt, dass die Kanzlei geschlossen sei.

„Wir untersuchen den Tod Ihres Chefs", erklärte Keeser der etwa vierzigjährigen Frau im engen Kostüm und zeigte ihr seinen Ausweis.

„Oh, dann kommen Sie herein. Mein Name ist Miriam Finkel." Sie stöckelte auf sehr hohen Absätzen vor ihnen her, und Keeser genoss den Blick auf einen wohlgeformten Po, der bei jedem ihrer Schritte sanft von einer Seite auf die andere schwang. „Oder sind Sie seine Partnerin?" fragte er.

„Nein, seine Sekretärin, Assistentin, Telefonistin ... sein Mädchen für alles, wie man so schön sagt." Sie nahm hinter einem Schreibtisch Platz, der allem Anschein nach nicht ihrer war, sondern Kaltweins. Keeser und Paula setzten sich auf zwei Stühle davor.

„Hier herrscht das blanke Chaos", jammerte die Blondine und strich sich ein paar Haarsträhnen aus dem Gesicht, die anscheinend ihrem dicken Dutt entfleucht waren. „Das Telefon steht kaum still, und ich bin nur damit beschäftigt, Termine abzusagen. – Wie kann ich Ihnen helfen?" fragte sie nach diesem Anflug von Verzweiflung geschäftsmäßig. Paula kam es so vor, als ob sie sich im Sessel ihres Chefs recht wohlfühlte.

„Hatte Herr Kaltwein Feinde?" begann sie das Gespräch.

„Oh, einige – da würden die Finger meiner beiden Hände nicht ausreichen." Sie hob wie zum Beweis ihre Hände und ließ die Beamten zehn bestens manikürte Krallen bewundern.

„Erhielt er Drohungen?"

Frau Finkel stand auf. Zielsicher holte sie einen dicken Ordner aus dem Schrank und ließ ihn mit sattem Wums vor Keeser auf den Schreibtisch plumpsen. „Die gesammelten Werke – alles Drohungen – viel Spaß damit!"

„Sie haben sie aufgehoben?" fragte Paula und hob neugierig den Deckel.

„Alle – Ernst ... also mein Chef, bestand darauf."

Paula betrachtete den etwa neun Zentimeter dicken Papierstapel. „War etwas wirklich Ernstzunehmendes dabei?"

„Das kann man wohl sagen! – Glauben Sie denn, dass sein Mörder vielleicht in diesem Ordner drin ist?“ Ihre Augen hinter der zierlichen Brille weiteten sich.

„Möglich, wir werden alle überprüfen müssen, vor allem die letzten.“ Keeser ließ probehalber ein paar Blätter durch seine Finger laufen. Das ist viel Arbeit, dachte er nicht gerade glücklich. „Wie ...“

„Nach Eingangsdatum“, beantwortete die Sekretärin seine unausgesprochene Frage.

„Wie war Ihr Verhältnis zu Ihrem Chef?“ Paula ignorierte Keesers unglückliches Gesicht.

„Gut, sehr gut – er war ein toller Chef.“ Die Augen der Sekretärin strahlten.

„Haben Sie mit ihm geschlafen?“

„Ähm ... wie ... das geht Sie gar nichts an!“ stotterte sie verdattert.

„Das geht uns sehr wohl etwas an – und danke, dass Sie die Frage so schnell beantwortet haben.“ Paula lächelte sie an.

„Aber ich hab doch gar nichts gesagt!“

„Sie haben nicht Nein gesagt, und das ist mir Antwort genug, Frau Finkel.“

„Hören Sie, das muss unter uns bleiben – seine Frau darf das niemals erfahren“, bettelte die Sekretärin, „... und mein Mann natürlich auch nicht“, fügte sie leise hinzu.

„Könnte Ihr Mann eventuell ...“, fing Keeser an.

„Er weiß von nichts!“ unterbrach sie ihn aufgebracht. „Außerdem ist er gar nicht da – er arbeitet für Koenig & Bauer in Frankenthal und baut gerade eine Druckmaschine in Finnland auf. Hören Sie, gerade, weil er so oft weg ist, ist das mit Ernst und mir überhaupt passiert ...“

Keeser stibitzte ein Blatt Papier aus einem Zettelkasten vor ihm und notierte etwas darauf. „Und wo waren Sie am vergangenen Samstag zwischen zwanzig und einundzwanzig Uhr dreißig, wenn ich fragen darf?“

„Wieso wollen Sie das wissen ... Sie denken doch nicht etwa, ich hätte etwas mit Ernsts Tod zu schaffen? Warum sollte ich das denn tun?“ Sie sah Keeser empört an.

„So abwegig ist das doch gar nicht – vielleicht wollte Herr Kaltwein Ihre Beziehung beenden, was Ihnen gar nicht recht war – oder vielleicht wollte er Ihren Mann einweihen – da gibt es so einige Motive, die mir auf die Schnelle einfallen“, sagte Paula.

„Wir hatten keine Beziehung – es war nur sporadisch, wenn wir gerade Lust hatten, ganz ohne Verpflichtungen“, wand sich die Sekretärin.

„Wo waren Sie am Samstag zu besagter Zeit?“ fragte Keeser noch einmal.

„Im Sportstudio – ich gehe jeden Samstagabend ins Sportstudio“, verriet sie schließlich trotzig.

„In welches?“ ließ Keeser nicht locker.

„Bella Vitalis in der Marie-Curie-Straße.“

„Na also!“ Er notierte auch das. „Ich weiß gar nicht, warum Sie sich so zieren, wenn Sie doch ein wunderschönes Alibi haben – welches wir natürlich überprüfen werden.“

„Allein dass Sie mir einen Mord zutrauen, finde ich schockierend!“

„Grundsätzlich traue ich jedem von uns Menschlein einen Mord zu – ich nenne das berufsbedingtes Misstrauen – es hat nichts mit Ihnen persönlich zu tun“, sagte er milde.

Sie schien das jedoch nicht im Mindesten milde zu stimmen.

„Wir bräuchten noch etwas für einen Schriftvergleich – haben Sie da was für uns?“ schwenkte Paula in eine andere Richtung. „Einen Briefentwurf, eine To-do-Liste – irgendetwas Handgeschriebenes von Ihrem Boss.“

Miriam Finkel überlegte kurz, dann stand sie auf und ging ins Vorzimmer. Kurz darauf kam sie mit einem zusammengefalteten Blatt Papier zurück. „Das ist sehr privat, aber etwas anderes fällt mir im Moment nicht ein.“ Sie reichte Paula das Papier sehr zögernd. „Und ich will ihn wiederhaben!“

Paula warf einen kurzen Blick auf das Geschriebene – eine Art Liebesbrief, erkannte sie sofort, allerdings nicht gerade jugendfrei. „Ich kümmere mich darum“, versprach Paula und ließ sich von Keeser eine Tüte dafür geben.

Der stand auf und klemmte sich den Ordner unter den Arm. „Wo können wir Sie notfalls erreichen?“ erkundigte er sich.

„In nächster Zeit tagsüber hier – ich muss mich ja um so vieles kümmern – ich weiß gar nicht, wie das alles weitergehen soll.“

„Der Kerl ließ wirklich nichts anbrennen!“ brummte Keeser, als er sich auf den Fahrersitz sinken ließ. Er legte den Ordner auf Paulas Schoß und trommelte mit den Fingern darauf herum. „Heute Abend: zu Ihnen oder zu mir?“

„Müssen wir das echt alles durchackern?“

Sie bekam ein Nicken zur Antwort.

„Ach nööö! – Dann zu mir, wenn schon – aber nur, wenn Sie wieder kochen!“

„Wir haben also ein Date, klasse!“ Er ließ den Motor an und fuhr vom Hof.

„Wohin jetzt?“ erkundigte sich Paula.

„In die Muckibude“, grinste er. „Mal sehen, ob Kaltweins Liebchen die Wahrheit sagt.“ Dann zeigte er auf den eingetüteten Brief in Paulas Hand. „Was steht denn da drin?“

„Schweinkram“, antwortete sie knapp.

„Schweinkram interessiert mich immer besonders – lesen Sie doch mal vor!“

„Nein – Kaltwein hat da auf sehr pornografische Art und Weise seiner Sekretärin mitgeteilt, wie er sich den nächsten außerehelichen Sex mit ihr vorstellt.“

„Nicht mal einen klitzekleinen Anhaltspunkt?“ bohrte Keeser neugierig.

„Genügen Ihnen die Stichpunkte Möse, lecken und von hinten nehmen?“ Paula vermied es, ihn dabei anzusehen.

„Ja, ich denke, ich habe jetzt eine gewisse Vorstellung!“ schmunzelte er.

Sie fuhren über die Queichbrücke ins Gewerbegebiet.

„Media Markt – gut zu wissen“, freute sich Paula, froh, das sexuelle Thema hinter sich zu haben. „McDonald's! Auch gut zu wissen. Reptilium“, las sie von einem Schild ab. „Was ist das denn?“

„So was wie ein Zoo für Reptilien und diverse Insekten“, erklärte er.

„Spinnen und so Zeugs?“ Paula schüttelte sich bei dem Gedanken.

„Spinnen und so Zeugs, genau!“ bestätigte Keeser lachend.

Unübersehbar auf der linken Seite stand das Fitness-Studio – ein zwei Stockwerke hoher Klotz mit großzügiger Fensterfront, hinter der man bewegungswillige Menschen trainieren sah. „Sieht schrecklich anstrengend aus!“ Keeser deutete zu den Fenstern hin und schritt auf die Eingangstür zu.

Eine durchtrainierte, junge Frau in hautengem Sportdress empfing sie strahlend. „Herzlich willkommen bei Bella Vitalis – schön, dass Sie den Weg zu uns gefunden haben!“ Sie musterte den nicht besonders sportlich ambitionierten Kripobeamten genauestens von oben bis unten. „An welche Form von Training haben Sie denn gedacht? – Leichtes Spinning vielleicht für den Anfang? Oder doch lieber gezieltes Training an den Geräten, zum Aufbau Ihrer Muskeln?“

Lässig zog Keeser seinen Ausweis. „Ich dachte da mehr an ein Alibi, das ich gerne überprüfen würde.“ Er strahlte sie ebenfalls an. „Miriam Finkel heißt die Dame, und sie soll am Samstag hier zum Trainieren gewesen sein.“

Die Sportmaus schaltete einen Gang Freundlichkeit zurück und dirigierte sie zum Empfangstresen. „Finkel sagten Sie?“ Sie blätterte einige Seiten zurück. „Hier hab ich sie: Samstag – doppelte Trainingseinheit mit Jochen, das ist ihr Personal Trainer. Sie kam um halb acht – dann war sie wohl so gegen einundzwanzig Uhr dreißig fertig – wenn sie nicht noch in der Sauna war.“

„Ist dieser Jochen heute da?“

Sie sah sich hüpfenden Pferdeschwanzes um. Als sie ihn entdeckte, zeigte sie recht unhöflich mit dem nackten Finger auf ihn. „Dort hinten, der große Blonde mit dem gelben Poloshirt.“

Die beiden Kommissare schlängelten sich durch schwitzende Menschen und an Foltergeräte erinnernde Vorrichtungen vorbei. Keeser konnte sich beim besten Willen nicht vorstellen, was Menschen dazu trieb, freiwillig hierher zu kommen und sich zu quälen. ... und die dann auch noch dafür bezahlten!

„Sind Sie Jochen?“ fragte er den blonden Hünen, der ihn tatsächlich um ein paar Zentimeter überragte.

„Wer will des wisse?“ fuhr der Gefragte herum und musterte sein Gegenüber. Sein muskulöser Oberkörper, seine trainierten Oberarme sahen aus, als ob sie jeden Moment vor Kraft platzen könnten und mit ihnen das Poloshirt mit dem Bella Vitalis-Logo.

„Kripo Landau“, antwortete Keeser prompt, worauf der große Trainer ein wenig zu schrumpfen schien. „Keine Angst, wir interessieren uns nicht für den Missbrauch von Anabolika und Steroiden.“

Der Trainer öffnete und schloss wie ein Karpfen mehrmals den Mund, ohne einen Ton von sich zu geben.

„Wir interessieren uns nur für Miriam Finkel – haben Sie am Samstagabend mit ihr trainiert?“ fuhr Keeser unbeirrt fort.

„Die Miri? – Die wor do – kummt jeden Samstaach, immer kurz vor der acht. Bauch-Beine-Po, des ganze Brogramm. Hat rischtisch dolle Fordschridde gmacht!“ verkündete Mister Universum stolz.

„Und sie war hundertprozentig am letzten Samstag hier? Sie hat nicht zufällig abgesagt?“ vergewisserte sich Keeser, der sich nicht ungern an den Knackhintern der Sekretärin erinnerte.

„Nä, die wor do – mir worn ja danooch noch zusamme in der Sauna“, er zwinkerte Keeser verschwörerisch zu. „Sie könnde aach e poor Drainingseinheide verdraache!“

„Herzlichen Dank, mein Bester, aber ich will so bleiben, wie ich bin.“

„Dieser muskelbepackte Kerl hatte es doch tatsächlich auf meinen Bauch abgesehen!“ sagte Keeser empört. „Der hat ja gar keine Ahnung, wie viel Geld und Mühe mich das gekostet hat, damit er so hübsch und stattlich geworden ist!“

Lachend stieg Paula ins Auto. „Also, ich mag jedes Gramm an Ihnen!“ tröstete sie ihn.

Er schenkte ihr einen dankbaren Blick. „Pah, ich möchte gar nicht aussehen wie dieser Popeye!“ schnaubte er.

Wenig später stiegen sie zum dritten Mal an diesem Tag die Treppe zur Kriminaltechnik hinauf, um ihre Beute abzugeben.

„Keeser, du schon wieder!“ Mit diesen Worten wurden sie von Dreißigacker begrüßt.

„Ich hab dir was für den Schriftvergleich mitgebracht.“ Keeser überreichte ihm Kaltweins handgeschriebenen Brief. „Pass aber auf, dass du beim Lesen nicht rot wirst“, warnte er. „Und wir brauchen ihn wieder. Die Dame, der er gehört, will ihn zurückhaben.“

„Geht klar. Ach, ihr sollt mal zum Heinz rübergehen, der hat die Auswertung der Handydaten.“

„Nimm dir mal ein Beispiel an ihm: Vorhin hat er erst das Handy bekommen, und schon hat er alles ausgewertet! Du dagegen brauchst immer Ewigkeiten für alles – ich sage nur DNA!“ Keeser begab sich grinsend auf den Rückzug.

Dreißigacker quittierte seine Aussage nur mit einem müden Kopfschütteln. „Wie ertragen Sie den Kerl bloß den ganzen Tag?“ fragte er Paula mitleidig.

„Bisher eigentlich ganz gut – er ist auf jeden Fall der witzigste Kollege, den ich je hatte.“

„Das glaube ich unbesehen.“

Keeser vertiefte sich sofort in die Liste, die ihm Heinz Bader gab. „Heinz, das ist meine neue bessere Hälfte – Paula Stern“, stellte er beiläufig vor. „Paula, das ist Heinz Bader – ein Genie, wenn es um Technik geht. Der kann sogar abgestürzte Computer retten und gefährliche Viren bekämpfen.“

Die beiden schüttelten sich die Hände.

„Was Interessantes gefunden?“ Sie deutete auf den Computerausdruck.

„Auf den ersten Blick nicht“, murmelte Keeser. „Sein Adressbuch gibt nicht besonders viel her: daheim, Markus, Moni Handy, Kanzlei, ein paar geschäftliche Einträge, Mandanten, so wie es aussieht – keine verdächtigen Frauennamen?“ Er sah Bader an, doch der schüttelte den Kopf.

„Der Kerl war ganz schön vorsichtig – logisch, wenn er das Handy am Wochenende nicht dabeihatte, hätte seine Frau ja ungestört darin rumstöbern können. Hier: A. Rapp – nicht Aurora, ein echter Schlingel! Die gespeicherten SMS eher unauffällig – bis auf die: *Lass die Finger von meiner Tochter! Diana.*“ Er sah erneut auf. „Da steht ja gar nichts dabei – wisst ihr nicht, wo die her kommt?“

„Von einem Prepaid-Handy, da sind wir oft machtlos“, erklärte Bader.

„Aber hier, die Mailbox ist interessant – noch mal der gleiche Satz, nur etwas präziser: *Ich bin's, Diana! Lass ja die Finger von meiner Tochter, Du Mistkerl, sonst kannst Du was erleben!* Eine Festnetznummer in Kaiserslautern, angemeldet auf den Namen Diana Rapp.“

„Auroras Mutter“, schlussfolgerte Paula.

„Na, da wissen wir doch schon, wie wir zwei Hübschen uns morgen den Tag vertreiben: Wir machen einen Ausflug nach Kaiserslautern“, sagte Keeser. „Die anderen anonymen Nummern soll unsere Frau Geiger mal anrufen – die liebt solche Jobs.“

„Ach ja?“ wunderte sich Paula, die das Abtelefonieren von Telefonlisten mit zu den schlimmsten Aufgaben eines Ermittlers rechnete.

„Für mich macht die alles.“

„Ach ja?“ bemerkte Paula noch einmal.

„Lassen Sie doch, bitte, dieses blöde *Ach ja?* – Das bringt noch mein mühsam aufrechterhaltenes Selbstbewusstsein ins Wanken“, nörgelte er.

„Ach ja?“ grinste sie.

„Ich glaube, der Keeser hat endlich seinen Meister gefunden!“ verkündete Bader, als Dreißigacker in der Tür erschien.

„Das wird aber auch Zeit!“ sagte der. „Die Armbrust, die ihr mir gebracht habt, wurde ewig lange nicht benutzt. Total eingestaubt und nicht gepflegt – die Sehne ist brüchig geworden und wäre beim nächsten Spannen mit Sicherheit gerissen. Fingerabdrücke ja, aber nur von Ernst Kaltwein. Sorry, Bernd, das wird dir wohl nicht weiterhelfen.“

„Nicht wirklich, da hast du recht. Danke dir, das ging ja richtig schnell!“

„Ach, wenn ich dich nur ein einziges Mal zufriedenstellen kann ...“

Paula und Keeser verließen die Kriminaltechnik und steuerten ihr Büro an.

„Was jetzt?“ fragte Paula, die nicht nur ein bisschen müde war, sondern auch großen Hunger hatte. Vor lauter Hin- und Herfahren hatten sie ihre Mittagspause vergessen.

„Wie wäre es mit ein bisschen Berichte tippen?“ schlug Keeser vor.

„Ich sterbe gleich vor Hunger“, entgegnete sie wenig begeistert von diesem Vorschlag. „Bestimmt werde ich völlig entkräftet über meiner Tastatur zusammenbrechen!“

Keeser sah auf seine Uhr. „Kurz vor fünf“, stellte er fest. „Himmel, wie die Zeit verflogen ist! Jetzt, da Sie es ansprechen: Ich könnte auch was zum Schnabulieren vertragen. – Hallo herzallerliebste Frau Geiger!“ er steckte den Kopf in das winzige Büro der Sekretärin.

„Oh-oh, wenn Sie so schrecklich nett sind, heißt das nichts Gutes für mich“, orakelte diese. „Was soll ich für Sie tun, Commissario?“

Jetzt fiel es Paula endlich ein: Signorina Elettra sagte immer *Commissario* zu ihrem Chef Brunetti, dem Kommissar in Donna Leons Venedig-Krimis.

Keeser betrat das kleine Kabuff seiner Sekretärin und füllte es fast vollkommen aus. „Ich hätte da ein paar Telefonnummern, die Sie für uns anrufen könnten, meine Liebe. Hier eine Liste vom Handy des Opfers, da brauche ich die Namen der Leute und so weiter, Sie wissen schon ...“, er zog zusätzlich noch seine Notizzettel hervor, „und hier noch zwei Adressen, um Alibis zu überprüfen, eine in Birkenhördt und eine in Frankenthal. Sie sind ein Schatz!“

Schon war er wieder draußen. „Heute noch, wenn das möglich wäre!“ rief er ihr von der Tür seines eigenen Büros aus zu und ließ sich auf seinen Schreibtischstuhl sinken. Er schaltete seinen Computer ein und sah Paula an, die unschlüssig in der Tür stehen geblieben war. „Na, was ist? Keine Müdigkeit vorschützen, Frau Kollegin. Erst die Arbeit, dann das Essen. Immerhin habe ich den gestrigen Bericht ganz alleine erledigt.“

Unlustig setzte sie sich ihm gegenüber. Das war er also – ihr neuer Arbeitsplatz. Auch sie schaltete den Computer an und öffnete testweise alle vorhandenen Programme. „Ich hasse den Bürokram“, murmelte sie missmutig. „Noch mehr hasse ich ihn, wenn ich hungrig bin!“

Keeser lachte und haute in die Tasten. „Ich übernehme unseren Ausflug auf die Landeck, die anschließenden Besuche bei dem Ehe-Psycho-Onkel und den beiden Kaltweins. Wenn Sie den Bericht über die Fahrt nach Annweiler, den Besuch in Kaltweins Kanzlei und die Muckibude schreiben, ist das gerecht aufgeteilt, finden Sie nicht auch?“

„In Ordnung“, ergab sich Paula in ihr Schicksal und begann zu tippen. Zwischendurch musste sie Keeser jedoch immer wieder nach Straßen- oder Ortsnamen fragen.

„Auftrag ausgeführt!“ vermeldete Martina Geiger etwa eine Dreiviertelstunde später. „Allerdings nicht immer erfolgreich: der Jägerhof zum Beispiel hat heute und morgen Ruhetag, da hab ich niemanden erreicht. Hier habe ich die Namen und Adressen der Handyverbindungen. Tja, und dieser Finkel, der bei dem Druckmaschinenhersteller in Frankenthal arbeiten soll, wurde vor drei Monaten entlassen – wegen Unregelmäßigkeiten bei den Spesenabrechnungen. Ich habe mir alle seine Daten geben lassen, auch seine Handynummer. Ich dachte, dass Sie sicherlich selbst mit ihm sprechen wollen.“ Sie überreichte ihm einen Stapel Papier.

„Dann ist er also nicht auf Montage in Finnland?“

„Nein, Commissario, ist er nicht. – Und ich hab jetzt Feierabend!“ Winkend verließ sie das Büro. „Bis morgen!“

Keeser betrachtete Frau Geigers Notizen. „Das ist aber seltsam – seine Frau muss doch von seiner Entlassung wissen, oder?“

Paula zuckte mit den Schultern. „Vielleicht hat er sich nicht getraut, es ihr zu sagen. Soll ja schon öfter vorgekommen sein, dass der eine oder andere Ehemann arbeitslos wurde, aber trotzdem weiterhin jeden Morgen aufstand und so getan hat, als ob er zur Arbeit ginge, damit seine Frau nichts davon erfährt.“

Er sah auf. „Oder Frau Finkel hat uns angelogen, weil sie dachte, dass wir das eh nicht nachprüfen werden.“

„Oder das.“

Keeser griff zum Telefon und wählte Finkels Handynummer. „Spreche ich mit Peter Finkel?“ fragte er, als sich am anderen Ende jemand meldete, und drückte die Mithörtaste seines Apparates.

„Ja – und wer sind Sie?“ konnte Paula jetzt mithören.

„Kriminalhauptkommissar Keeser von der Kripo Landau. Ich habe ein paar Fragen an Sie, Herr Finkel.“

„Hören Sie, das mit den Spesen wurde längst geklärt, und soviel ich weiß, hat meine Firma niemals Anzeige erstattet!“ kam die Stimme des Angerufenen leicht krächzend aus dem Lautsprecher.

„Es geht auch nicht um die Sache bei Koenig & Bauer, Herr Finkel, es geht um den Chef Ihrer Frau – Ernst Kaltwein wurde vorgestern ermordet. Hat Ihre Frau Ihnen das nicht gesagt?“

„Nein, das wusste ich nicht – aber warum rufen Sie da mich an?“

„Was mich etwas irritiert, ist die Aussage Ihrer Frau: Die hat uns nämlich gesagt, Sie wären derzeit auf Montage in Finnland. Wir wollten das nur überprüfen, und jetzt erfahren wir, dass dem gar nicht so ist. Warum weiß Ihre Frau nichts von Ihrer Entlassung?"

„Ich ... ich konnte es ihr einfach noch nicht sagen. Hören Sie, ich wollte sie nicht beunruhigen – wir haben gerade ein Haus gekauft, und wenn meine Montagespesen wegfallen, wird es richtig eng werden", stammelte der Mann.

„Und wann hatten Sie vor, es Ihrer Frau mitzuteilen?" wollte Keeser wissen.

„Bald, demnächst ... wenn meine Montage offiziell zu Ende ist, werde ich es ihr sagen."

„Hatten Sie einen Grund, Herrn Kaltwein zu töten?"

Ein hartes Lachen drang aus dem Lautsprecher. „Damit Miriam auch noch arbeitslos wird? Wollen Sie mich auf den Arm nehmen?"

„Wo sind Sie im Moment?"

Am anderen Ende herrschte Schweigen, nur das Atmen des Mannes war zu hören. „In Ludwigshafen – ich habe einen Job bei der BASF bekommen ..."

„Wo waren Sie am Samstag zwischen zwanzig Uhr und einundzwanzig Uhr dreißig?"

„Da hatte ich Nachtschicht, warum? – Oh neinneinnein, ich habe mit dem Tod des Anwalts nichts zu tun, ich kannte ihn noch nicht einmal persönlich!" wehrte sich Finkel am Telefon.

„Dann haben Sie doch sicherlich nichts dagegen, wenn wir das überprüfen?"

„Nein, natürlich nicht – rufen Sie doch in der Personalabteilung an, ich wurde als Hausmeister angestellt." Nach kurzer Pause fügte er beschwörend hinzu: „Und sagen Sie bitte meiner Frau nichts davon!"

„Keine Angst, das machen Sie mal schön selber", brummte der Kommissar und legte auf. „Dann lieber keine Ehe als so eine Ehe. Er macht heimlich einen anderen Job, und sie treibt's mit ihrem Chef – da bleibe ich doch lieber alleine, aber hallo!"

Eine halbe Stunde später schalteten sie die Computer aus und verließen das Büro.

„Ich fahre noch kurz daheim vorbei, dann komme ich zu Ihnen – soll ich Sie vor Ihrem Haus absetzen?" bot Keeser an.

„Die paar Schritte laufe ich", lehnte Paula dankend ab. „Ein bisschen Bewegung kann schließlich nicht schaden."

Während Keeser davonfuhr, schlenderte sie langsam den Westring entlang. Sie fühlte sich erschöpft und spürte die Sonne heiß auf ihren Nacken scheinen. Sie wechselte die Straßenseite und ging den Rest des Weges im Schatten. Der Fall ging ihr durch den Kopf und ebenso die Tatsache, dass sie noch völlig im Dunkeln tappten. Vielleicht würde ja der Ordner mit den Drohungen gegenüber Kaltwein ein bisschen Licht in die Sache bringen.

In etwa hundertfünfzig Metern Entfernung sah sie jemanden aus dem Vorgarten ihres Hauses kommen und sich schnell entfernen. Mist, jetzt hatte sie knapp die Chance verfehlt, einen ihrer Mitbewohner kennenzulernen.

Dann stand sie vor ihrem neuen Zuhause und sah die Hauswand hinauf. Ihre Wohnung war die einzige ohne Vorhänge, stellte sie fest. Wie dunkle Augen blickten die schmucklosen Fenster auf sie herab. Ihr Balkon um die Ecke war der einzige ohne Blumenschmuck und wirkte kahl und abweisend. Ob es schon zu spät war, ein paar Tomatenpflanzen zu besorgen? Hoffentlich dachte sie später daran, Keeser zu fragen, wo es hier ein Gartencenter gab.

Sie schloss die schwere Eingangstür aus dickem Eichenholz auf und betrat den Flur. Nach der Helligkeit auf der Straße stand sie erst einmal in tiefer Dunkelheit da, bis sich ihre Augen an das trübe Licht gewöhnt hatten. Als sie die etwas ausgetretene Holztreppe hinaufstieg, hörte sie leise Musik hinter einer Wohnungstür – Klassik, irgendwas mit Geigen. Stimmen erklangen hinter einer anderen Tür, fröhliches Lachen. Sie musste automatisch mitlächeln. Doch auf der vorletzten Stufe erstarrte dieses Lächeln, als sie die langstielige rote Rose sah, die auch heute vor ihrer Tür lag. Ein ungutes Gefühl machte sich in ihrer Magengegend breit, und am liebsten hätte sie die Blume zertreten. Doch was konnte die arme Rose dafür? Widerstrebend hob sie sie auf und lauschte lange in das Treppenhaus hinein. Sie hörte nichts, kein unterdrücktes Atmen, keine Schritte, die sich leise auf sie zubewegten, nur die Musik und die Stimmen ihrer Mitbewohner unter ihr. Instinktiv konzentrierte sie sich auf die Gerüche im Haus, und auch heute lag dieser Duft in der Luft, nicht stark, er war nur zu erahnen, und kaum hatte sie ihn vage wahrgenommen, war er auch schon wieder verschwunden.

Sie musste verrückt sein, entschied sie, es musste am Hunger liegen oder an dem wenigen Schlaf oder an beidem zusammen – es war einfach nicht möglich, dass es hier nach Leonardo roch! Trotzdem stellten sich ihre Nackenhaare auf, und Gänsehaut überlief sie. Mit zittrigen Fingern schloss sie auf und floh in die Wohnung. Sie warf die Tür ins Schloss und lehnte sich mit klopfendem Herzen von innen dagegen.

Woher verdammt noch mal kamen diese Rosen? Wer trieb dieses perfide Spiel mit ihr?

Als sie sich etwas beruhigt hatte, ging sie hinüber in die Küche, um die neue Rose zu der alten in die Tasse zu stellen.

Eine Verwechslung, versuchte sie sich einzureden. Das konnte nur eine Verwechslung sein!

Sie schlüpfte aus der Jeansjacke und schnallte das Schulterhalfter mit der Waffe ab. Nachdem sie die Pistole in ihren Schreibtisch weggeschlossen hatte, machte sie sich an den Abwasch. Lustlos nahm sie den Kampf mit angetrockneter Tomatensoße und hoffnungslos verklebten Spaghettiresten auf. Sie schrubbte verbissen, bis alles blitzte, und goss sich schließlich den letzten Rest Wein aus einer von Keesers Flaschen ein.

Mit dem Glas tigerte sie ins Wohnzimmer und klappte einen der Umzugskartons auf. Noch mehr Bücher kamen zum Vorschein, aber auch mehrere Bilder – darunter eines von Astor, ihrem Hund, der schon lange nicht mehr lebte, den sie aber immer noch schmerzlich vermisste. Sie küsste die kühle Glasscheibe, die ihre Lippen und das Foto trennten.

„Du bekommst natürlich einen Ehrenplatz", versprach sie dem Hundegesicht, das sie mit treuen, rehbraunen Augen aus dem Rahmen anblickte.

Sie stand auf und ging hinüber ins Büro – über dem Schreibtisch war der geeignete Ort für Astor. Und wo war jetzt der Hammer? Ziellos kramte sie sich durch diverse Kisten und Tüten, bis sie endlich das gesuchte Werkzeug in Händen hielt. Auch einen passenden Nagel fand sie nach weiterem Suchen.

„Ordnung wird total überschätzt", brummte sie zufrieden und kletterte auf den Schreibtisch, um den Nagel in die Wand dahinter zu klopfen.

Überrascht hielt sie mittendrin inne und betrachtete den Hammer eingehend. Ein Metall – zwei verschieden geformte Enden! Genau wie die Waffe, mit der Kaltwein niedergestreckt wurde! Zwar passten die Formen der Enden dieses Hammers nicht zu den Wunden ...

Wie elektrisiert rutschte sie vom Schreibtisch und schaltete ihren Laptop ein. Es kam ihr wie eine Ewigkeit vor, bis er endlich hochgefahren war. Zuerst gab sie *Werkzeug* bei Google ein. Die Liste war lang, etwa viereinhalb Millionen Einträge, angefangen bei der Definition des Wortes bei Wikipedia über eine Eisenwarenmesse bis hin zu unzähligen Herstellern und Versandhäusern. Das schien ihr sinnlos.

Als nächsten Begriff gab sie *Hammer* ein. Fünfundzwanzig Millionen Einträge warteten darauf, von ihr gelesen zu werden. Als sie beim Durchblättern der Seiten über Hersteller von Heimtextilien, Bewertungsforen von

Heimwerkern, ein Magazin für Heavy Metal Musik und einen Verlag stolperte, entschied sie sich gegen dieses Suchwort.

Vielleicht unter *Waffen*?

„Nur“ 4,1 Millionen Einträge.

Als Waffen werden in der Regel alle Gegenstände bezeichnet, die dazu bestimmt und geeignet sind, Lebewesen in ihrer Handlungsfähigkeit zu beeinträchtigen oder handlungsunfähig zu machen, physisch oder psychisch zu verletzen oder zu töten.

Wikipedia brachte es auf den Punkt.

Das Metall der verwendeten Waffe war angerostet gewesen – vielleicht ein alte Waffe? Eine antike Waffe womöglich?

Sie tippte *antike Waffen* ein.

Historische Schwerter; Schwerter, Dolche, Degen; und da an dritter Stelle: mittelalterliche Waffen! Sie öffnete die Seite – es ging hauptsächlich um Schwerter und Stichwaffen. Sie wollte gerade enttäuscht zurückklicken, als sie die Unterrubrik sah: Gebrauchsäxte und Morgensterne und darunter Morgensterne und Hämmer. Das klickte sie an.

Und da war er, genau das, was sie suchte: *Deutscher Kriegshammer*. Die eine Seite schnabelförmig zulaufend, die andere, die stumpfe Seite, war viereckig und hatte vier Erhebungen, die genau in die Wundmale an Kaltweins Kopf passen würden.

„Deutscher Kriegshammer“, murmelte sie und lehnte sich zufrieden in ihrem Schreibtischstuhl zurück. Sie starrte so lange auf den Hammer, bis sich der Bildschirmschoner aktivierte und den Hammer ausblendete.

Erschrocken zuckte sie zusammen, als es klingelte. Es war Keeser, der wieder schwer beladen die Treppe heraufkam. „Hätte es nicht eine Wohnung im Erdgeschoss sein können?“ stöhnte er. Er roch frisch geduscht, war rasiert und trug ausgewaschene Jeans und ein kurzärmeliges Hemd.

„He, da ist ja ein ganz ansehnlicher Kerl hinter all den Stoppeln versteckt gewesen!“ schmeichelte sie ihm. „Kommen Sie, ich muss Ihnen gleich was zeigen!“ Paula hatte gerade die Waffenseite reaktiviert, als Keeser hinter sie trat.

„Zum Nägeleinschlagen taugt der aber nicht“, stellte er nach einem Blick auf den Kriegshammer fest.

„Das vielleicht nicht, dafür aber umso besser zum Köpfeeinschlagen.“

Keeser setzte sich und betrachtete das Bild genauer. „Deutscher Kriegshammer“, las er laut. „Wenn das mal nicht unsere Tatwaffe ist, Frau Kollegin! Wie sind Sie denn darauf gekommen?“

„Beim Bildaufhängen.“ Sie deutete auf den halb eingeschlagenen Nagel in der Wand.

„Sie sind echt gut, Paula: gestern das kleine Geheimnis der Kaltweins – heute die Tatwaffe. Bin gespannt, womit Sie mich morgen beeindrucken werden.“ Er erhob sich. „Und jetzt werde ich Sie beeindrucken, und zwar mit meiner Kochkunst!“

„Was haben Sie denn Schönes mitgebracht?“ Neugierig inspizierte sie die Tüten. „Oh, die hatte ich ja ganz vergessen!“ Sie zog die Ordner hervor, die sie von Frau Kaltwein und von Frau Finkel bekommen hatten.

„Nicht ungeduldig sein, die gibt's erst zum Nachtisch“, grinste er.

Während er nach einer Pfanne suchte, packte sie die andere Tasche aus: Zwiebeln, einen Ring Blutwurst, einen Ring Leberwurst ... „Ist sie das etwa, die sagenumwobene Pfälzer Leberwurst?“ wollte sie wissen, worauf sie ein „Ja“ bekam und die Aufforderung, doch mal daran zu riechen, worauf sie wiederum feststellen musste, dass diese Leberwurst roch wie jede andere auch – eben nach Leberwurst, was sie aber nicht laut sagte. ... Kartoffeln – „Die sind ja schon gekocht!“ stellte sie überrascht fest – und die obligatorischen Weinflaschen – Schwarzriesling dieses Mal. „Und was soll das geben, wenn es fertig ist?“

„Ein leckeres Grumbeerpännel!“ Zum besseren Verständnis hob er die Pfanne in die Höhe. „Pännel oder auch Pfännchen genannt“, erläuterte er das Kochgerät. Dann zeigte er auf die runzeligen Pellkartoffeln: „Grumbeern, auch als Kartoffeln bekannt. Ein Grumbeerpännel ist also ein Kartoffelpfännchen.“

Jetzt ergriff er die Würste: „Aber nicht irgendein *Grumbeerpännel*, sondern e pälzisch Grumbeerpännel, mit feinster Leber- und Blutwurst – Sie werden sich danach alle zehn Fingerchen ablecken“, versprach er.

„Das hört sich unheimlich nach Fett und Cholesterin an, wunderbar“, freute sich Paula, und das Wasser lief ihr im Munde zusammen.

„Alla gut, dann legen wir mal los!“ Er reichte ihr ein Messer. „Grumbeern schäle!“ befahl er und machte sich selbst auch an die Arbeit.

„Alla gut? – Was bedeutet das?“ Paula zog brav der ersten Kartoffel die Pelle ab.

„So viel wie: also dann – frei übersetzt.“

Bald brutzelten die Kartoffeln in reichlich Öl in der Pfanne.

„Noch eine Rose?“ Keeser deutete mit dem Kochlöffel auf den Kaffeebecher, der jetzt als Blumendeko zwischen ihren Tellern auf dem Tisch stand.

„Lag wieder vor meiner Tür – das wird mir langsam ein bisschen unheimlich.“

„Irgendeinen Verdacht?“

„Eigentlich nicht.“ Dann dachte sie an ihr recht seltsames Geruchserlebnis. „Ich habe mir aber einen Sekundenbruchteil lang eingebildet, ein After Shave zu riechen, das ich kenne.“

„Das von Ihrem Italiener?“

„Genau, aber das war natürlich nur Einbildung.“ Sie hackte die Zwiebel, wie Keeser es ihr aufgetragen hatte.

„Und wenn er es doch war? Wenn er Ihnen tatsächlich jeden Tag eine Rose vor die Tür gelegt hat?“ gab Keeser zu bedenken.

Als ob sie nicht schon selbst an diese Möglichkeit gedacht hätte!

„Das ist Unsinn – Leonardo ist weit weg“, sagte sie, mehr um sich selbst zu überzeugen.

„Liebe Paula, New York ist weit weg – München ist nur ein Katzensprung.“ Er erhitzte ein wenig Öl in einer zweiten Pfanne und schnitt die Würste in dicke Scheiben.

Paula musste an den Mann denken, den sie vorhin beim Nachhausekommen aus der Ferne gesehen hatte. Konnte das Leonardo gewesen sein? Hätte sie zu diesem Zeitpunkt schon einen Verdacht gehabt, hätte sie sicherlich genauer hingesehen, aber so ... Sie schüttelte den Kopf. „Das ist Unsinn“, sagte sie noch einmal. „Was hätte er denn davon?“

„Er will Sie doch offensichtlich zurückgewinnen – die Flut von SMS und Anrufen auf Ihrem Handy spricht doch dafür.“

Er gab die Zwiebeln zu den Kartoffeln und legte die Wurstscheiben ins heiße Fett. Sofort erfüllte ein köstlicher Duft die Küche.

Paula schraubte den Korkenzieher in den Korken und hebelte ihn heraus. Ungläubig sah sie ihren Kollegen an. „Das ist doch absurd – er muss schließlich arbeiten ... Außerdem hab ich ihm nie gesagt, wohin ich versetzt werde. Und meine Eltern würden es ihm niemals verraten!“

Keeser nahm ihr die Flasche ab und schenkte ein. Dann reichte er ihr ihr Glas und grinste sie spöttisch an. „Verehrte Kollegin, Sie sind so sagenhaft scharfsichtig, wenn es um unseren Fall geht – aber in Ihrem eigenen Fall sind Sie offensichtlich stockblind. Zum Wohl!“ Er trank einen großen Schluck und widmete sich dann wieder den Bratkartoffeln.

Paula betrachtete die Rosen. Womöglich hatte Keeser ja tatsächlich recht ... und wie sollte das weitergehen?

„Aber von so einem kleinen spinnerten Italiener lassen wir uns natürlich nicht den Appetit verderben!“ Er schaufelte die fertigen Kartoffeln auf ihre Teller und verteilte die angebratenen Wurstscheiben darauf.

Paula setzte sich und betrachtete wohlwollend den dampfenden Berg auf ihrem Teller.

Keeser stieß sein Glas an ihres. „Auf uns!“ prostete er ihr zu.

„Das schmeckt köstlich“, seufzte Paula nach den ersten Bissen. „Und der Wein ist einfach genial!“ Sie drehte das Glas zwischen ihren Fingern und hielt es gegen das Licht. Die tiefrote Flüssigkeit funkelte verlockend. „Ihr Pfälzer wisst wirklich, wie man es sich gutgehen lässt!“

„Aber hallo, das können Sie laut sagen!“

Während des Essens sprachen sie nur wenig.

„Was schreibt Ihr Ex denn so?“ fragte er, als sie danach den Tisch abräumten. Paulas Handy hatte zweimal geplätschert, was sie aber ignoriert hatte.

Jetzt öffnete sie widerstrebend die Nachrichten. „Dass er mich noch immer liebt. Dass es ihm leid tut. Dass er nicht ohne mich leben kann. Und dass ich endlich ans Telefon gehen und mit ihm reden soll.“

Das Handy klingelte, während sie es in der Hand hielt, und vor Schreck hätte sie es beinahe fallen lassen.

„Leonardo?“ fragte Keeser und bot ihr an, für sie ranzugehen.

Paula schüttelte den Kopf. „Meine Eltern.“

„Na los, gehen Sie dran – ich räume in der Zwischenzeit ein bisschen auf!“ ermunterte er sie.

„Hallo Mutsch“, meldete sich Paula und ging mit dem Telefon hinüber ins Wohnzimmer.

„Stell dir vor: Leo hat gerade bei uns angerufen und gefragt, ob du einen neuen Freund hast!“ platzte ihre Mutter heraus.

„Und was hast du ihm gesagt?“

„Das ihn das ja wohl nichts mehr anginge, was sonst?“

„Wie hat er darauf reagiert?“

„Was du an diesem alten, fetten Kerl findest, der dir gar nicht von der Seite weicht.“

Paulas Knie wurden weich, und sie musste sich setzen. „Das hat er wirklich gesagt?“

„Aber ja – wie kommt er denn bloß darauf, dass du mit einem alten, fetten Kerl zusammen bist?“

Leonardo war tatsächlich hier in Landau! Er beobachtete sie, und der alte, fette Kerl – damit konnte nur Keeser gemeint sein! „Keine Ahnung", log Paula bemüht gleichgültig – sie wollte ihrer Mutter nicht unnötige Sorgen bereiten. „Er wird sich schon wieder beruhigen. Mach dir keine Gedanken wegen ihm."

„Zum Glück ist er ja weit weg von dir", sagte ihre Mutter arglos.

Oh, Mutsch, wenn du wüsstest, dachte Paula. Ihr Blick wanderte zur Wohnzimmertür hinaus, das kurze Stück durch die Diele und in die Küche, wo die beiden Rosen auf dem Tisch standen.

„Was ist das für ein Geklapper? Wo bist du gerade?" wollte ihre Mutter wissen. „Stör ich dich bei der Arbeit?"

„Ich bin zu Hause – ich habe gerade mit meinem neuen Kollegen gegessen, und jetzt müssen wir noch ein paar Unterlagen zu unserem Fall durchgehen", erzählte Paula bereitwillig.

„Dein Kollege ist bei dir?"

Jetzt würde sie bestimmt gleich wieder mit ihrem Fragenkatalog anfangen, ob er eventuell gut zu ihr passen würde, ob er denn sehr viel älter sei als sie, und dass ein älterer Mann gar nicht so schlecht sei (sie war ja selbst um einiges jünger als Paulas Vater), wie er denn aussah, was er denn übers Heiraten denke, ob er Kinder wolle, etc. etc.

„Da bin ich aber beruhigt", sagte ihre Mutter stattdessen und klang in der Tat beruhigt. „Diesem Leonardo traue ich nämlich alles zu!"

Nachdem Paula berichtet hatte, wie die Ermittlungen in ihrem Mordfall vorangingen – oder eher nicht – und wie es ihr in der Pfalz gefiel, beendeten sie das Gespräch.

„Wie sehen Sie denn aus? Ist Ihnen ein Geist begegnet?" fragte Keeser besorgt, als sie in die Küche zurückkam. „Ist mit Ihren Eltern was passiert?" Er hatte die Ordner schon auf den abgeräumten Tisch gepackt und die Gläser frisch gefüllt.

„Sie hatten recht: Leonardo ist anscheinend hier in Landau. Er hat uns zusammen gesehen."

Keeser sah sie erwartungsvoll an.

„Er hat meine Mutter nach einem", sie vermied es, *alten, fetten Kerl* zu sagen, „älteren Mann gefragt, mit dem ich ständig zusammen unterwegs bin. Ob das mein neuer Freund wäre. Er kann nur Sie damit meinen."

„Wie schön, dass er mir das zutraut – ich fühle mich sehr geschmeichelt. Na, darauf trinke ich doch gleich!" Was er auch sofort tat. „Ich werde mich darum kümmern", versprach er danach ruhig.

„Und wie wollen Sie das anstellen?"

„Das lassen Sie mal meine Sorge sein. Und jetzt nehmen wir uns als Erstes die Drohungen vor. Ich hab schon mal reingespitzt – da ist ganz schön starker Tobak dabei – gleich hier der erste Brief." Er klappte den Ordner auf und drehte ihn so, dass sie besser lesen konnte.

Kaltwein, Du mieser Sack, Du solltest Dich immer umdrehen, wenn Du alleine im Dunkeln unterwegs bist – denn ich könnte hinter Dir sein!

„Vom letzten Monat – hört sich meiner Meinung mehr nach Dampfablassen an als nach einer Drohung, finden Sie nicht auch?"

Keeser wiegte den Kopf. „Auf der Landeck war es dunkel ...."

Paula las den nächsten Brief: „Hier vom April: *Ich schneide Dir die Eier ab!* – Na, die waren aber noch dran!" Sie blätterte weiter. „*Ich schlage Dir den Schädel ein*! – Allerdings schon vom letzten Jahr. *Du Mistsau – Drecksau – Halsabschneider* ... und so geht es weiter – alles anonym und noch dazu mit dem Computer geschrieben." Sie blätterte Seite um Seite um. „Das sind geschätzte hundertfünfzig Hassergüsse, die bis ins Jahr 1998 zurückreichen. Ehrlich gesagt glaube ich nicht, dass uns das irgendwie weiterbringt."

„Nehmen wir nur die Briefe der letzten zwei Jahre. Man könnte die Absendedaten mit den Daten der Scheidungsurteile abgleichen oder eventuelle Fingerabdrücke auf den Briefen mit denen von Kaltweins Scheidungsopfern vergleichen", schlug Keeser vor.

„Das kann nicht Ihr Ernst sein, oder?"

„Wenn wir auf anderem Wege den Mörder nicht finden sollten, bleibt uns gar nichts anderes übrig, werte Kollegin."

Paula klappte den Ordner missmutig zu. „Ich hasse solche Fisselarbeit!"

„Das klingt aber ganz schön unterbegeistert, meine Liebe", lachte Keeser.

Paula widmete ihre Aufmerksamkeit dem Versicherungsordner der Kaltweins. „Na, das nenne ich Ordnung", sagte sie mit Blick auf die feinsäuberlich abgehefteten Dokumente.

„Es gibt drei Begünstigte", klärte Keeser sie auf. „Monika Kaltwein bekommt einen schönen Batzen – mit dem, was sie laut Markus aus ihrer ersten Ehe erwirtschaftet hat, muss sie sich wohl keine Sorgen ums Überleben machen."

„Und hier wurde der Sohn bedacht – eins Komma zwei Millionen D-Mark – das sind sechshunderttausend Euro im Todesfall – das könnte ich auch gut gebrauchen", stellte Paula fest. „Und wer ist Nummer drei?"

„Erika Kaltwein."

„Seine Exfrau?" wunderte sie sich.

„Diese Versicherung wurde gleich nach der Hochzeit mit ihr abgeschlossen – und anscheinend nie geändert. So ein mieser Kerl scheint er dann ja doch nicht gewesen zu sein, wie die alle behaupten.“

Paula fand den Versicherungsbetrag. „Umgerechnet fünfhunderttausend Euro“, las sie vor. „Nicht übel. Ein Grund zum Töten?“

„Das vielleicht – doch was die meisten nicht wissen: Wer des Mordes überführt wird, erbt nicht und bekommt auch keine Lebensversicherung ausbezahlt – Pech für die Kuh Elsa.“

„Und was heißt das jetzt für uns?“

„Wir fühlen Frau Kaltwein Nummer eins auf den Zahn – der Durchsuchungsbeschluss für ihr Haus müsste eigentlich schon längst vorliegen.“

„Sie haben sie gesehen – sie ist viel zu zierlich, um es mit dem großen Kaltwein aufzunehmen“, gab Paula zu bedenken.

„Kaltwein war todkrank und zu diesem Zeitpunkt womöglich schon sehr geschwächt“, schob Keeser ins Feld.

„Trotzdem hätte diese zarte Frau ihn niemals hochheben, geschweige denn über die Mauer werfen können.“

„Und wenn sie Hilfe hatte?“

4.
Dienstag, 28.6.2011

Munteres Vogelgezwitscher vor ihrem Fenster weckte Paula noch vor dem Weckerläuten. Sie fühlte sich gut – zum ersten Mal, seit sie nach Landau gekommen war, war sie richtig ausgeschlafen.

Keeser war am Abend zuvor kurz nach neun gegangen. Sie hatte noch eine Kiste Bücher und ihre CDs ausgepackt und den leidigen Kaffeefleck vom Boden entfernt. Gegen halb elf war sie dann zu Bett gegangen und sofort eingeschlafen.

Jetzt sprang sie gutgelaunt aus den Federn und ging hinüber ins Wohnzimmer. Die grelle Morgensonne flutete durch das Glas der Balkontür, die sie weit aufriss, um die frische Morgenluft hereinzulassen. In Slip und kurzem Spaghettihemdchen trat sie hinaus ins Freie, atmete tief durch und freute sich auf den Tag, der vor ihr lag. Dann schaltete sie das Radio der Stereoanlage an, die sie gestern noch mit Keeser zusammen aufgebaut hatte. *Radio RPR 1*, verkündeten die Moderatoren fröhlich in ihr halbwegs eingerichtetes Wohnzimmer hinein – Keeser hatte den Sender für sie eingestellt.

Das Lied, das als Nächstes gespielt wurde, kannte sie, und so pfiff sie es auf dem Weg in die Küche nicht unbedingt schön, aber umso lauter mit. Sie füllte den Wasserbehälter, gab Filtertüte und Kaffee in den Filter und schaltete die Kaffeemaschine ein. Immer noch pfeifend stieg sie unter die Dusche. Nach dem Abtrocknen föhnte sie sich nackt die Haare und spazierte ebenso nackt hinüber ins Schlafzimmer, um sich anzuziehen.

Beim Frühstücken entschied sie, dass sie unbedingt Gartenmöbel für den Balkon besorgen müsste, damit sie in Zukunft draußen frühstücken konnte.

Als sie das Handy einschaltete, plätscherte es gleich mehrfach. Drei SMS von Leo – die erste war schon kurz nach sechs angekommen, die letzte vor wenigen Minuten.

Das Handy wog schwer in ihrer Hand. Der Morgen, der so gut begonnen hatte, war schlagartig versaut.

Ganz gegen das Verlangen, die Nachrichten einfach zu löschen, öffnete sie die letzte SMS. *Guten Morgen, mein Liebling! Hast Du schon die Rose gefunden? In ewiger Liebe – L.*

Langsam stand sie auf und ging in die Diele. Bevor sie die Wohnungstür öffnete, atmete sie tief durch.

Doch da lag keine Rose.

Anscheinend erlaubte er sich einen Scherz mit ihr!

Sie schüttete den Kaffee, der plötzlich bitter schmeckte, in die Spüle. Dann holte sie ihre Waffe aus dem Schreibtisch, schnallte sie sich um und schlüpfte in ihre Jacke.

Als sie die Balkontür schließen wollte, sah sie sie: die langstielige, dunkelrote Rose. Sie lag genau dort, wo sie vor wenigen Minuten noch in Slip und Hemd gestanden hatte! Leicht panisch schlug sie die Tür zu. Auf der Scheibe, direkt in Augenhöhe, befand sich ein Lippenabdruck, ein Kussmund – jemand hatte hier gestanden, seine Lippen gespitzt und das Glas geküsst ...

Er war hier gewesen, gerade eben noch. Als sie nichtsahnend unter der Dusche stand oder gerade splitterfasernackt durch die Wohnung spazierte, war er hier auf diesem Balkon gewesen!

Ohne Rücksicht auf die Nachbarn ließ sie das Rollo lautstark heruntersausen.

Wie betäubt verließ sie die Wohnung. Als sie auf die Straße hinaustrat, sah sie sich gründlich in jede Richtung um, aber es fiel ihr nichts und niemand auf. Schnellen Schrittes lief sie die Straße entlang, drehte sich dabei immer wieder sichernd nach hinten um. Dann kam sie endlich bei der Dienststelle an und rannte die Treppe zum Besprechungszimmer hinauf. Alle Anwesenden sahen sie irritiert an, als sie atemlos in den Raum stürmte.

„Da hat es aber jemand eilig, zur Arbeit zu kommen!“ freute sich Kriminaloberrat Sonne.

Keeser erkannte sofort, dass mit ihr etwas nicht stimmte, und verkniff sich eine Bemerkung. Wortlos verließ er den Raum und kam wenig später mit einer großen Tasse Kaffee zurück.

„Hier, Frau Kollegin, trinken Sie das, das wird Ihnen guttun.“

Mit zitternden Händen ergriff Paula den Kaffeebecher und trank. Langsam wurde sie ruhiger – die Hände hörten auf zu zittern, ihr Herz schlug wieder im normalen Takt.

Noch waren nicht alle versammelt, und so flüsterte Paula in dem betriebsamen Durcheinander, das wieder eingesetzt hatte, Keeser zu: „Er ist tatsächlich hier in Landau!“

Verständnislos sah Keeser sie daraufhin an und hob fragend die Augenbrauen.

„Leonardo“, raunte sie ihm zu. „Er hat die Rosen gebracht ... Er ... er war heute Morgen auf meinem Balkon!“

„Sie haben ihn gesehen?“

Paula schüttelte den Kopf. „Aber er war da – er hat einen Lippenabdruck auf der Glastür hinterlassen ... und eine Rose!“

„Jetzt wird der Kerl aber lästig!“ brummte Keeser und sprach Paula voll und ganz aus dem Herzen.

Martina Geiger kam ins Zimmer und setzte sich auf den freien Stuhl neben Paula. „Alles klar bei euch?“ fragte sie munter, und nach einem Blick auf Paula ergänzte sie ihre Frage um ein vielsagendes: „Oh-oh!“

Sonne räusperte sich, und nachdem Ruhe eingetreten war und die Aufmerksamkeit aller Anwesenden auf ihm ruhte, ergriff er das Wort. „Die Berichte habe ich alle gelesen – und ich muss feststellen, dass uns unsere Ermittlungen noch nicht sehr weit gebracht haben. Die Presse sitzt mir im Nacken – es wäre wirklich schön, wenn wir endlich etwas Handfestes für die Schreiberlinge hätten! Kollege Keeser, wie sieht Ihr weiteres Vorgehen aus?“

„Nun, etwas Handfestes haben wir doch: Wir kennen die Tatwaffe.“

„In Ihrem Bericht war dahingehend aber nichts vermerkt.“

„Richtig – Kollegin Stern hat ja auch erst gestern nach Feierabend den zündenden Gedanken gehabt und diesbezüglich im Internet recherchiert.“ Er griff in die durchsichtige Aktenhülle, die vor ihm lag, und reichte Sonne ein paar Ausdrucke, die der gleich interessiert studierte.

„Paula, also Frau Stern, kam auf die Idee, dass die Tatwaffe eine antike Waffe sein könnte, wie wir sie gar nicht mehr kennen – und genau so ist es: Ernst Kaltwein wurde mit einem sogenannten Deutschen Kriegshammer niedergeschlagen. Ich habe heute Morgen schon mit Doktor Knopp gesprochen. Und er hat die Wahrscheinlichkeit, dass es sich um eine solche Waffe handelt, als sehr hoch eingestuft. Wir müssen jetzt nur noch diesen Hammer finden, vorzugsweise mit dem Blut des Opfers ...“

Sonne betrachtete noch immer das Foto. „Eine echt fiese Waffe“, stellte er fest. „Die gesamte Umgebung der Burg wurde mit Hunden abgegangen, da ist dieses Ding ... dieser Kriegshammer nicht aufgetaucht. Wo wollen Sie also noch danach suchen?“

„Wir möchten auf jeden Fall das Haus von Kaltweins erster Frau unter die Lupe nehmen ...“

„Hier habe ich den Durchsuchungsbefehl dafür!“ Kriminaloberrat Sonne wedelte als Antwort mit einem diesbezüglichen Schreiben. „Die Hausdurchsuchung ist für sechzehn Uhr anberaumt, Sie bekommen einige Beamten dafür zugeteilt. Und wenn das nichts bringt?“

Keeser lächelte zu seiner Sekretärin hinüber. „Dann wie üblich: Wir suchen alle Hersteller und Händler heraus und überprüfen deren Kundenlisten!“

„Pah, WIR, von wegen!“ beschwerte sich Martina Geiger.

„Gut, was haben wir noch?“ Heribert Sonne ignorierte diese Bemerkung.

Die Sekretärin hob die Hand wie in der Schule. „Ich habe mit dem Personalbüro der BASF in Ludwigshafen gesprochen: Peter Finkel hat ein Alibi – er hatte tatsächlich in der Nacht von Samstag auf Sonntag Nachtschicht“, berichtete sie.

„Dreißigacker, wie weit sind Sie mit dieser verdammten DNA?“ fragte Sonne.

Ganz meine Rede, stimmte ihm Keeser im Stillen zu.

„Noch keine Ergebnisse – ich rechne aber heute Nachmittag damit. Aber der Graphologe hat bestätigt, dass das Testament echt und von Ernst Kaltwein selbst geschrieben wurde. Durch den Schriftvergleich konnte er auch einwandfrei feststellen, dass dieses Testament weder unter Zwang noch unter Druck geschrieben wurde. Tja, und die Haarproben, die auf der Landeck genommen wurden, stimmen allesamt nicht mit denen überein, die bei dem Opfer gefunden wurden. Tut mir leid, Leute.“

„So weit, so gut – wie gehen Sie weiter vor?“ Sonne sah Keeser abwartend an.

„Wir werden heute noch bei Kaltweins Hausarzt vorbeisehen.“ Keeser sah Martina Geiger an. „Haben wir da inzwischen die Adresse?“ Er bekam ein eifriges Nicken als Antwort. „Vielleicht weiß der etwas über Kaltweins Privatleben. Hausärzte sind ja oft auch Vertraute. – Dann die Hausdurchsuchung. Tja, und dann“, er deutete auf Dreißigacker, „warten wir mal ab, was die DNA-Ergebnisse verraten. Ich hoffe doch, dass wir dann neue Ansatzpunkte haben.“

„Alla gut, dann legen Sie los – ich versuche solange, die Presse hinzuhalten!“ Sonne dampfte aus dem Raum und ließ sie etwas ratlos zurück.

„Wir fischen echt im Trüben“, resümierte Paula und stand auf.

„Ist das denn am Anfang nicht immer so?“ Keeser machte keine Anstalten, ihr nach draußen zu folgen. „Gehen Sie doch schon mal zum Wagen – ich muss noch schnell was erledigen.“

Paula verließ mit Martina Geiger den Raum und sah ihren Kollegen aus dem Augenwinkel heraus nach seinem Handy greifen. Was hatte er denn jetzt wieder vor?

„Sie waren vorhin ja ganz schön durch den Wind!“ bemerkte die Sekretärin. „Schlechte Nacht gehabt?“

„Eher einen schlechten Morgen – eine unheimliche Begegnung mit meinem Exfreund“, erklärte Paula bereitwillig.

Martina pfiff leise. „Immer diese Kerle – machen einem nichts als Ärger!“

Während sie in ihr Büro ging, schlenderte Paula zum Parkplatz.

Keeser kam wenig später nach.

„Was war denn? Was Wichtiges?“

„Sie dürfen alles essen, aber nicht alles wissen!“ bekam sie zur Antwort. „Wir Männer brauchen schließlich auch unsere kleinen Geheimnisse. – Wo ist die Praxis von diesem Doc?“

Paula sah auf den Notizzettel, den ihr Martina Geiger noch gegeben hatte. „Friedrich-Ebert-Straße.“

„Ah, ganz in der Nähe von Kaltweins Kanzlei.“

Einige Minuten später betraten sie die Praxis von Dr. Kutscher. Sie schilderten der Sprechstundenhilfe ihr Anliegen und wurden sofort – verfolgt von den verärgerten Blicken der Anwesenden im Wartezimmer – in ein freies Behandlungszimmer geführt.

Dr. Kutscher, ein großer, schlanker Mann in den Fünfzigern, begrüßte sie wenig später mit kräftigem Händedruck. „Sie kommen wegen Ernst Kaltwein?“ Er ließ sich auf der anderen Seite seines Schreibtisches nieder. „Eine schreckliche Sache – aber ich bezweifle, dass ich Ihnen weiterhelfen kann.“

„Wie gut kannten Sie Herrn Kaltwein?“

„Wir waren zusammen in der Schule, wir haben beide in Würzburg studiert, wir spielten zusammen Golf – wir waren befreundet.“

„Das ist ja witzig: Kollegin Stern hier neben mir ist auch aus Würzburg“, stellte Keeser fest. „Die Welt ist klein.“

„Und Sie waren sein Arzt – haben Sie seinen Krebs diagnostiziert?“ kam Paula zum Thema zurück.

Dr. Kutscher griff nach einem Lineal und drehte es in den Fingern. „Sie wissen es also – klar – die Obduktion der Leiche ... Ja, ich hatte den Verdacht und habe ihn zu einem Spezialisten geschickt, der dann meinen Verdacht leider bestätigte. Der Krebs war zu dem Zeitpunkt schon recht weit fortgeschritten.“

„Wie wurde er behandelt? Chemo? Bestrahlungen?“

„Nichts dergleichen. Ernst wollte das nicht. Er bekam zwar ein paar Krebsmedikamente, ansonsten nur Aufbaumittel, Vitamine, Nahrungsergänzungen und zuletzt immer mehr Schmerzmittel.“ Sein Gesichtsausdruck verriet, dass er diese Entscheidung seines Patienten und Freundes nicht unbedingt für gut befunden hatte.

„Seine Familie wusste nichts von seiner Erkrankung“, sagte Paula.

Kutscher lachte trocken. „Ernst war immer anders als die anderen. Er wollte niemanden damit belasten, und vor allem wollte er kein Mitleid. Wir sprachen viel darüber – ich hoffe, das hat ihm wenigstens ein bisschen geholfen.“

„Wie lange hätte er wohl noch gelebt ... wenn er nicht umgebracht worden wäre?“

Der Arzt überlegte kurz. „Ein paar Wochen – höchstens ein paar Monate.“

Paula musste schlucken – wie war das wohl, wenn man genau wusste, dass man demnächst abtreten musste? Sie schüttelte diesen unangenehmen Gedanken ab. „Hat er Ihnen von seiner Tochter erzählt?“

„Aurora? – Ja, er hat mich Freitagnachmittag extra deswegen angerufen. Er war ganz glücklich darüber, ja, ich hatte das Gefühl, dass ihn das aus seiner Lethargie herausziehen könnte. Er machte auf einmal wieder Pläne, er wollte sich ganz seiner Tochter widmen ... Ich hegte sogar die Hoffnung, dass er sich ihr zuliebe vielleicht doch noch für eine Therapie entscheiden würde.“ Der Arzt sah sie traurig an. „Tja, ich hätte ihm wirklich noch ein wenig Glück gegönnt.“

Keeser rutschte unruhig auf seinem Stuhl herum – auch ihm schien das Thema nicht zu behagen. „Wie schätzen Sie Ihren Freund ein: War er ein Mensch, der Selbstmord begehen würde?“

„Wie kommen Sie auf Selbstmord? – Ich dachte, Ernst wäre ermordet worden.“

„Nun“, druckste Keeser ein wenig herum, „bisher wissen wir, dass er mit einer Waffe angegriffen und schwer verletzt wurde, dass er aber letztendlich durch einen Sturz zu Tode gekommen ist. Was, wenn er nicht über die Mauer gestoßen wurde, sondern selbst diesen Schritt getan hat?“

„Niemals!“ Kutscher schüttelte nachdrücklich den Kopf. „Ernst hing an dem bisschen Leben, das ihm noch bevorstand. Er wusste, dass die Schmerzen immer schlimmer werden würden, aber Selbstmord war nie eine Option für ihn – ganz bestimmt nicht. Wie gesagt, er wollte Aurora so gut wie nur möglich kennenlernen und sie so lange wie möglich durch ihr Leben begleiten. Er wollte sie fördern.“

„Das tut er ja trotz seines Todes: Er hat sein Testament geändert.“

„Ja, das hatte er vor – wir sprachen bei unserem letzten Telefonat darüber“, bestätigte der Arzt.

„Und es wusste außer Ihnen niemand von der Erkrankung und dem Testament?“

„Meines Wissens nicht.“ Dr. Kutscher sah die Beamten argwöhnisch an. „Und ich hatte ja nun wirklich kein Motiv, Ernst zu töten.“

„Darauf wollte ich auch gar nicht hinaus, Herr Doktor“, wehrte Keeser ab. „Aber jemand anderes könnte ja ein Motiv gehabt haben, nicht wahr?“

„Ich wüsste aber nicht, wer – wenn ich es wüsste, würde ich es Ihnen ganz bestimmt sagen. Ernst ist nicht immer behutsam mit seinen Mitmenschen umgegangen, das ist mir schon bewusst – aber ihn deswegen umbringen ...?“ Er erhob sich und gab so das Zeichen, dass das Gespräch für ihn beendet war. „Sie entschuldigen hoffentlich – meine Patienten warten auf mich.“

„Was würden Sie tun, wenn Sie wüssten, dass Sie nicht mehr lange zu leben haben?“ Paula sah aus dem Fenster, ohne wirklich etwas von den vorbeiziehenden Häusern wahrzunehmen.

„Das käme darauf an“, brummte Keeser.

Sie sah überrascht zu ihm hinüber. „Worauf denn?“

„Wie lange ich noch hätte.“

„Sagen wir vier Wochen.“

„Vier Wochen“, wiederholte Keeser. „Hm, das ist ja nicht gerade viel ... auf jeden Fall würde ich erst einmal diesen Fall lösen – ich will ja nicht sterben, ohne zu wissen, wer denn nun der Mörder war. Dann würde ich kündigen – fristlos. Und dann mein ganzes Geld zusammenkratzen und noch ein bisschen reisen. Durch Frankreich, ja, eine Genussreise durch Frankreich, das wollte ich schon immer machen!“

„Wenn Sie dann überhaupt noch körperlich in der Lage dazu sind“, gab Paula zu bedenken.

„He, so haben wir nicht gewettet – wir sprachen von In-vier-Wochen-den-Löffel-abgeben, nicht von körperlichen Einschränkungen in diesen vier Wochen!“

Paula musste trotz des ernsten Themas lachen.

„Und Sie? – Was würden Sie tun?“

„Ich würde auch kündigen. Und wenn Sie nichts dagegen hätten, würde ich mit Ihnen nach Frankreich kommen – mit dem Motorrad natürlich.“

„So machen wir das!“ Er hielt ihr seine Handfläche entgegen, und sie schlug ein.

„Aber mal im Ernst: Es muss doch ein beschissenes Gefühl sein, zu wissen, dass man sterben muss, oder?“ sagte sie mit belegter Stimme.

„Deshalb ist es ja so gut, dass man im Normalfall nicht weiß, wann das letzte Stündlein schlagen wird – ich möchte es gar nicht wissen!“ Er sah Paula von der Seite an. „Ich kann mir nämlich nicht vorstellen, dass man diese letzten Tage und Wochen überhaupt genießen kann, wenn man weiß, dass es die letzten Tage und Wochen sind!"

Sie mussten an einer roten Ampel stoppen.

„Und jetzt zeige ich Ihnen die begehrteste Motorradstrecke der Südpfalz: das Wellbachtal – von den Einheimischen auch liebevoll Wellblechtal genannt."

„Ist das die Strecke, von der POM Becker Samstagnacht gesprochen hat? Die mit den vielen Unfällen?" Paula erinnerte sich vage.

„Das ist sie!"

„War da nicht noch irgendwas mit ‚Kreuz' hintendran?"

„Johanniskreuz, genau, ein kleiner Ort – quasi das Ende des Wellbachtales. Dort treffen sich die Biker dann zum Kaffee und zu Benzingesprächen. Aber nicht nur Motorradfahrer haben dort ihren Spaß, auch Wanderer und Mountainbiker kommen auf ihre Kosten."

„Da bin ich ja mal gespannt – in welche Richtung müssen wir da fahren?"

„Erst nach Annweiler, dann ein Stück die B10 entlang und dann hoch in den Wald. Und von dort aus weiter nach Kaiserslautern."

„Da könnten wir doch bei Frau Kaltwein vorbeifahren und ihr ihre Unterlagen zurückbringen", schlug Paula vor, die vorhin beim Einsteigen den Versicherungsordner auf der Rückbank hatte liegen sehen.

„Gute Idee – wenn sie überhaupt daheim ist", stimmte ihr Kollege zu.

Sie war daheim. Sie öffnete ihnen die Tür und nahm den Ordner entgegen. „Wollen Sie hereinkommen?" fragte sie wohl eher der Höflichkeit zuliebe.

„Nein, wir waren nur gerade in der Nähe und dachten, wir schauen mal kurz bei Ihnen rein", wehrte Keeser ab. „Wie geht es Ihnen?"

„Geht schon", war die kurze Antwort.

„Wir wissen jetzt, mit welcher Waffe Ihr Mann niedergeschlagen wurde, Frau Kaltwein: mit einem Deutschen Kriegshammer, sagt Ihnen das irgendwas?" ergriff Paula nicht besonders einfühlsam das Wort.

„Das ist eine Mittelalterwaffe – ja, die kenne ich."

„Kennen Sie auch jemanden, der solch einen Hammer besitzt?"

„Ernst hatte mal so ein Ding – er sammelte früher historische Waffen."

„Was ist aus diesen Waffen geworden? Befinden Sie sich bei Ihnen im Haus?"

„Nein, Erika hat sie nicht rausgerückt, als er sie verließ." Sie lachte bitter. „Sie hat damals einfach die Schlösser ausgetauscht, und er kam nicht mehr ins Haus – das war ihre kleine Rache! Wenn Ernst recht hatte, dann ist die Sammlung einiges wert."

Und sie hatten doch tatsächlich schon einen Durchsuchungsbefehl für genau dieses Haus in der Tasche! Paula wäre am liebsten auf der Stelle nach Edenkoben gefahren, um diese Waffe zu suchen – aber sie musste sich noch bis sechzehn Uhr gedulden.

Sie verabschiedeten sich und fuhren weiter.

Paula drehte sich noch einmal um. „Wie heißt eigentliche diese Burg da oben? Sie ist mir gestern schon aufgefallen."

„Das ist die Kaiserburg Trifels", kam die Erklärung prompt. „Hier war mal ein ganz berühmter Gefangener eingekerkert: kein Geringerer als Richard Löwenherz!"

„Ist nicht wahr, oder?"

„Aber ja, auf dem Rückweg von seinen Kreuzzügen ins Heilige Land wurde er hier gefangen gesetzt."

Paula besah sich die Burg noch einmal durch das Seitenfenster, bevor sie an einen Kreisel kamen und die nächste Ausfahrt gleich wieder rausfuhren.

„War ja echt was los hier", stellte sie fest.

„Ist es immer noch", lachte Keeser. „Diese Straße zum Beispiel, auf der wir gerade fahren, ist seit Jahren Zankapfel", erzählte er, während sie dem leicht geschwungenen Verlauf der B10 folgten. „Die Straßenentwickler und Pendler wünschen sich einen vierspurigen Ausbau – die kleinen Ortschaften, die direkt an der B10 liegen, und die Naturschützer sind natürlich dagegen. Da geht es manchmal ganz schon hoch her."

„Des einen Freud – des anderen Leid, ist das nicht mit allem so?" gab Paula zu bedenken.

Bei Rinnthal verließen sie die B10 und fuhren jetzt Richtung Johanniskreuz und Kaiserslautern.

„Wirklich eine tolle Strecke", stellte Paula begeistert fest. „Aber warum darf man denn nur siebzig fahren?" Sie zuckelten hinter einem alten Golf her, der allerdings über die Fünfzig-Stundenkilometer-Marke nicht hinauskam. Die umhäkelte Klopapierrolle auf der Hutablage ließ auf einen älteren Verkehrsteilnehmer schließen.

„Weil diese Strecke sogar trotz der Geschwindigkeitsbegrenzung erklärte Rennstrecke für manche Motorradfahrer ist", erläuterte Keeser ruhig. Ihn schien das Tempo seines Vordermannes jedenfalls nicht zu stören.

„Ich bin ja eher der Meinung, dass *diese* Typen", sie deutete auf den Wagen vor ihnen, „eine Gefährdung des Straßenverkehrs bedeuten!"

Ein Schild wies darauf hin, dass man nur noch fünfzig fahren durfte, ein anderes kündete einen Felsüberhang und eine enge Kurve an. Der Fahrer vor ihnen manövrierte seinen Wagen mit nur wenig über zwanzig Stundenkilometern um die Biegung. Danach machte er keine Anstalten, seine Geschwindigkeit wieder zu erhöhen.

„Und dann dieses blöde Überholverbot!“ monierte Paula. „Da wird man doch verrückt, wenn man hinter so einer Schnarchnase herfahren muss!“

Hinter ihnen wurde die Autoschlange lang und länger.

„Ein bisschen Gas geben könnte der Kollege da vorne wirklich!“ stimmte er ihr zu.

Ein Motorradfahrer schloss links neben ihnen auf und überholte sie und den Golf zügig. Ein zweiter folgte. Wenig später waren die beiden nicht mehr zu sehen.

„Die haben's gut!“ murmelte Paula wehmütig.

„Das hätten Sie wohl auch so gemacht?“ fragte Keeser grinsend.

„Logisch!“

„Hier wird viel kontrolliert – vor allem an den Wochenenden“, warnte er.

„Holen die dann auch solche Fahrer wie unseren Vordermann von der Straße?“

„Wohl eher nicht.“

Ein Jeep überholte sie und den Golf, worauf dieser sofort seine Geschwindigkeit verlangsamte – oder besser gesagt: seine Langsamkeit erhöhte.

„Solche Idioten veranlassen andere zu Verkehrsverstößen!“ regte sich Paula auf. „Können wir nicht unser Blaulicht aufsetzen und ihn überholen? Wir sind schließlich im Dienst!“ Sie sah ihn flehend an.

„Wird da etwa jemand nervös?“ neckte er. Kurz darauf blinkte er tatsächlich und überholte seinen Vordermann. „Zufrieden, Kollegin Ungeduld?“

Paula hatte einen Blick in den Golf geworfen. „Genau, wie ich es mir gedacht habe: Silberhaar mit Goldrandbrille – Mann, der ist ja schon scheintot!“ stellte sie fest.

„Na, na, irgendwann sind Sie auch mal so alt!“ mahnte Keeser.

„Dann fahre ich aber kein Auto mehr“, sagte Paula. Als sie Keesers Grinsen sah, fügte sie ebenfalls grinsend hinzu: „Nur noch Motorrad!“

„Da kenne ich einen Witz“, verkündete Keeser. „Ein altes Mütterchen steht am Straßenrand. Sie will auf die andere Straßenseite, aber der Verkehr ist so stark, dass sie es nicht schafft. Da kommt ein netter junger Mann, hakt sie unter und führt sie über die Straße. Auf halbem Wege fragt er sie: ‚Na,

Mütterchen, wohnen Sie auf der anderen Straßenseite?' – ‚Aber nein', krächzt da das alte Mütterchen, ‚mein Motorrad steht dort drüben!'"

Endlich hatten sie freie Fahrt. Die Straße zog sich in vielen Windungen durch den Wald den Berg hinauf. Als sie Johanniskreuz erreichten, standen links auf einem Parkplatz bestimmt hundert Motorräder und ihre Fahrer. Paula wusste genau, wo sie an ihrem nächsten freien Tag hinfahren würde!

Danach ging es wieder den Berg hinunter. Kurz vor Kaiserslautern klingelte Keesers Handy. Er reichte es Paula, die das Gespräch für ihn annahm.

„Hier bei Keeser", meldete sie sich, woraufhin Keeser lachend auf das Lenkrad trommelte.

„Frau Stern, haben Sie was zum Schreiben in der Nähe?"

Paula erkannte Werner Dreißigackers Stimme. Sie schnappte sich Block und Stift aus der Ablage. „Yes, Sir, legen Sie los!" Sie lauschte angestrengt den Worten des Gerichtsmediziners und schrieb gelegentlich etwas auf. Als das Gespräch beendet war, gab sie Keeser einen Kurzbericht.

„Also, die DNA-Analysen sind da ..."

„Halleluja!" unterbrach er theatralisch.

„Zu den roten Haaren: Sie gehören nicht zu ein und derselben Person – was wir ja schon wussten." Paula ließ sich nicht aus der Ruhe bringen. „Das Haar auf Kaltweins Kutte war ebenfalls von einer Frau. Interessant ist dabei, dass es sich bei den beiden Besitzerinnen der Haare eindeutig um Verwandte handelt!"

„Aurora hat also eine rothaarige Verwandte, die sich mit Kaltwein getroffen hat – ihre Mutter womöglich?"

„Oder eine Zwillingsschwester. Das werden wir ja gleich herausfinden."

„Noch was? Was ist mit den braunen Haaren?"

„Von einem Mann. Diese Haare und die Hautreste unter Kaltweins Fingernägeln gehören noch dazu dem gleichen Mann."

Keeser dachte nach. „Dann war es also ein Mann, mit dem das Opfer gekämpft hat – wir müssen also nach einem Mann mit Kratzspuren suchen. Bloß wo? Das Volk auf der Burg war ja leider kratzerlos."

Sie kamen in Kaiserslautern an, und dank Navigationssystem fanden sie die gesuchte Straße recht schnell. Minuten später standen sie vor Aurora Rapps Zuhause und klingelten.

„Wer ist da?" fragte eine Stimme durch die Sprechanlage. Es war Aurora.

„Aurora, hier sind die Kommissare Stern und Keeser", gab er zur Antwort. Gleich darauf summte der Türöffner.

Im dritten Stock wartete Aurora schon auf sie.

„Ist Ihre Mutter auch da?“ Paula war wieder beeindruckt von der Schönheit der jungen Frau und der Wildheit, die ihre ungebändigten roten Locken ausstrahlten.

Aurora nickte. „Kommen Sie rein.“

Sie folgten ihr durch eine enge Diele in eine kleine helle Wohnküche. Es roch nach Tomatensoße und italienischen Kräutern.

Am Herd stand eine Frau, deren Haar genauso rot und genauso wild gelockt war wie Auroras. Jetzt drehte sie sich um und begrüßte sie.

Wow, dachte Paula. Die Frau war mindestens genauso schön wie Aurora, wenn auch älter.

„Diana Rapp“, stellte sie sich ihnen vor und bat sie, Platz zu nehmen. Dann zog sie den Topf vom Herd, schaltete die Platte aus und setzte sich zu ihnen an den Tisch. „Ich dachte mir schon, dass Sie irgendwann kommen“, eröffnete Sie das Gespräch.

„Nun, wir ...“ Paula warf einen unsicheren Blick auf Aurora, die mit verschränkten Armen an den Kühlschrank gelehnt stand und sie beobachtete.

„Nur zu, meine Tochter interessiert bestimmt auch, was Sie mit mir zu besprechen haben.“

„Wir haben die Daten von Ernst Kaltweins Handy auswerten lassen“, begann Paula also.

Diana Rapp wurde schlagartig blass und sah erschrocken hinüber zu ihrer Tochter.

Ups, das hast du wohl nicht erwartet, dachte Paula. Dein Töchterchen sollte wohl doch nicht alles erfahren – jetzt ist es aber zu spät, meine Liebe! „Sie haben ihm sowohl auf die Mailbox gesprochen als auch eine SMS geschickt“, fuhr sie ungerührt fort.

Aurora starrte ihre Mutter ungläubig an. „Wie bist du darauf gekommen?“

„Ach, Kind, warum sonst solltest du auf diese Mittelalterfeste gehen? Ich bin alt, aber nicht blöd! Mir war klar, dass du eines Tages nach deinem Vater suchen würdest.“

„Ich denke, du hattest seit damals keinen Kontakt mehr mit ihm. Woher hast du seine Nummer?“ fragte die Tochter kühl, und man sah ihr genau an, dass sie diesbezüglich einen bestimmten Verdacht hatte.

„Ich habe dein Zimmer aufgeräumt, und da fand ich dein Tagebuch ...“

Gaaanz zufällig, dachte Paula.

„Du hast mein Tagebuch gelesen?“ brauste Aurora empört auf. „Mama, wie konntest du nur?“

„Und Sie haben ihm gedroht!“ schaltete sich Keeser ein, der schlimmere Gefühlsausbrüche vermeiden wollte. *„Lass die Finger von meiner Tochter, du Mistkerl, sonst kannst du was erleben!* – Können Sie uns das erklären?“

„Du hast ihm gedroht, Mama? Aber warum denn?“

„Ich machte mir Sorgen!“ versuchte Diana Rapp zu erklären. Sie wollte nach der Hand der Tochter greifen, griff aber ins Leere, da diese sie schnell wegzog. „Du hast geschrieben, dass er nicht wüsste, wer du bist. Aber ich weiß ganz genau, wie dieser Mistkerl ist – da hatte ich einfach Angst, dass er dich verführt.“ Sie sah ihre Tochter flehend an. „Du bist noch so jung – ich wollte einfach nicht, dass er dir wehtut!“

„Für wie doof hältst du mich denn eigentlich? – Ich lasse mich doch nicht von meinem eigenen Vater vernaschen!“ zischte die Tochter wütend.

„Er bekommt immer, was er will, das weiß ich nur zu gut!“ Sie rubbelte an einem nicht sichtbaren Fleck auf der glatten Holzplatte des Tisches herum. „Manchmal nahm er sich einfach, was er wollte“, fügte sie leise hinzu.

„Willst du mir jetzt etwa auch noch einreden, er hätte dich vergewaltigt?“ rief Aurora aufgebracht. Es sah aus, als würde sie gleich mit den Fäusten auf ihre Mutter losgehen, die jetzt zusammengesunken auf ihrem Stuhl saß.

„Ich habe ihn geliebt, das habe ich nie abgestritten, aber unser erstes Mal war nicht etwa romantisch und schön – ich war noch nicht so weit, ich wollte noch warten ... verdammt, ich war doch noch so jung!“ Sie sah Paula aus großen, grünen Augen an. „Aber er wollte nicht mehr warten“, flüsterte sie.

„Das glaub ich jetzt nicht!“ blaffte Aurora wütend. „Du lässt ja wirklich nichts aus, um ihn schlechtzumachen! – Ich hasse dich!“

„Und weil er Ihnen nicht geantwortet hat, sind Sie Samstagabend einfach persönlich auf die Landeck gegangen?“ mischte sich Keeser ein.

Ein giftiger Blick Auroras durchschnitt die Luft der Küche und traf ihre Mutter. „Du warst da?“

„Ich ... woher wissen Sie das denn überhaupt?“ wollte die Mutter von Keeser wissen.

„Ein paar Zeugen haben Sie gesehen – beziehungsweise dachten diese Zeugen, sie hätten Aurora gesehen. Aber die war die ganze Zeit vor der Bühne, wie wir wissen“, setzte Paula an.

Sie wurde aber von einer entsetzten Aurora unterbrochen: „Hast du ihn etwa ...?“ Sie konnte es nicht aussprechen.

„Nein, ich habe ihn nicht umgebracht!“ antwortete die Mutter, sichtbar empört über die Tatsache, dass ihre Tochter das für möglich hielt. „Wir haben nur geredet – über dich, Aurora! Er erzählte mir, dass er wüsste, dass du seine ... unsere Tochter bist, und dass er glücklich darüber wäre. Er hat sogar geweint – das hätte ich dem Mistkerl gar nicht zugetraut!"

„Er war also unversehrt, als Sie gingen?" fragte Paula.

„Natürlich! Verdammt, ich hab ihm nichts getan! Aurora, das musst du mir glauben!"

„Besitzen Sie einen Deutschen Kriegshammer?" stellte Paula ihre letzte Frage.

„Himmel, ich weiß noch nicht mal, was das ist! Nein, ich habe sowas nicht! – War's das jetzt?" Diana Rapp richtete sich mühsam auf ihrem Stuhl auf.

Paula und Keeser erhoben sich und verließen die Wohnung.

„Da möchte ich jetzt Mäuschen sein", sagte Keeser und deutete auf das Haus hinter seinem Rücken. „Bestimmt fliegen da jetzt die Fetzen!"

Sie fuhren den ganzen Weg wieder zurück über Johanniskreuz nach Annweiler. In Klingenmünster parkte Keeser vor der Apotheke in der Hauptstraße und stieg aus.

„Was haben Sie vor?" Paula tat es ihm gleich. „Bereitet Ihnen der Fall solche Kopfschmerzen, dass Sie sich in der Apotheke was dagegen holen müssen?"

„Keine Kopfschmerzen – ich brauche jetzt eine Stärkung!" verkündete er und überquerte die Straße.

Paula folgte ihm durch einen Torbogen in einem schmucken Fachwerkhäuschen und stand unversehens in einem gemütlichen kleinen Café. Als sie die leckeren Kuchen auf der Theke und die phantastischen Torten in dem Glaskühlschrank dahinter sah, lief ihr das Wasser im Munde zusammen.

„Suchen Sie sich was aus", ermunterte er sie.

„Mann, da sieht ja einer leckerer aus als der andere!" schwärmte Paula. „Ich nehme von jeder Sorte ein Stück und von dem da mit dem Mohn gleich zwei!"

Keeser verstand genau, was sie meinte – bei seinem ersten Besuch hier war es ihm nicht viel anders ergangen. Er wählte für sich ein Stück Torte mit viel Käsesahne und bergeweise Himbeeren. Paula nahm den Kuchen mit dem Mohn und vorsichtshalber noch etwas mit Birnen und Pudding.

„Ich habe Hunger!" entschuldigte sie sich, obwohl er keinen Piep sagte.

Sie fanden einen freien Tisch im kleinen Innenhof. Abgesehen von Paulas regelmäßigem, genussvollem Seufzen aßen sie schweigend.

„Wie heißt dieser geniale Laden überhaupt?“ erkundigte sie sich, als der letzte Kuchenkrümel von ihrem Teller in ihrem Magen verschwunden war.

„Café Rosinchen“, klärte sie ihr Kollege auf. „Alles selbst gebacken!“

„Ich könnte glatt noch ein Stück essen“, sagte Paula, „aber ich will ja nicht gierig erscheinen.“

Keeser sah auf seine Uhr. „Die Hausdurchsuchung rückt näher – bin ja gespannt, was dabei herauskommt.“

„Na, hoffentlich hat Kaltweins Ex diese wertvolle Waffensammlung nicht schon längst verhökert“, unkte Paula und zahlte für sie beide.

Kurz nach halb vier stellten sie den Wagen vor Erika Kaltweins Haus ab und warteten auf die Beamten, die die Durchsuchung durchführen würden. Pünktlich tauchte ein silber-blauer Kleinbus der Polizei auf, aus dem sechs Beamte ausstiegen. Dem Streifenwagen, der gleich dahinter parkte, entstiegen POM Hans Becker und Anwärter Berger.

„Na, Becker, wie sieht's aus?“ begrüßte Keeser den Kollegen. „Was macht unsere Angelegenheit?“ fragte er mit geheimnisvoll gesenkter Stimme.

„Alles ruhig, keine besonderen Vorkommnisse, Herr Kommissar“, gab Becker ebenso geheimnisvoll zur Antwort.

„Welche Angelegenheit denn?“ fragte Paula neugierig.

Becker und ihr Kollege tauschten vielsagende Blicke. „Ein anderer Fall“, sagte Keeser ausweichend. „Bringen wir es hinter uns!“

Die Polizisten formierten sich hinter den Kripobeamten. Keeser klingelte, und als die Tür geöffnet wurde, präsentierte er der verdutzten Erika Kaltwein den Durchsuchungsbefehl. Sie wich mit versteinerter Miene beiseite, und Paula fiel auch diesmal die frappierende Ähnlichkeit ihrer Statur mit der von Monika Kaltwein auf. Die Beamten betraten das Haus und verteilten sich in allen Stockwerken.

„Wir versuchen so wenig wie möglich durcheinanderzubringen“, versprach Keeser, doch Paula wusste aus Erfahrung, dass sie ein gewisses Chaos hinterlassen würden.

„Wo bewahren Sie die historische Waffensammlung Ihres Exmannes auf?“ wollte sie wissen.

„Ernsts Waffensammlung – was wollen Sie denn damit?“ Nervös knetete die Frau ihre Hände.

„Ist sie im Haus?“ fragte Paula.

„Im Keller – aber warum ...?“

„Würden Sie sie uns bitte zeigen?“ In Paulas Stimme schwang jetzt eine gehörige Portion Ungeduld mit.

Frau Kaltwein erhob sich zögernd von ihrem Sofa und ging die Kellertreppe voraus nach unten. Vor einer Metalltür machte sie halt.

„Nur zu!“ ermunterte Becker sie.

Sie öffnete die Tür, machte Licht und trat ein. Sie befanden sich in einer gut ausgestatteten Werkstatt. Ordentlich in Reih und Glied hingen Werkzeuge an der Wand, doch sowohl die Staubschicht auf dem Tisch und allen Geräten als auch der leichte Anflug von Rost auf den Werkzeugen an der Wand verrieten, dass hier schon seit langem niemand mehr gearbeitet hatte. Die Luft roch abgestanden, und es war feucht.

„Und wo ist jetzt die Waffensammlung?“ drängte Paula unerbittlich.

Erika Kaltwein deutete auf einen dunkelblauen Metallschrank.

Nicht gerade der optimale Aufbewahrungsort für eine wertvolle Sammlung, dachte Paula, zog Handschuhe über und öffnete die Tür. Nach der peniblen Ordnung in der Werkstatt hatte sie sorgfältig eingeordnete Waffen in diesem Schrank erwartet, doch vor ihr breitete sich ein heilloses Durcheinander liebIos durcheinandergeworfener Gegenstände aus. Ernst Kaltwein würde sich sicherlich in seinem Kühlfach umdrehen, wenn er das sehen müsste! Sie nahm einen Dolch in die Hand und betrachtete ihn. Eine rostfleckige Klinge steckte in einem mit Perlmutt besetzten Ebenholzgriff. Paula hatte keine Ahnung von alten Waffen, aber dieses Stück sah trotz der rostigen Klinge sehr edel aus.

Keeser beorderte einen Polizisten herunter, der die Sammlung als Beweismaterial sichern sollte.

„Ist das der ursprüngliche Aufbewahrungsort der Sammlung?“ erkundigte sich Paula und reichte dem Beamten den Dolch zum Eintüten.

„Nein, Ernst hatte sie früher in Vitrinen in seinem Arbeitszimmer. Als ich das Zimmer ausräumte, hab ich diese Dinger hier runtergebracht“, sagte Frau Kaltwein emotionslos.

„Das Klima hier hat den Stücken nicht gerade gutgetan.“ Paula betrachtete jetzt einen Säbel mit eingearbeiteten bunten Steinen im Griff. Wenn es sich dabei um echte Edelsteine handeln sollte, war dieses Stück bestimmt ein Vermögen wert. Auch hier war die Klinge zerkratzt und leicht angerostet.

„Ist mir doch egal!“ hörte sie Frau Kaltwein hinter sich murmeln.

Stück für Stück holte Paula aus dem Schrank, Stück für Stück landete in dem Karton für Beweismittel. Erneut griff sie in den Schrank und wusste dank ihrer Recherchen sofort, was sie da in der Hand hielt: einen Deutschen Kriegshammer! Das Teil lag schwer in ihrer Hand. Probeweise schwang sie ihn und musste feststellen, dass man einiges an Kraft aufwenden musste, um damit zuschlagen zu können.

Erika Kaltwein stand mit verschränkten Armen da und beobachtete sie dabei ohne jegliche Regung.

Blutspuren konnte Paula mit bloßem Auge allerdings nicht erkennen. Der Hammer wanderte zu den anderen Stücken in den Karton.

Nachdem ein zweiter Karton gefüllt und in Keesers Dienstwagen verstaut war, gingen sie wieder nach oben.

„Frau Kaltwein, ich frage Sie heute also noch einmal: Wo waren Sie am letzten Samstag zwischen zwanzig Uhr und einundzwanzig Uhr dreißig?" fragte Keeser eindringlich. „Sie haben nicht mit Ihrem Sohn zusammen ferngesehen, das wissen wir inzwischen. Wo waren Sie zu dieser Zeit?"

Sie kniff die Lippen zu einem schmalen Strich zusammen und sah ihn trotzig an. „Ich war hier – alleine – und ich habe ferngesehen!"

Vielleicht würde ja die Untersuchung des Kriegshammers bald das Gegenteil beweisen.

Die Durchsuchung der anderen Räume war ebenfalls abgeschlossen, allerdings war nichts Verdächtiges oder Ungewöhnliches gefunden worden.

Keeser schrieb eine Quittung für die Waffensammlung. „Sie bekommen natürlich alles wieder zurück, wenn die Untersuchungen abgeschlossen sind."

Erika Kaltwein riss ihm das Papier aus der Hand und zerknüllte es demonstrativ. Sie sagte kein Wort, als sie das Haus verließen.

„Ab mit dem Kram in die Kriminaltechnik!" Keeser stieg in den Wagen.

„Kommen wir zufällig an einem Supermarkt vorbei?" Paula setzte sich neben ihn und schnallte sich an. „Ich muss endlich mal einen Großeinkauf machen."

„Ein ALDI liegt auf dem Weg – wäre das genehm?"

„Perfekt!"

Dort angekommen, schob Paula den Wagen zügig durch die Gänge: Kaffee, Brot, Toast, Getränke, Toilettenpapier, Wurst, Käse, Eier, Nudeln und Gemüse lud sie in den Wagen. In der Obstabteilung blieb sie an einem Sonderangebot Heidelbeeren hängen und packte nach kurzem Überlegen drei Schälchen obendrauf. Sie lief zurück und holte noch Zucker und Mehl. Sie ließ den Blick noch einmal prüfend über ihre Einkäufe gleiten und ging dann zufrieden zur Kasse.

Keeser staunte nicht schlecht, als sie mit ihrer Beute aus dem Laden kam und alles auf die Rückbank packte. „Der nächste Krieg kann getrost kommen – die kleine Paula wird als Einzige nicht verhungern", stellte er trocken fest.

Lachend brachte sie den leeren Einkaufswagen zurück.

Nächste Station war die Kriminaltechnik. Schnaufend brachten sie die schweren Kartons hinauf zu Dreißigacker.

„He, Mabuse, wir haben da was für dich!“ rief Keeser schon von der Treppe aus.

Dreißigacker kam ihnen entgegen und sah neugierig über den Rand der Kisten. Keeser machte Anstalten, ihm den Karton in die Hände zu drücken, doch Dreißigacker dirigierte ihn an sich vorbei den Gang entlang. „Nee, nee, mein Lieber, trag du deine schweren Beweismittel mal schön selbst durch die Gegend!“

Paula allerdings nahm er die sichtlich schwere Last ab.

Nachdem alles auf seinem Tisch stand, begutachtete er die sauber eingetüteten Gegenstände der Reihe nach. „Wow, das ist ja eine hübsche Sammlung! Die Waffen sind allerdings in einem bedauernswerten Zustand!“ stellte er schnell fest.

„War ein bisschen feucht, wo sie lagerten“, bestätigte Paula.

„Was für eine Schande!“

Paula suchte ihm den Kriegshammer heraus. „Darauf sollten Sie Ihr besonderes Augenmerk richten: Es könnte unsere Tatwaffe sein!“

„Also, den möchte ich nicht unbedingt auf den Kopf bekommen“, stellte Dreißigacker nach eingehender Betrachtung der ungewöhnlichen Waffe fest. „Ich mach mich gleich dran.“

In ihrem Büro angekommen, sorgte Keeser erst einmal für zwei Tassen Kaffee.

„Guten Morgen, Mampfred!“ las Paula von ihrem Kaffeebecher ab.

„Die gehört eigentlich Kollege Schubert“, klärte Keeser sie auf.

„*Mampfred*?“

„Ja, Manfred Schubert – alle sagen hier Mampfred zu ihm, weil er so gerne mampft ... also isst.“

„Wenn das so ist, könnten Sie ja die Tasse für sich nehmen!“ grinste Paula.

„Aber zum Glück heiße ich ja Bernd, nicht wahr?“ antwortete er nachdrücklich und zeigte ihr seine Tasse mit dem Konterfei von Bernd das Brot – einer in ihren Augen wahrhaft blödsinnigen Hauptfigur einer noch blödsinnigeren Kindersendung.

Sie machten sich an die Berichte.

Gegen achtzehn Uhr dehnte und streckte sich Paula. „Gewonnen!“ rief sie.

Auch Keeser setzte den letzten Punkt hinter sein Geschriebenes. „Aber nur ganz knapp!"

Der Drucker begann zu rattern und spuckte ihre Protokolle aus.

„Der Gewinner bekommt ein Essen im Hause Keeser!" verkündete er. Er sah auf seine Uhr. „Um genau neunzehn Uhr dreißig!"

„Klingt gut – wo wohnen Sie denn überhaupt?"

„In Gleiszellen – gleich der nächste Ort hinter Klingenmünster – direkt in der Hauptstraße." Er nannte ihr die Hausnummer. „Und jetzt bringe ich Sie und Ihre Einkäufe nach Hause!"

Er schaltete seinen Computer aus, und Paula tat es ihm gleich.

Sie verabschiedeten sich von Martina Geiger, die ihnen sehnsüchtig hinterhersah. Sie musste noch einen Stapel Papiere abarbeiten, bevor sie in den wohlverdienten Feierabend gehen durfte.

Keeser lud alles in seinen Privatwagen um und fuhr dann die paar Meter bis zu Paulas Wohnung. Bevor er den Kofferraum öffnete, winkte er kurz zu einem Streifenwagen hinüber, der schräg gegenüber stand. Dann half er ihr, die Sachen nach oben zu tragen.

„Halb acht!" rief er, als er die Treppe nach unten lief.

„Ich werde da sein", versprach Paula.

Keine Rose vor der Tür, dachte sie erleichtert, während sie die Einkäufe verstaute. Vielleicht hatte Leo ja endlich aufgegeben? Wenn er glaubte, sie habe einen neuen Freund, musste er ja irgendwann aufgeben. Sie kicherte vor sich hin – Keeser ihr neuer Freund! Nett war er ja, musste sie ihm zugestehen, und Humor hatte er auch. Schlecht sah er ja auch nicht aus – halt ein bisschen zu ... dick konnte man eigentlich gar nicht sagen, aber durch seine Größe wirkte er einfach massig und behäbig. Was sollte sie mit so einem „wamperten Riesen" – wie ihre Freundin Sophia aus München diesen großen Mann mit erheblichem Wohlstandsbauch wohl liebevoll nennen würde? Und er war über fünfzig – er könnte ihr Vater sein!

Nein, sie wollte vorerst gar keinen Mann in ihrem Leben – Liebe macht das ganze Leben einfach kompliziert. Kombiniert mit ihren oft fiesen Arbeitszeiten sollten Kripo-Beamte lieber alleine bleiben. – So wie Keeser, der hatte das Prinzip schon lange erkannt.

Die Luft im Wohnzimmer war stickig – sie hatte vor lauter Panik heute Morgen das Rollo runtergelassen und das Fenster nicht gekippt. Jetzt zog sie den Rollladen vorsichtig hoch – jederzeit bereit, ihn sofort wieder fallen zu lassen, falls Leo auf dem Balkon stehen würde. Doch da war nur die Rose –

jämmerlich vertrocknet durch die Sonne, die den ganzen Tag auf sie niedergeschienen hatte.

Paula hob sie auf. Die einstmals saftig-grünen Blätter hingen schlaff und kraftlos herab, ein paar bräunlich verfärbte Blütenblätter lösten sich und fielen zu Boden. „Armes Ding." Paulas Mitleid kam definitiv ein paar Stunden zu spät – keine Vase, kein Wasserbad würde die bedauernswerte Rose retten können. Sie trug sie vorsichtig in die Küche, um nicht noch mehr Blütenblätter zu verstreuen, schnitt den Stiel in drei etwa gleichgroße Teile und versenkte sie im Müll.

Die beiden Rosenkolleginnen in der Kaffeetasse schienen die Zeremonie mit gesenkten Köpfen zu verfolgen, und Paula flüchtete schuldbewusst aus der Küche. Um auf andere Gedanken zu kommen, beschloss sie, eine Runde mit dem Motorrad zu fahren. Sie breitete Keesers Straßenkarte auf ihrem Schreibtisch aus und folgte mit ihrem Finger den Strecken, die sie schon kannte. Sie hatte noch etwa eine Stunde Zeit, bis sie bei Keeser sein sollte – allzu weit durfte sie also nicht fahren. Sie fand den Ort, in dem er wohnte, nach kurzer Suche und eine geeignete Strecke, um über einen netten kleinen Umweg dort hinzugelangen. Dann schlüpfte sie in ihren Motorradanzug, schloss sorgfältig die Balkontür und verließ die Wohnung.

Wenig später verließ sie Landau Richtung Nussdorf. An Böchingen konnte sie sich noch erinnern, das hatte sie auf der Karte gelesen. Die Orte, die danach kamen, sagten ihr aber schon nichts mehr. Dann las sie *Edenkoben,* und sie wusste, dass sie von da aus irgendwann links abbiegen musste, um wieder Richtung Klingenmünster zu kommen. Was sie dann auch tat und auf eine traumhaft schöne Strecke durch den Wald kam. Schilder flogen an ihr vorüber, auf denen *Kalmit* und *Totenkopf* stand, sie fuhr durch Elmstein, und dann las sie *Johanniskreuz.* Ach herrje, sie war viel zu weit vom Schuss, stellte sie erschrocken fest. Ein Blick auf die Uhr ihres Motorrads verriet ihr, dass sie wohl niemals rechtzeitig bei Keeser sein würde.

Als sie Johanniskreuz erreichte, war es schon Viertel vor sieben. Sie passierte den Parkplatz, auf dem jetzt deutlich mehr Motorradfahrer herumstanden als am Mittag.

Sie fuhr den Berg zügig hinunter – die vorgeschriebenen siebzig fand sie lächerlich und hielt sie nicht ein. Unzählige Motorradfahrer kamen ihr entgegen, manche deutlich schneller als die neunzig oder gelegentlichen hundert, die ihr Tacho anzeigte. Alle grüßten sie, wie es die Motorradfahrer auf der ganzen Welt zu tun pflegten, aber Paula fühlte sich dadurch willkommen und zu Hause. Dies schien die Feierabendstrecke der Pfälzer Biker zu sein.

Fünf vor sieben war sie unten in Rinnthal angekommen, zehn nach sieben schrammte sie an Annweiler vorbei und war Richtung Bad Bergzabern unterwegs. Drei Minuten vor halb acht stellte sie das Motorrad vor Keesers Adresse ab.

Sie hatte den Helm noch nicht abgenommen, da wurde schon die Tür geöffnet, und Keeser trat in Jeans und kariertem Hemd heraus. „Puh, das war knapp – ich hab mich streckenmäßig wohl ein bisschen verschätzt", erklärte Paula etwas atemlos.

„Wo waren Sie denn?"

„Oben in Johanniskreuz." Sie folgte ihm in ein wunderschön restauriertes Fachwerkhäuschen. Keeser musste sich bei jedem Türrahmen etwas ducken, um sich nicht den Kopf anzuschlagen.

Er schien in Gedanken Strecke und Zeit durchzukalkulieren und sagte schließlich: „Ich will gar nicht wissen, wie schnell Sie da hoch- und wieder runtergejagt sind!"

„Ganz normal", verteidigte sich Paula schwach.

„Das hätten unsere Polizistenkollegen bei einer ihrer beliebten Geschwindigkeitskontrollen sicherlich anders gesehen, was meinen Sie?" grinste er und nahm ihr Helm und Jacke ab. „Sind Sie über Annweiler gefahren?"

„Runter ja, aber hoch über Elmstein oder so ähnlich."

„Ah, übers Elmsteiner Tal", wusste er sofort Bescheid. „Das ist an Wochenenden und Feiertagen für euch Motorradfahrer gesperrt, nur damit Sie das wissen!"

Es roch verdammt gut in dem kleinen Häuschen.

Er führte sie in eine modern eingerichtete Küche, die der Ursprung des Duftes war. „Trinken Sie ein Glas Wein?" fragte er, was sie dankend ablehnte.

„Kein Alkohol, wenn ich mit dem Motorrad unterwegs bin. Ich nehme ein Mineralwasser, wenn Sie haben."

Er schenkte ihr das gewünschte Getränk in ein seltsam geformtes Glas ein und sich selbst auch.

„Das ist aber ein lustiges Glas!" wunderte sie sich und trank einen Schluck.

„Es ist ein Pfälzer Dubbeglas", erklärte er bereitwillig. „Diese Vertiefungen sind die Dubbe, was so viel wie Tupfen bedeutet. Die Dubbegläser wurden angeblich von Metzgern in Bad Dürkheim erfunden, weil die glatten Gläser zu leicht aus ihren fettigen Händen rutschten."

Er deutete auf einen Stuhl, und Paula setzte sich. Sie betrachtete den schön gedeckten Tisch. „Mann, haben Sie sich aber Mühe gegeben!"

Er nahm ihren Suppenteller, schöpfte etwas aus einem dampfenden Topf hinein und stellte ihn wieder vor ihr ab. Sie begutachtete skeptisch die undefinierbare bräunliche-cremige Masse in ihrem Teller. Das sollte sie essen?

„Käschdesupp", erklärte Keeser und setzte sich mit seinem Teller ihr gegenüber. „Kastaniensuppe", übersetzte er. „Guten Appetit!"

„Aus diesen Esskastanien, wie Sie mir schon erklärt haben?"

„Gut aufgepasst, Frau Kollegin!"

Paula begann zögernd zu löffeln. „Lecker!" stellte sie überrascht fest und aß zügig und begeistert den Teller leer.

„Wenn Sie mal etwas gemütlicher durch das Elmsteiner Tal fahren möchten: Es gibt da eine alte Bahnlinie von Elmstein nach Neustadt – das Kuckucksbähnel", erzählte Keeser, während er seine Suppe aß. „Da werden Sie von einer historischen Dampflock durch den Pfälzer Wald gezogen."

„Kuckucksbähnel – das hört sich ja niedlich an."

„Die Umgebung rund um Elmstein wurde auch Kuckucksland genannt – wahrscheinlich gab es dort wohl viele Kuckucke ... oder heißt das Kuckucks?"

„Nein, das heißt bestimmt Kuckuckse", belehrte ihn Paula mehr oder weniger fachmännisch.

Keeser räumte die Suppenteller ab.

„Als zweiten Gang gibt es Pfälzer Rumpsteak", klärte er sie auf. Er nahm ihren Teller und hantierte erst in seinem Backofen, dann auf dem Herd herum.

Als er den Teller wieder vor ihr abstellte, war Paula mehr als entzückt: ein wunderbares, knusprig braun gebratenes Stück Steak lag da vor ihr, auf dem sich ein Berg gerösteter Zwiebelringe türmte. Diese Zwiebeln waren es also, die im ganzen Haus ihren Duft verströmt hatten.

Keeser platzierte eine Schüssel mit Bratkartoffeln zwischen ihnen. „Sie sind doch hoffentlich inzwischen keine Vegetarierin geworden?" bemerkte er pro forma.

Paula ergötzte sich an dem herrlichen Anblick des Essens und schaufelte sich Kartoffeln neben ihr Steak. Dann schnitt sie ein Stück Fleisch ab, türmte jede Menge Zwiebeln darauf und stopfte es sich gierig in den Mund. „Ich bin doch nicht doof", nuschelte sie und verdrehte genüsslich die Augen.

Sie aß ihren Teller blitzeblank und lehnte sich danach erschöpft zurück.

„Wenn Sie mich weiter so mästen, brauche ich bald eine größere Motorrad-Kombi!" orakelte sie zufrieden.

„Ein paar Gramm mehr auf den Rippen würden Ihnen gar nicht schaden.“ Er prostete ihr mit seinem Wasserglas zu.

„Kein Wein heute?“ wunderte sie sich über seine Abstinenz. „Nicht mal eine Schorle?“

„Geht auch mal ohne“, sagte er, aber irgendwie klang es wenig überzeugt. „Kaffee oder Espresso?“

„Gerne einen Espresso“, stimmte Paula erfreut zu und vergaß die Weinlosigkeit ihres Kollegen schnell wieder. „Schönes Haus“, bemerkte sie, als er mit der Kaffeemaschine beschäftigt war. „Haben Sie das so hergerichtet?“

„Ja, jahrelange Plackerei. Das Haus war total marode, als ich es vor etwa fünfzehn Jahren kaufte. Alle rieten mir damals, ich solle es lieber abreißen lassen und neu bauen.“ Er betrachtete liebevoll die alten Holzbalken, die die Decke und die Wände durchzogen und teilweise als Raumteiler dienten. „Ich hab es völlig ausgebeint, die Balken bearbeitet und stellenweise gegen neue ausgetauscht. Ein Fachmann hat dann alles wieder mit Lehm und Stroh und was weiß ich noch allem verfüllt und ... voilà, ich denke, die ganze Mühe hat sich wirklich gelohnt. Wollen Sie nach dem Kaffee eine Burgbesichtigung?“

„Aber ja, ich bin ein schrecklich neugieriger Mensch!“

„Stört es Sie gar nicht, dass Sie überall fast an die Decke stoßen?“ wunderte sie sich eine Viertelstunde später, als sie im oberen Stockwerk angekommen waren. Er hatte ihr sein Büro im Erdgeschoss gezeigt, sein Schlafzimmer unter dem Dach – alle Wände mit sichtbarem Fachwerk, freigelegten Balken an der Decke und eher sparsamer Einrichtung. Jetzt standen sie in einem kleinen, aber wunderschönen Bad mit Dachschräge, dem letzten Raum in dem Häuschen. Selbst Paula fühlte sich ein wenig beengt – um wie vieles schlimmer musste es also Keeser ergehen! Eigentlich hätten sie die Wohnungen tauschen müssen, denn ihr Kollege wäre mit den hohen Decken ihres Zuhauses viel besser bedient.

„Ach, das ist Gewohnheitssache“, winkte er ab. „Am Anfang habe ich mir wirklich dauernd das Hirn angerannt – aber jetzt kann ich blind hier rumlaufen, ohne anzustoßen.“

„Es ist ein wunderschönes Häuschen“, lobte Paula, als sie die enge Treppe wieder nach unten stiegen. „Würde mir auch gefallen!“

„Ich habe mich damals bei der ersten Besichtigung sofort verliebt“, bestätigte er.

„Für eine Frau oder gar Familie ist aber nicht unbedingt Platz“, bemerkte Paula.

„Ich komme ja auch recht gut ohne aus ... Noch was zu trinken?“ wechselte er plump das Thema.

„Nein, danke, ich fahre heim – morgen Früh ist die Nacht zu Ende!“ lehnte Paula ab und nahm ihre Jacke von der Garderobe.

„Das hat meine Oma immer gesagt!“ lachte er und half ihr beim Anziehen.

„Den Spruch habe ich auch von meiner Oma, und er hat mich immer schrecklich genervt!“

Sie traten hinaus. Die Hitze des Tages war einem angenehm kühlen Abend gewichen.

„Vielen Dank für das tolle Essen!“ Paula stellte sich auf die Zehenspitzen und gab ihm einen Kuss auf die wieder recht stoppelige Wange. „Bis morgen, Kollege Keeser!“

Sie zog den Helm über, schlüpfte in die Handschuhe und schwang sich auf ihre Maschine.

Keeser sah den rotglühenden Rückleuchten nach.

„Verrücktes Huhn!“ murmelte er und berührte die Stelle, wo sie ihn geküsst hatte. Hätte sie nicht zwanzig Jahre älter sein können?

Paula betrat mit mulmigem Gefühl das Haus, ohne das Licht anzuschalten. Im Dunkeln konnte man bekanntlich besser riechen, und deshalb sog sie prüfend die Luft ein. Sie nahm verschiedene Gerüche wahr: verbrannte Holzkohle, gebratenes Fleisch ... jemand aus dem Haus musste gegrillt haben.

Keine Spur von Acqua di Gio – was aber nicht heißen musste, dass Leo nicht doch hier gewesen war. Mit lautem Klick schaltete sie die Beleuchtung ein und stieg langsam die Stufen hinauf.

Keine Rose!

Erleichtert steckte sie den Schlüssel ins Schloss und sperrte auf. Ihre stille Wohnung erwartete sie, und so war das Erste, was sie tat, das Radio einzuschalten. Musik erfüllte den Raum, das war gleich besser. Sie hatte schon lange nicht mehr alleine gelebt. Sie musste sich erst wieder daran gewöhnen, dass da keiner war, der auf sie wartete, der sich auf ihr Heimkommen freute!

Sie tauschte die Lederhose mit einer Boxer-Short. Müde war sie eigentlich noch gar nicht ...

Sie öffnete den Kühlschrank, um sich das letzte bisschen Grauburgunder einzugießen, als ihr Blick auf die Heidelbeeren fiel. Spontan entschloss sie sich, einen Kuchen zu backen. Nach einem großzügigen Schluck von dem Wein gab sie die Butter für die Streusel in einen Topf und ließ sie darin schmelzen. Sie wog die Zutaten ab, wusch die Heidelbeeren und tanzte ausgelassen zu dem Lied im Radio. Sie legte ein Blech mit einem Teil der Streusel aus, rührte den Rührteig und goss ihn drüber. Dann verteilte sie die Beeren und den restlichen Streuselteig auf dem Kuchen und schob ihn in den Ofen. Wenig später erfüllte der Duft von frisch gebackenem Kuchen ihre Küche. Zuletzt presste sie eine Orange aus, verrührte den Saft mit Puderzucker und besprenkelte den heißen Kuchen damit.

Eine Dreiviertelstunde später betrachtete sie zufrieden ihren Einstandskuchen für die Kollegen und widerstand nur mit Mühe dem Impuls, gleich ein Stück davon zu probieren.

Nachdem sie die Küche in Ordnung gebracht und den letzten Schluck des leckeren Rebensafts getrunken hatte, fiel sie kurz vor Mitternacht müde ins Bett.

5.
Mittwoch, 29.6.2011

Für ihr Empfinden viel zu früh wachte sie wieder auf. Ein Blick auf den Wecker verriet ihr, dass er noch gar nicht geklingelte hatte: Es war gerade mal halb sieben.

Als sie sich wieder in ihr Kissen kuscheln wollte, hörte sie laute, aufgeregte Stimmen.

Männerstimmen.

Keesers Stimme!

Sie sprang aus dem Bett und schlich ins Wohnzimmer. Die Balkontür stand weit offen, doch das Rollo war sicherheitshalber heruntergelassen.

Wieder Keesers Stimme – sie kam von draußen, und sie klang eindeutig wütend. Was in Herrgotts Namen machte ihr Kollege zu dieser Uhrzeit unter ihrem Balkon?

So geräuschlos wie möglich zog sie den Rollladen in die Höhe und trat vorsichtig hinaus. Ihr nackter großer Zeh trat in etwas, das höllische Schmerzen verursachte. Ihr Blick wanderte nach unten – sie stand auf einer Rose, der vierten inzwischen. Und was sich da in ihren armen Zeh bohrte, war nicht etwa ein Dorn – Baccararosen waren eine Züchtung ohne diese spitzen Dinger – sondern das Ende des Drahtes, der den schweren Kopf der Rose stets aufrechthalten sollte.

„Verdammt!“ zischte sie und besah sich den Zeh, aus dem ein dicker Blutstropfen quoll.

Lautes Stimmengewirr lenkte sie von ihrer Wunde ab. Neugierig lehnte sie sich über das Geländer und da sah sie endlich, was der Grund dieses morgendlichen Tumults war: Keeser stand da unter ihrem Balkon, und er war gerade lautstark damit beschäftigt, Leonardo Handschellen anzulegen!

„Du kleiner Mistkerl“, hörte sie ihn sagen. „Auf anderer Leute Balkone zu steigen! Wir sind hier nicht bei Romeo und Julia, du kleiner italienischer Scheißer – bei uns hier nennt man das nicht Romantik, sondern Hausfriedensbruch!“

Leonardo versuchte vergeblich, sich aus dem festen Griff zu lösen. Er war einen Kopf kleiner als Keeser und wirkte schrecklich hilflos neben ihm. Paula hatte fast ein wenig Mitleid mit ihm – allerdings nur fast.

„Bist du so doof oder willst du nicht kapieren, dass Paula nichts mehr von dir will?“ fuhr Keeser fort.

Leonardo stieß ein paar italienische Flüche aus.

Hinter Paulas Rücken begann ihr Wecker zu schrillen.

Wie auf Kommando hoben die beiden Männer zu ihren Füßen die Köpfe und starrten sie überrascht an.

„Paula", brachte Leonardo gerade mal heraus und sah sie aus treuen Dackelaugen an.

„Frau Kollegin ...", stotterte Keeser verlegen, während der Wecker neben ihrem Bett unerbittlich weiter rappelte.

„Ich hab da was von deinem Balkon gepflückt – willst du Anzeige erstatten?" Er hatte *Du* zu ihr gesagt – vielleicht, um Leonardo eine gewisse Nähe zwischen ihnen vorzugaukeln?

„Paula, per favore no!" flehte der Gepflückte zu ihr nach oben. „Mein Engel, du wirst mich doch nicht anzeigen?"

„Halt die Klappe!" Keeser schüttelte ihn ordentlich. „Keiner hat dich nach deiner Meinung gefragt!" Dann sah er wieder hoch zu Paula. „Hausfriedensbruch, Nötigung ..."

„Nötigung, was soll denn der Quatsch?" begehrte Leonardo auf.

„Tausend SMS, genauso viele lästige Anrufe, unerwünschte Blumengeschenke – also für mich ist das eindeutig Nötigung!" fuhr Keeser seinen Gefangenen an. „Für eine Unterlassungsklage würde das allemal genügen!" rief er wieder nach oben. „Ich werde das Kerlchen mal in unsere gemütliche Arrestzelle stecken, bis du dich entschlossen hast, wie wir weiter mit ihm verfahren!" Er versuchte den Italiener mit sich zu zerren.

„Paula, mein Engel, hilf mir doch!" jammerte der verhinderte Romeo.

„Ich bin nicht dein Engel, Leo!" sagte Paula kühl. „Lass mich einfach in Ruhe. Ich liebe dich nicht mehr, und das wird sich auch nicht ändern. Ganz im Gegenteil: Langsam werde ich richtig sauer! Bernd, sei so gut und pack ihn in eine Zelle!" Auch sie war zum vertraulichen *Du* übergegangen. Vielleicht würde Leonardo ja aufgeben, wenn er glaubte, Paula tatsächlich an einen anderen Mann verloren zu haben?

Sie drehte sich um und ging hinein. Zuerst stellte sie den nervigen Wecker ab, der noch immer auf ihrem Nachtkästchen herumtobte und fast schon ein wenig heiser klang. Dann stieg sie unter die Dusche, wo sie erst heißes, dann kaltes Wasser auf ihren Körper prasseln ließ.

Was sollte jetzt mit ihrem Ex geschehen? Lange konnten sie ihn nicht festhalten – aber ein bisschen schmoren würde sie ihn allzu gerne lassen. Vielleicht würde diese Zeit ja ausreichen, um ihn zur Vernunft zu bringen.

Pünktlich traf sie zur Frühbesprechung ein, wo rege diskutiert und gelacht wurde. Da die Gespräche allesamt verstummten, als sie in den Raum kam, war es nicht schwer für sie, zu erraten, worum sich diese Gespräche gedreht hatten: um Keesers frühmorgendlichen heldenhaften Einsatz und ihren hartnäckigen Ex, was sonst? Sie stellte das mit einem Geschirrtuch abgedeckte Kuchenblech auf den Tisch und drohte. „Wenn auch nur einer dieses leidige Thema anschneidet, bekommt er keinen Kuchen!“

Ein übermüdet aussehender, stoppelbärtiger Keeser hob prüfend das Handtuch. „Mal sehen, ob sich das Stillschweigen überhaupt lohnt. Oh ja, der sieht gut aus – ich glaube, ich halte lieber meine Klappe!“ stellte er freudig fest. „Wenn sich jetzt noch jemand erbarmen und Teller und Kaffee besorgen würde ...“ Er sah dabei nur eine an. Und die eine erhob sich auch sofort.

„Immer ich!“ meckerte Martina Geiger und verließ den Raum. „Ich helfe Ihnen!“ Becker sprang ebenfalls auf und folgte ihr nach draußen.

„Na, so hilfsbereit kenne ich den ja gar nicht!“ wunderte sich Keeser und klaute einen dicken Streusel vom Kuchen.

„Guten Morgen allerseits!“ Ihr Chef kam herein und entdeckte den Kuchen. „Gibt's was zu feiern, von dem ich noch nichts weiß?“

„Kollegin Sterns Einstand“, klärte Keeser ihn auf.

„Und ich hatte gehofft, wir würden einen Fortschritt im Fall Kaltwein feiern!“

Becker und Frau Geiger schleppten Geschirr und zwei Kannen Kaffee herein und verteilten alles.

„Jetzt, da alle da sind, könnten wir vielleicht erst mal die wichtigen Dinge durchsprechen, bevor Sie mit dem Essen anfangen?“ ermahnte Sonne die Anwesenden.

Keeser schenkte dem Kuchen noch einen letzten sehnsüchtigen Blick, dann blätterte er in seinen Unterlagen. „Viel weiter sind wir nicht gekommen, Chef – Auroras Mutter gibt zu, während des Konzertes auf der Burg gewesen zu sein. Sie behauptet, Kaltwein hätte noch gelebt, als sie ihn verließ.“

„Und wir glauben ihr das?“ fragte Sonne nach.

„Uns bleibt erst mal nichts anderes übrig“, sagte Paula.

„Und diese andere Frau, die auch noch gesehen wurde – die für die Ehefrau des Toten gehalten wurde – wissen wir schon, wer sie ist?“

Allgemeines betretenes Kopfschütteln.

„Es könnte Kaltweins erste Frau gewesen sein“, sagte Paula vorsichtig. „Sie hat für die Tatzeit kein Alibi. In Größe und Statur ähnelt sie sehr Kaltweins zweiter Frau ... und bei ihr fanden wir ja auch den Kriegshammer. Es könnte also gut sein, dass sie es war, die auf der Burg gesehen wurde.“

„Ach ja, was ist mit den Waffen, die Sie bei ihr mitgenommen haben? Wenn auf einer davon, auf diesem Kriegshammer, Blut vom Opfer sichergestellt werden kann ...“ Sonne sah sich im Raum um. „Wo ist denn schon wieder dieser Dreißigacker?“

Martina Geiger zückte unaufgefordert ihr Handy und hatte ihn gleich am Ohr. „Alle warten nur auf dich!“ zischte sie in den Apparat. Sie legte auf und lächelte alle gewinnend an. „Er ist unterwegs!“

Kurz darauf polterten Schritte den Gang entlang, und die Tür wurde aufgerissen. „Er liebt halt theatralische Auftritte“, kommentierte Keeser Dreißigackers Erscheinen.

„Sorry Leute, ich wollte nur auf die Ergebnisse des Screenings warten ...“ Atemlos ließ er sich auf einen freien Stuhl fallen, ganz so, als ob er einen Marathonlauf hinter sich gebracht hätte und nicht lächerliche zwölf Meter Gang.

„Und hat sich das Warten gelohnt?“ erkundigte sich Sonne mit sarkastischem Unterton.

„Aber ja, Chef, das will ich wohl meinen!“ Er breitete ein paar Papiere auf dem Tisch aus. „Ich habe alles, was ihr mir so eifrig habt zukommen lassen, gründlich untersucht und“, er machte eine dramatische Pause, „bei den antiken Waffen wurde ich endlich fündig: Auf diesem Kriegshammer fand ich Blutreste, obwohl er gründlich gereinigt wurde.“ Er sah sich in der Runde um, alle hingen an seinen Lippen. „Aber natürlich nicht gründlich genug für einen Spezialisten wie mich ...“

„Würden Sie uns endlich an Ihrem Wissen teilhaben lassen!“ sagte Kriminaloberrat Sonne ungeduldig.

„Langer Rede kurzer Sinn: Das Blut auf dem Hammer ist das Blut von Ernst Kaltwein!“

„Na, endlich was Handfestes!“ Sonne schien sehr erleichtert. „Dann sollten Sie Erika Kaltwein schleunigst verhaften, Keeser. Oder hatte noch jemand Zugang zu der Waffensammlung?“

„Unseres Wissens nur der Sohn, aber der hat ja ein Alibi.“

„Wie sieht es aus mit Fingerabdrücken?“ wollte Paula wissen.

„Ich konnte ein paar perfekte Abdrücke sicherstellen – ihr müsst mir nur was zum Vergleich bringen.“

„Sonst noch was?“ Sonne blickte in die Runde.

„Ach ja, hier hab ich noch die DNA-Ergebnisse von dem Armbrustpfeil: Der gleiche Kerl, dem die Hautpartikel und die Haare in Kaltweins Hand gehören, hatte auch den Armbrustpfeil in der Hand!“

„Also wollte der, der mit Kaltwein gekämpft, der ihn vielleicht sogar ermordet hat, auch Aurora aus dem Weg schaffen“, kombinierte Paula. Aber wer konnte das sein?

„Bringt mir die passenden Fingerabdrücke dazu, und ihr habt euren Mann“, versprach Dreißigacker.

Als ob das so einfach wäre!

„Von den Leuten, die auf der Burg lagerten, war es erwiesenermaßen keiner“, resümierte Paula. „Gut möglich, dass der Mörder in der Menge der Konzertbesucher untergetaucht ist, und das würde bedeuten, dass es so gut wie unmöglich ist, ihn überhaupt zu finden.“

„Das perfekte Verbrechen!“ orakelte Martina Geiger mit tiefer Stimme.

„Das perfekte Verbrechen gibt es nicht – schon gar nicht in meinem Revier!“ fuhr Sonne ihr in die Parade. „Wir kriegen den Kerl – diesen komischen Hammer haben wir ja schließlich auch gefunden.“ Er sah auf die Uhr. „Ich habe gleich einen Termin mit der Presse“, verkündete er. „Endlich kann ich denen wenigstens ein paar Brocken vorwerfen. Keeser, Stern – Sie wissen, was zu tun ist!“ Mit diesen Worten rauschte er von dannen.

„Natürlich wissen wir das“, grinste Keeser. „Wir müssen endlich diesen Kuchen anschneiden!“

In null Komma nichts war der Kuchen verteilt und die Tassen mit Kaffee gefüllt. Lob für die Bäckerin kam von allen Seiten. Hans Becker und Martina Geiger steckten die Köpfe zusammen und diskutierten eifrig über die Herstellung von Streuseln. Keeser beschlich ein gewisser Argwohn – jetzt war ihm heute schon zum zweiten Mal aufgefallen, dass Becker sich extrem um seine Sekretärin bemühte. Er würde die beiden im Auge behalten.

„Nicht schlecht, Frau Kollegin!“ lobte er selbst den feinen Kuchen und schob die letzten Krümel auf dem Blech zusammen, um sie mit Hilfe eines Kaffeelöffels in seinen Mund zu verfrachten. „Ich hoffe, das war nur der Anfang!“

Martina Geiger sammelte die Teller und Tassen ein, und Becker half ihr emsig dabei.

Becker, Becker, du alter Schwerenöter, dachte Keeser und folgte den beiden in einem gewissen Sicherheitsabstand hinunter zu den Büros.

„Was haben Sie vor?“ rief Paula ihm nach.

Mit dem Zeigefinger auf den Lippen machte er ihr Zeichen, still zu sein. Er stieg leise die Stufen hinab, Paula folgte ihm neugierig. Vor dem Sekretariat blieb Keeser stehen und presste sich an die Wand.

Paula ahnte jetzt, was er vorhatte – auch ihr waren Beckers Annäherungsversuche aufgefallen. „Soll ich schon mal meine Waffe entsichern?“ flüsterte sie grinsend.

Glucksendes Kichern kam aus dem Zimmer.

„Ich denke, das macht Kollege Becker schon“, antwortete er zweideutig.

„Ach, Geigerlein ...“, rief er laut und stürmte in das Büro seiner Sekretärin.

Paula sah gerade noch Becker und Martina Geiger auseinanderspringen. Becker lief dunkelrot an, und Martina fummelte nervös an ihren Haaren herum. „Also ... Chef ... ähm ...was wollten Sie sagen?“ stammelte sie.

„Herzlichen Glückwunsch!“

„Das wollten Sie mir sagen?“ Die Sekretärin war irritiert.

„Euch beiden – ich hab euch nämlich da oben beobachtet, euer Geturtel war nicht zu übersehen!“

„Echt?“ Martina Geiger sah Paula fragend an.

„Nicht zu übersehen!“ bestätigte die.

„Polizeiobermeister Becker, wären Sie dann bereit, eine Verhaftung vorzunehmen?“

„Ähm ... ja ... logisch, ich bin bereit!“ Er zupfte an seiner Uniformjacke herum.

„Na, dann los – Sie dürfen die Sekretärin jetzt zum Abschied küssen“, verkündete Keeser wie ein Pfarrer bei einer Eheschließung. „In einer halben Stunde sehen wir uns bei Frau Kaltwein in Edenkoben.“ Er verließ mit Paula das Büro.

„Was wird eigentlich mit Leonardo?“ erkundigte sich Paula, während sie zum Ausgang gingen.

„Der ist doch recht gut bei uns aufgehoben.“

„Das schon, aber irgendwann müssen wir ihn ja wieder laufen lassen.“

„Wir könnten es machen wie in dem Film *Beverly Hills Cop* und ihn mit einer Polizeieskorte über die Stadtgrenze hinausbegleiten.“

„Gibt es nicht eine weniger aufwendige Variante?“

„Ich könnte ihn ordentlich zusammenschlagen ...“

„Bernd, ich meine es ernst!“

„Ich auch, was denken Sie denn? – Ich werde ihn mir später noch einmal vornehmen, lassen Sie mich nur machen!“ versprach er. „Aber zuerst verhaften wir jetzt die Frau Kaltwein, einverstanden?“

„Warum waren Sie heute Morgen überhaupt bei meinem Haus?“ Paula wollte das Thema Leonardo endgültig klären.

„Ich kam zufällig vorbei ...“

„Sie sind ein Scheusal!“

„Also gut: Ich kam nicht zufällig vorbei – ich hab dort die ganze Nacht auf Ihren Romeo gewartet! Jetzt zufrieden?“ Er sah sie aus müden Augen an.

„Deshalb haben Sie also gestern Abend keinen Wein getrunken?“ Ihr fiel seine Geheimnistuerei mit Becker wieder ein, der Streifenwagen in der Nähe ihres Hauses ... „Sie haben sich wirklich die Nacht um die Ohren geschlagen, nur um Leonardo zu erwischen?“

„Ihr Wohl liegt mir anscheinend irgendwie am Herzen“, knurrte er.

„Sie sind wirklich ein toller Kollege, Herr Kollege!“ sagte sie gerührt.

„Das werden Sie nie wiedergutmachen können!“ brummte er verlegen.

„Das fürchte ich allerdings auch“, stimmte sie ihm zu.

Schweigend fuhren sie durch Landau.

„Wir haben jetzt die Tatwaffe – aber hat sie tatsächlich diese zierliche Frau geschwungen?“ überlegte Paula, als sie sich Edenkoben näherten.

„Wut gibt Kraft, meine Liebe! Unterschätzen Sie nie einen schmächtigen Gegner.“

Sie kamen zeitgleich mit POM Becker und PMA Berger an.

„Tut mir leid, Herr Kommissar ... das von vorhin“, raunte Becker, als sie gemeinsam auf das Haus zugingen.

„Das muss Ihnen nicht leid tun, Becker – aber eins sag ich Ihnen: Ich will keine heulende Sekretärin neben meinem Büro sitzen haben, die vor lauter Liebeskummer nicht zur Arbeit taugt“, mahnte Keeser.

„Ich werde mir Mühe geben!“ versprach Becker ernsthaft.

„Berger, Sie gehen ums Haus herum auf die Terrasse – ich glaube zwar nicht, dass Fluchtgefahr besteht, aber man weiß ja nie.“

Berger verschwand um die Hausecke.

„Soll ich?“ Paulas Finger schwebte über dem Klingelknopf.

„Tun Sie sich keinen Zwang an“, ermunterte sie Keeser.

Sie hörten den Türgong durch das Haus hallen.

„Und wenn sie nicht da ist?“

In diesem Moment wurde jedoch die Tür geöffnet, und Erika Kaltwein erschien vor Ihnen.

„Guten Tag, Frau Kaltwein, wir müssen mit Ihnen reden.“

Die Frau trat bereitwillig beiseite, bevor Paula ihren Satz beendet hatte.

Die drei Beamten traten ein und folgten ihr ins Wohnzimmer. An der geschlossenen Balkontür stand Berger und drückte sich an der Scheibe die Nase platt, um im Raum etwas erkennen zu können.

„Der junge Mann gehört zu uns", erklärte Keeser und ließ ihn herein. „Um es kurz zu machen, Frau Kaltwein: Auf einer der Waffen Ihres Exmannes wurde Blut sichergestellt – frisches Blut, und zwar sein Blut", legte Paula los, sobald sie alle saßen. Nur PMA Berger blieb mit wichtigem Gesicht stehen. „Können Sie uns das erklären?"

Frau Kaltwein seufzte tief. „Sie wissen doch schon alles, sonst wären Sie nicht so zahlreich hier, oder?"

„Nun, natürlich können wir uns in etwa vorstellen, was Samstagnacht passiert ist – wir würden es aber gerne ganz genau von Ihnen erfahren!" ermutigte Paula sie.

„Warum sind Sie überhaupt an diesem Abend auf die Burg gegangen?" ergriff Keeser das Wort.

„Markus kam zu mir und erzählte mir von seinem Streit mit seinem Vater", begann sie vollkommen ruhig. Sie wirkte auf dem großen klobigen Sofa noch kleiner und zerbrechlicher. „Ernst hatte ihm gesagt, dass er ab sofort kein Geld mehr von ihm bekommen würde." Sie lächelte schwach. „Das war natürlich nicht das erste Mal. Er hatte das schon oft angedroht – aber dieses Mal schien er es wirklich ernst zu meinen. Er erzählte Markus nämlich, dass er eine wunderbare Tochter geschenkt bekommen hätte und er ab sofort nur noch für sie sorgen würde."

Sie schwieg kurz, als ob sie sich die Szene noch einmal ins Gedächtnis rufen wollte.

„Markus nannte ihren Namen, aber der sagte mir nichts", fuhr sie fort. „Erst als er erwähnte, dass seine Halbschwester rothaarig sei, fiel bei mir der Groschen. Ich wusste sofort, wer die Mutter dieses Bastards war – er hatte es aber immer abgestritten, all die Jahre ..." Sie lachte bitter. „Auf Knien hatte er mir geschworen, dass er nichts mit diesem Weib hatte! Und auf einmal hatte ich den Beweis, dass er mich damals mit dieser Diana betrogen hatte!" Sie sah die Beamten reihum an. „Und dass er wegen dieses Balgs meinen Sohn ... unseren Sohn enterben wollte, das ging einfach zu weit! Also holte ich diesen Hammer aus seiner Sammlung, fuhr dort hoch und wollte ihn zur Rede stellen."

Wieder hielt sie kurz inne. „Er lief mir auch tatsächlich über den Weg, als ich über die Brücke kam. Wir gingen ein Stück, und ich sprach ihn direkt auf Diana und ihr Kind an. Er gab es einfach zu – jetzt nach fast achtzehn Jahren gab er es zu. Ich wurde so wütend ... und dann fing er auch noch an, von seiner Tochter zu schwärmen, welch ein Glück das für ihn wäre, in diesem Alter noch einmal Vater zu werden ..." Ihre Stimme begann zu zittern, sie konnte nur mit Mühe die Beherrschung bewahren. „Dann fing er plötzlich an zu schwanken, er krümmte sich, als ob er Schmerzen hätte. Er griff nach meinem Arm, um sich abzustützen. Dann sackte er auf die Knie, wollte meine Hand ergreifen ... aber in der hielt ich ja den Hammer ... und da schlug ich zu!“ Sie legte die Hände vors Gesicht und gab einen Laut von sich wie ein verwundetes Tier. „Ich traf ihn am Kopf. Er sah mich an, konnte anscheinend nicht fassen, was ich gerade getan hatte. Und ich holte wieder aus. Ich traf aber nur seinen Arm, den er vor sein Gesicht hielt. Also holte ich noch einmal aus, aber er wollte wegkriechen ... und so traf ich seinen Rücken. Und dann lag Ernst vor mir auf dem Boden und bewegte sich nicht mehr. Erst da wurde mir klar, was ich getan hatte.“ Sie hob den Kopf und sagte mit fester Stimme: „Ich habe meinen Mann umgebracht!“

„Das haben Sie nicht, Frau Kaltwein“, sagte Paula sanft. „Das hat jemand anderes getan. Aber wir müssen Sie trotzdem mitnehmen – es wird wohl auf eine Anzeige wegen versuchten Totschlags hinauslaufen.“

Die Frau nickte stumm.

„Haben Sie Ihren Sohn nach der Tat angerufen?“ wollte Keeser wissen.

„Nicht gleich, erst am Morgen. Nachdem ich wieder einigermaßen klar denken konnte, erinnerte ich mich, dass Ernst mir von einem Testament erzählt hatte, das er ein paar Stunden zuvor neu geschrieben hatte und das seine Tochter“, sie spuckte dieses Wort regelrecht aus, „zur Alleinerbin machen würde. Ich wollte Markus schützen und sagte ihm, er müsse unbedingt dieses Testament finden und vernichten.“

„Sagten Sie ihm auch, was mit seinem Vater geschehen war?“

Erika Kaltwein schüttelte den Kopf. „Markus hat nichts damit zu tun! Er ist ein guter Junge, das müssen Sie mir glauben!“

Dass er nichts mit dem Angriff auf seinen Vater zu tun hatte, glaubte Paula ihr; dass er ein guter Junge war, eher nicht.

„Sie sollten jetzt das Nötigste zusammenpacken“, sagte sie und stand auf.

Frau Kaltwein erhob sich ebenfalls und ging Richtung Diele.

„Ich komme mit Ihnen.“ Paula folgte ihr ein Stockwerk höher ins Badezimmer. Schon zu oft hatten sich Verhaftete durch einen Schnitt in die Pulsadern oder durch andere unschöne Maßnahmen der Festnahme entzogen.

„Wer hat denn jetzt meinen Mann getötet?“ fragte Frau Kaltwein, als sie den Kulturbeutel packte – sie sagte nie Exmann, fiel Paula auf.

„Das wissen wir noch nicht.“

„Hätte er überlebt, wenn dieser andere nicht ...“ Ihr versagte die Stimme.

„Ihre Schläge hätte er womöglich überlebt", sagte Paula wahrheitsgetreu, „aber den Krebs nicht."

Stumm packte Frau Kaltwein eine Reisetasche und sah sich wehmütig noch einmal in dem hübsch eingerichteten Raum um.

„Wir waren früher mal eine glückliche Familie", sagte sie wie zu sich selbst. Dann schüttelte sie den Kopf, als wolle sie diese Gedanken loswerden. „Ich bin fertig."

„Versuchter Totschlag, darunter mache ich es nicht." Staatsanwältin Marianne Renner stand mitten im Raum und strahlte geballte Autorität aus, wie es Paula selten bei einer Frau erlebt hatte. Wie alt mochte sie sein? Vierzig, fünfundvierzig?

„Angriff im Affekt ohne Tötungsabsicht", versuchte Keeser zu verhandeln.

„Keine Chance – sie hat selbst gerade ausgesagt und es sogar unterschrieben, dass sie ihn noch einmal auf den Kopf schlagen wollte, aber nur seinen Arm traf, mit dem er sich vor den Schlägen schützte. Und sie hat ihm die Waffe noch einmal in den Rücken gerammt, als er vor ihr auf dem Boden lag und wegkriechen wollte." Marianne Renner hatte sich vor ihm aufgebaut, reichte ihm aber nur bis zur Schulter. Ihr kastanienbraunes Haar fiel in weichen Wellen über ihre Schultern.

„Er hätte aber ihren Angriff überlebt ...", begehrte Keeser schwach auf.

„Aber sie hat nichts unternommen, um ihm zu helfen – sie hat seinen Tod billigend in Kauf genommen!" setzte die Staatsanwältin forsch dagegen. „Und sie hat wahrscheinlich die Vorlage für den wahren Mörder geliefert – Ernst Kaltwein war nach ihrem Angriff auf seine Person nicht mehr in der Lage, sich gegen seinen Mörder zu wehren."

Paula war begeisterter stiller Zuschauer bei dieser Auseinandersetzung. Keeser, der dank seiner Größe und körperlichen Masse sonst immer so imposant und einschüchternd auf sein Gegenüber wirkte, hatte in der Staatsanwältin eine würdige Gegenpartei. Sie gab keinen Millimeter nach. Und sie sah einfach klasse aus in dem engen, korallenfarbigen Kostüm, das ihre weiblichen Formen zwar extrem unterstrich, ihr aber trotzdem eine strenge Note verlieh.

„Was sagen Sie denn dazu, Kollegin Stern", wandte sich Keeser hilfesuchend an sie. „Hat Frau Kaltwein nicht schon genug mitgemacht?"

„Ich schließe mich Frau Renner an – tut mir leid."

„Weiber!“ brummelte Keeser. „Von wegen sanft und einfühlsam. Und wie ihr immer zusammenhaltet, das ist ja nicht auszuhalten!“

Marianne Renner grinste Paula an, streckte den Daumen ihrer rechten Hand siegreich in die Höhe und verließ mit klackenden Absätzen das Büro.

„Wow, die gefällt mir – tolle Frau!“ sagte Paula beeindruckt.

„Das sagen Sie nur, weil Sie auf der gleichen Seite wie sie kämpfen. Wären Sie auf der anderen Seite, wären Sie ganz schnell anderer Meinung. Sie ist wie ein Kampfhund – wenn sie sich einmal verbissen hat, lässt sie nicht mehr los!“

„Sie sollten mit ihr ausgehen“, riet Paula.

„Ich sollte was?“ Er sah sie ungläubig an. „Das ist doch wohl nicht Ihr Ernst?“

„Sie ist eine tolle Frau!“ insistierte Paula und spielte mit einem Kugelschreiber.

„Sie ist ein Kampfhund!“

„Sie ist ein extrem gutaussehender Kampfhund“, ergänzte sie.

Keeser öffnete den Mund, um etwas zu sagen, ließ es dann aber doch sein. „Weiber!“ sagte er dann doch noch einmal, und wahrscheinlich sollte es grantig klingen, aber Paula konnte das Schmunzeln erkennen, das um seine Mundwinkel spielte. Er schnappte sich seine Jacke von der Stuhllehne.

„Also, ich gehe jetzt was essen“, verkündete er und verließ das Büro.

Kurze Zeit später steckte er den Kopf wieder herein. „Was ist, Frau Kollegin, wollen Sie nicht mitkommen?“

„Ich dachte, Sie wollen vielleicht nicht mit so einem Weib an einem Tisch sitzen“, grinste Paula und folgte ihm auf den Parkplatz.

„Schnickschnack“, brummte er.

„Und, wo gehen wir was essen?“

„Wir müssen ein Alibi überprüfen“, sagte er ausweichend und fuhr los.

„Sie wollen mir also nicht verraten, wo wir beiden Hübschen jetzt hinfahren?“

„Nein.“

Als er durch Silz fuhr und wenig später links blinkte, sagte sie: „Ach, Birkenhördt – kenne ich!“

Er schenkte ihr einen erstaunten Blick.

„Ja, da bin ich neulich durchgefahren, als ich Monika Kaltweins Alibi überprüft habe. Ich kenne mich schon recht gut hier aus.“

Vor einem Restaurant namens Jägerhof stellten sie den Wagen ab.

„Wessen Alibi müssen wir denn hier überprüfen?“ wunderte sich Paula und folgte ihrem Kollegen in einen gemütlichen Biergarten im Innenhof.

„Das von Klaus Wambsganß, schon vergessen?“ Er grinste sie breit an. „Ich liebe es, Alibis in Lokalen zu überprüfen!“

Sie fanden ein schattiges Plätzchen und nahmen die Speisekarte von einer gutgelaunten Frau in roter Kochkleidung entgegen.

„Das ist Dagmar Mössinger, die Chefin“, stellte Keeser vor. „Frau Mössinger, das ist meine neue Kollegin, Paula Stern.“

„Willkommen in der Pfalz, Frau Stern. Ich hab schon gehört, dass der Herr Schubert im Ruhestand ist – er war vor kurzem mit seiner Frau zum Essen hier.“

„Der Schubert hat's gut – kann einfach so zum Essen gehen, wenn ihm danach ist ...“

„Na, wer wird denn jammern – Sie sind ja heute auch hier.“

„Schubert und ich waren früher öfter mal hier essen“, erklärte Keeser und blätterte in der Karte.

„Die haben ja Ziege!“ entdeckte Paula überrascht. „Hab ich noch nie gegessen!“

„Das ist was Feines – ich nehme den Ziegenrollbraten“, entschied sich Keeser. „Und eine Rieslingschorle.“

„Dann nehme ich das Ziegenragout auf Pasta – ich will ja nicht als Feigling dastehen.“ Sie klappte die Karte zu. „Und keine Rieslingschorle – ich nehme ein alkoholfreies Hefeweizen dazu.“

Sie bestellten, und als die Getränke gebracht wurden, fragte Keeser nach Wambsganß.

„Am Samstag, sagen Sie – ja, da war er da, mit ein paar Bekannten“, erinnerte sich die Chefin sofort. „Wieso wollen Sie das wissen, hat er was angestellt?“

„Frau Mössinger liebt Krimis“, klärte Keeser seine Kollegin auf. „Sie müssen sich später mal den Schaukasten ansehen: Sie hat sogar eine Angestellte, die Krimis schreibt!“

„Das gehört zu den Einstellungskriterien“, lachte die Wirtin.

„Ist die Frau Greifenstein heute gar nicht da?“ wunderte sich Keeser.

„Nein, die muss an ihrem neuen Kriminalroman schreiben.“

Sie ließ sie wieder alleine.

Paula ging zur Toilette. Auf dem Rückweg machte sie sich auf die Suche nach besagtem Schaukasten, den sie dann genau inspizierte.

„Die schreibt ja nicht nur Krimis, sondern auch Kochbücher", berichtete sie erstaunt, als sie zu Keeser zurückkam.

„Vor allem Backbücher, werte Kollegin ... falls Sie also ein paar Anregungen für die nächsten Kuchen brauchen sollten, die Sie für Ihre reizenden Kollegen backen wollen ..." Er klimperte mit den Wimpern.

Das Essen kam, und Paula ging nicht weiter darauf ein. „Mann, ist das gut!" schwärmte sie nach den ersten Bissen. „Was ich Sie noch fragen wollte: Wenn Sie doch Koch werden wollten – wie sind Sie dann bei der Kripo gelandet?"

„Ich habe keine Lehrstelle als Koch bekommen, hier in Landau und Umgebung jedenfalls nicht."

„Und weggehen wollten Sie nicht?"

„Nein, ich war zu der Zeit mit Andrea zusammen – sie wissen schon, die Frau, die mich dann doch nicht für den Rest ihres Lebens haben wollte, sie wollte auf keinen Fall von hier weg. Und da habe ich mich eben bei der Polizei beworben."

Paula sah ihn bedauernd an. „Und haben Sie diese Entscheidung jemals bereut?"

„Ach was, die Arbeitszeiten sind in beiden Jobs gleich beschissen, und wer weiß – vielleicht hätte ich ja als Koch irgendwann die Lust am Kochen verloren?"

Keesers Handy klingelte.

„He, Mabuse", nahm er das Gespräch an. „Hm, alles klar – danke dir."

„Was Wichtiges?"

„Tja, unsere Alibiüberprüfung hier ist ganz umsonst: Abgesehen davon, dass Wambsganß zur Tatzeit hier war, stimmt auch seine DNA nicht mit der überein, die bei Kaltwein gefunden wurde."

„Gut, dass wir das erst nach dem Essen erfahren haben, sonst wären wir vielleicht gar nicht hierhergekommen", stellte Paula erleichtert fest.

Die Espressi, die sie bestellt hatten, brachte ein Mann in Kochkleidung an den Tisch – inklusive einer Schnapsflasche und vier Schnapsgläsern.

„Ach, der Herr Mössinger!" freute sich Keeser. „Paula, das ist der begnadete Zauberer unseres Essens, und er hört sogar auf den gleichen wunderbaren Vornamen wie ich!" Er inspizierte das Flaschenetikett. „Was haben Sie denn da Feines? – Hmm, Wildschlehengeist!"

Mössinger schenkte großzügig ein.

„Halt – für mich bitte nicht!" wehrte Paula ab.

„Sie ist halt nicht aus der Pfalz“, meinte Keeser entschuldigend, „aber ich arbeite an ihrer Integration! Kommen Sie, Frau Kollegin, wenigstens ein Schlückchen zum Probieren!“

Zögernd gab sie nach.

Frau Mössinger gesellte sich zu ihnen und ergriff das vierte Glas. „Auf Ihre neue Kollegin“, prostete sie ihnen zu.

„Auf die baldige Lösung unseres Falls!“ ergänzte Paula und nippte an dem Schnaps. Diese harten Sachen waren ja nicht unbedingt ihr Ding, aber der schmeckte doch recht gut.

„Apropos Fall: Wir haben das mit dem Ernst Kaltwein in der Zeitung gelesen – bearbeiten Sie das zufällig?“ wollte Herr Mössinger wissen.

„Ja, das Schicksal hat ausgerechnet uns dazu auserkoren.“

„Haben Sie schon einen Verdächtigen im Visier?“

„Mensch, Bernd, du weißt doch genau, dass der Herr Keeser nichts über laufende Ermittlungen erzählen darf – sei doch nicht so neugierig!“ wies Frau Mössinger ihren Mann zurecht.

„Das sagt ausgerechnet jemand, der meistens zuerst das Ende eines Buches liest und dann erst den Rest!“ frotzelte der seine Frau an.

Nach dem Espresso ging Keeser zur Toilette. Als er wiederkam, überreichte er Paula ein Backbuch. „Hier, für meine Lieblingskollegin, handsigniert von der Autorin höchstselbst!“

„Oh, vielen Dank!“ Paula blätterte das Buch langsam durch.

„Soll ich gleich die Rezepte ankreuzen, die mich interessieren?“ bot Keeser großzügig an.

Nachdem sie gezahlt hatten, fuhren sie zurück ins Büro. Keeser fing gleich damit an, seinen Tagesbericht in den Computer zu tippen.

„Vielleicht hab ich ja einen zündenden Gedanken, wenn ich alles geschrieben vor mir sehe“, erklärte er seinen Tatendrang.

Paula indes ging hinüber in das Gebäude der Schutzpolizei, um Leonardo in seiner Zelle aufzusuchen. Keesers Angebot, sie zu begleiten, lehnte sie nachdrücklich ab. Sie wurde zu Leo in die Zelle gelassen und schickte den Beamten weg.

„Was hast du dir dabei gedacht?“ Sie stand mit dem Rücken an die kühlen Wandfliesen gelehnt. Sie sah auf den Mann herab, der früher ihr Bett und ihr Leben geteilt hatte und jetzt wie ein Häufchen Elend auf einer Gefängniszellenpritsche vor ihr saß.

„Cara, ich will nur wieder mit dir zusammen sein!“ flehte er sie an. „Mama hat gesagt, ich soll dich zurückholen.“

Mama hat gesagt ... „Wie bist du überhaupt an meine Adresse gekommen?“ fragte sie kühl.

„Bei deiner Dienststelle in München sagten sie mir, dass du nach Landau versetzt wurdest. Und hier hab ich mich am Telefon als dein früherer Kollege ausgegeben – es war überhaupt kein Problem!“ Er war sichtlich stolz auf seine Gerissenheit. Doch ein kleiner Mafioso, dachte Paula. „Wir werden nicht mehr zusammen sein“, sagte sie bestimmt.

„Es ist wegen dieses Kerls – dieses Riesenbabys, das mich verhaftet hat, nicht wahr?“ fragte er verzweifelt.

„Genau, es ist wegen ihm!“ log sie, ohne rot zu werden.

„Wirst du ihn heiraten?“

„Wahrscheinlich“, antwortete sie gelassen und musste sich ein Grinsen verkneifen. Keeser durfte nie von diesem Gespräch erfahren!

„Was kann er dir geben, was ich nicht kann?“ winselte Leo in jämmerlichem Ton, und sie verlor dadurch das letzte bisschen Achtung vor ihm.

„Sicherheit – Geborgenheit – Ruhe – Ernsthaftigkeit – Humor – Achtung“, fiel ihr spontan ein, was ja nicht gelogen war. Sie stieß sich von der Wand ab und klopfte laut an die Tür. „Ich werde dich jetzt hier rauslassen. Und du packst deine Sachen, gehst zurück nach München und lässt dich nie wieder hier blicken, hast du mich verstanden?“

Leo nickte betreten.

„Ich weiß nicht, was Bernd tut, wenn er dich noch einmal zwischen seine Finger bekommt!“ setzte sie vorsichtshalber obendrauf. „Mit ihm ist nicht zu spaßen, wie du sicher gemerkt hast.“

Die Tür wurde aufgeschlossen, und Paula gab Anweisung, Leo gehen zu lassen. „Leb wohl“, sagte sie und verließ die Zelle.

„Und, wie war es?“ Keeser sah erwartungsvoll von seiner Tastatur hoch. „Hat er es gefressen?“

„Ich denke schon.“

„Sie hätten ihm ein bisschen drohen müssen“, meinte er.

„Hab ich ja auch.“

„Ach ja, womit denn?“ Er sah sie gespannt an.

„Mit Ihnen, womit denn sonst!“ grinste sie.

Er kratzte sich hinter dem Ohr. „Ah ja, das hat Ihren kleinen Italiener sicherlich tief beeindruckt, nehme ich an?“

„Sehr tief!“

Paula setzte sich an ihren Schreibtisch und nahm noch einmal das Klemmbrett mit der Liste der Leute, die Samstagnacht auf der Burg waren, zur Hand, samt ihren Verhörprotokollen. Blatt für Blatt klappte sie um, las jedes Protokoll durch, ohne eine Erleuchtung zu haben. Als sie damit durch war, ließ sie das Brett frustriert auf ihre Schreibtischplatte klatschen. Da fiel ihr etwas ins Auge. Ruckartig setzte sie sich auf und zog die Unterlagen wieder zu sich her. Noch einmal überflog sie die einzelnen Seiten. „Komisch", sagte sie schließlich zu Keeser. „Hinter allen Namen ist ein dicker Haken – nur hinter einem nicht."

Keeser sah von seiner Arbeit auf. „Was für Haken denn?"

„Na hier: hinter allen Personen, bei denen Haarprobe und DNS-Abstriche genommen worden sind, hat der bearbeitende Beamte einen Haken gemacht."

„Das war meines Wissens PMA Berger – was ist damit?"

„Nun, ich denke, er hat das sehr gewissenhaft gemacht, aber wie gesagt, hinter einem Namen fehlt der Haken!" Sie reichte ihm das Klemmbrett.

„Tatsächlich", stimmte er ihr nach kurzer Überprüfung zu. „Da fragen wir einfach mal nach!" Er griff zum Telefon und wählte eine Nummer. „Grüß Sie, Kollege Becker – eine Frage: Ist Anwärter Berger in Ihrer Nähe? – Dann rufen Sie ihn mir doch bitte mal an den Apparat!"

Paula beobachtete ihn gespannt von ihrer Seite des Schreibtisches aus.

„Hallo Berger, Keeser hier – wir haben da eine Frage zu Ihrer Liste der Burgleute: Warum ist da kein Haken hinter unserem Junker Gieselher?" Er lauschte in den Apparat, wobei er seine buschigen Augenbrauen immer höher zog und sich sein Gesicht mehr und mehr verfinsterte. „Und wann hätten Sie uns das mitgeteilt?" Er knallte wütend den Hörer auf.

Paula hielt es kaum noch auf ihrem Stuhl aus.

„Dieser Gieselher war nicht mehr auf der Landeck, als der Mann von der Kriminaltechnik kam, um das DNA-Material von allen einzusammeln!" erklärte ihr Keeser endlich. „Und Berger dachte, wir hätten das vielleicht schon erledigt."

Sie sahen sich an.

„Gieselher – ein Fan von Aurora", murmelte Paula.

„Kein Fan von Ernst Kaltwein!" ergänzte Keeser.

„Und er ist hinter der falschen Aurora hergelaufen ... war also in der Nähe des Tatortes ...", bemerkte Paula.

„Wenn nicht sogar direkt am Tatort", hängte er dran.

„Wo arbeitet der Kerl?" Paula sprang hoch und lief zur Tür.

„Bei Hornbach, hat er gesagt. Das ist in Bornheim!“ Auf der Treppe holte er sie ein.

Eine Viertelstunde später waren sie vor Ort. Paula dachte automatisch an ihren leeren Balkon. „Ich brauche Gartenmöbel und Blumen“, bemerkte sie.

„Das muss wohl noch ein bisschen warten, Frau Kollegin!“ Keeser stürmte in den Laden, Paula hinterher. Als sie am Infoschalter atemlos mit ihm aufschloss, fragte er schon mit gezücktem Ausweis nach dem Verwaltungsbüro. Sie schwor sich, ihn nie wieder behäbig zu nennen.

„Wir würden gerne mit einem Ihrer Angestellten sprechen.“ Mit diesen Worten stürmte er kurze Zeit später in das Personalbüro. „Frank Müller heißt der Knabe!“

Nach ein paar schier endlosen Minuten hatte die Angestellte das richtige Programm und Müllers Daten gefunden. „Der ist aber seit Montag krankgeschrieben“, teilte sie den Beamten schließlich mit.

„Wir brauchen seine Adresse!“ drängte Keeser. Zu dumm, auf der Liste auf seinem Schreibtisch war sie feinsäuberlich notiert worden!

„Soll ich Sie Ihnen aufschreiben?“ erkundigte sich die Büromaus vorsichtig.

„Aber ja doch!“ Keeser klang tatsächlich ungeduldig, was Paula dann doch etwas überraschte. Mit dem Zettel der freundlichen Angestellten sauste er wieder von dannen – Paula immer dicht auf seinen Fersen. „Wir müssen nach Queichheim“, teilte er ihr nach einem Blick auf das Papier mit und schnallte sich an. Paula konnte mit dieser Information allerdings herzlich wenig anfangen.

Er fuhr mit quietschenden Reifen los, nahm aber nicht den Weg, den sie gekommen waren. Auf einem Schleichweg kamen sie mitten in einem Gewerbegebiet heraus. Zielsicher steuerte er da hindurch, bis er irgendwann links abbog.

„Im Vogelsang – Bingo!“ freute er sich, als er das Straßenschild las.

Vor der gesuchten Adresse hielt er an. „Vielleicht wird das Ihre erste Verhaftung eines Mörders in der neuen Heimat – ist das nicht aufregend?“ Er stieg aus.

„Wenn er es denn auch war.“ Sie ging neben ihm zur Haustür.

„Wer wird denn so negativ sein!“ Er drückte der Reihe nach alle Klingelknöpfe, bis die Tür endlich aufsprang, ohne dass auch nur ein Einziger über die Sprechanlage mit ihnen Kontakt aufnahm. An Müllers Tür angekommen, betätigte er noch einmal ausgiebig die Klingel.

Als sich die Tür endlich öffnete, stand ein vor Schreck erstarrter Junker Gieselher in Jeans und ausgebeultem T-Shirt vor ihnen.

Paula entdeckte sofort die dick verschorften Kratzer an seinen Unterarmen und versicherte sich durch einen Blick, dass Keeser das auch gesehen hatte.

„Überraschung!“ flötete Keeser und drängte sich an ihm vorbei in die Wohnung.

„Man hat uns in Ihrer Firma gesagt, dass Sie krank sind, und da wollten wir mal nach Ihnen sehen.“ Paula lächelte ihn an und gab ihm Zeichen, Keeser in die Wohnung zu folgen.

„Ein grippaler Infekt“, murmelte Müller und hüstelte nicht gerade überzeugend.

„Wo haben Sie denn Ihre Armbrust?“ Keeser stand in einem schäbig eingerichteten Wohnzimmer und sah sich um.

„Meine Armbrust?“ fragte Müller überrascht. Mit fahrigen Bewegungen versuchte er ein paar Haarsträhnen über seine Glatze zu streichen, was aber misslang.

„Sie brauchen Ihre Haare gar nicht so ordentlich zu machen – wir brauchen nämlich eine Haarprobe von Ihnen“, sagte der Kommissar zuckersüß. „Wir müssen auf Nummer sicher gehen, dass es Ihre Haare sind, die Junker Friedhelm zwischen seinen Fingern hatte!“

Müllers Adamsapfel hüpfte beim schweren Schlucken heftig auf und ab.

„Es sind doch Ihre Haare, nicht wahr?“ Keeser ließ sich auf einem abgeschabten dunkelgrünen Sofa nieder.

Müller starrte ihn stumm an.

„Nachts auf der Burg waren Sie aber um einiges gesprächiger, mein Lieber – hat es Ihnen etwa die Sprache verschlagen?“

Müllers Augen huschten wachsam zwischen Paula und Keeser hin und her.

Paula trat an ihn heran und deutet auf die Kratzer. „Sagen Sie jetzt bloß nicht, die sind von einer Katze, Junker Gieselher“, sagte sie freundlich. „Wollen Sie uns nicht endlich erzählen, was in dieser Nacht passiert ist?“ Mit sanftem Druck schob sie ihn zu einem Sessel, auf den er sich dann auch setzte.

„Es war alles wegen Aurora“, begann er stockend. „Sie war immer so nett zu mir, und ich dachte, sie mag mich. Ich jedenfalls mochte sie sehr! Doch dann ...“, er holte tief Luft, „fing sie an, mit diesem alten Sack Friedhelm rumzumachen, und mich ließ sie links liegen. Als ich sie darauf ansprach, lachte sie mich aus – was ich mir einbilde, und sie würde nicht mal was mit mir anfangen, wenn ich der letzte Mann auf der Erde wäre ...“ Ihm versagte die Stimme. „Dann sah ich, wie sich Friedhelm während des Konzertes davonmachte. Und kurz darauf sah ich sie“, seine Stimme bebte, und Paula legte ihm beruhigend die Hand auf die Schulter. „Ich sah Aurora, wie sie hinter ihm herschlich“, fuhr er fort, als er sich wieder im Griff hatte. „Ich folgte ihr, aber dann erkannte ich, dass es gar nicht sie war, sondern eine andere Frau!“

„Sie haben aber zu Protokoll gegeben, dass Sie Aurora gesehen haben – warum?“ unterbrach ihn Keeser.

„Ich wollte ihr eins auswischen“, bekam er düster zur Antwort.

„Was geschah dann?“ fragte Paula sanft.

„Friedhelm und diese rothaarige Frau schrien sich zuerst an, dann redeten sie ganz normal miteinander.“

„Und weiter?“

„Dann ging sie weg. Ich musste mich verstecken, damit sie nicht direkt über mich stolperte. Als sie vorbei war und ich auch zurückgehen wollte, kam noch jemand, und so blieb ich in meinem Versteck.“

„Auch eine Frau?“ wollte Paula wissen.

Er nickte. „Sie schrie Friedhelm an, und er krümmte sich plötzlich, keine Ahnung, warum. Und da hob diese Frau plötzlich etwas hoch und hieb es ihm auf den Kopf! Friedhelm schrie, und sie schlug noch einmal zu. Friedhelm kroch jetzt auf dem Boden, aber sie schlug wieder nach ihm – dann rannte sie weg.“

Er hatte während des Erzählens zu zittern begonnen und klammerte sich jetzt an die abgeschabten Sessellehnen.

„Und was taten Sie?“ fragte Paula.

„Ich ging zu ihm. Als er mich erkannte, bat er mich, ihm zu helfen. Ich half ihm also auf die Füße, und er stützte sich an die Mauer. Da dachte ich, dass es vielleicht der geeignete Moment wäre, ihn auf Aurora anzusprechen.“ Seine Stimme klang belegt, und er leckte sich nervös über die Lippen. „Ich sagte ihm also, er solle die Finger von ihr lassen ...“ Er legte den Kopf in den Nacken und atmete bei der Erinnerung tief ein. „Aber er lachte nur!“

„Ernst Kaltwein lachte Sie also auch aus?“ Paula setzte sich ihm gegenüber auf die Lehne der Couch.

Müller nickte. Erst ganz langsam, dann immer heftiger. Schließlich sah er sie an und sagte ganz ruhig: „Das hat mich so wütend gemacht, dass ich seine Beine packte und ihn über die Mauer warf.“ Er zeigte seine Arme. „Der

Mistkerl hat sich aber an mir festgeklammert ... Ich musste ihn richtig abschütteln."

„Verraten Sie uns, warum Sie die Polizei gerufen haben?"

„Ich dachte, dass sie den, der die Leiche meldet, vielleicht nicht verdächtigen würden ..."

„Falsch gedacht!" brummte Keeser. Wenn das mit Bergers fehlenden Haken eher aufgefallen wäre, säße dieser Kerl schon längst hinter schwedischen Gardinen!

„Und warum haben Sie dann noch auf Aurora geschossen?"

Er zischte verächtlich: „Die hat den ganzen Sonntag wegen dieses Kerls rumgeflennt – und als ich sie trösten wollte, ging sie wie eine wildgewordene Furie auf mich los und schrie, dass sie mich abstoßend findet und ich sie endlich in Ruhe lassen soll!"

„Da wurden Sie sauer, stimmt's?" vermutete Keeser.

„Ich habe Friedhelm nur wegen ihr umgebracht – und dann ließ sie mich einfach abblitzen, dieses Miststück!"

„Und deswegen sind Sie am Montag mit Ihrer Armbrust zurück auf die Burg gegangen, um sie zu bestrafen."

Müller nickte schwer schnaufend. „Wenn ich sie nicht haben konnte, sollte sie auch kein anderer haben!" sagte er zornig.

„Sie haben sie aber verfehlt." Keeser klang fast ein wenig schadenfroh. „Aber das hat natürlich auch Vorteile: So werden Sie nämlich nur wegen eines Mordes verurteilt, nicht wegen zweien."

Er stand auf, zückte die Handschellen und zerrte Müller aus dem Sessel hoch. „Frank Müller, ich verhafte Sie wegen des Mordes an Ernst Kaltwein." Während er die Handschellen um Müllers Handgelenke schnappen ließ, erläuterte er ihm seine Rechte. Dann drängte er ihn zum Ausgang.

„Wo finde ich die Armbrust, Herr Müller?" rief Paula ihnen nach.

„Dort im Schrank." Er deutete mit dem Kopf hinüber zur Schrankwand.

In einer Schublade unter dem Fernseher wurde sie fündig. Sie schlüpfte in ein paar Latexhandschuhe und hob die Waffe vorsichtig heraus. Leise zog sie die Tür hinter sich ins Schloss und folgte den Männern die Treppe hinunter.

„Junker Friedhelm war übrigens Auroras Vater", eröffnete Keeser dem Verhafteten, als er ihn auf den Rücksitz des Dienstwagens verfrachtete.

Müller starrte ihn fassungslos an.

„Dumm gelaufen, nicht wahr?" Keeser schloss die Tür und stieg vorne ein. Dann nestelte er sein Handy hervor und wählte. „Chef, gute Nachrichten.

Wir haben soeben Kaltweins Mörder verhaftet, einen Frank Müller. Wir sind gleich bei Ihnen."

Paula legte die Armbrust vorsichtig in den Kofferraum und nahm dann neben Müller auf der Rückbank Platz.

Schweigend fuhren sie zum Kommissariat zurück.

„Das habt ihr ja toll gemacht!" empfing sie Martina Geiger schon auf dem Parkplatz. Sie strahlte vor Stolz. „Ihr sollt gleich mal in Sonnes Büro kommen."

Paula und Keeser lieferten ihren Verhafteten in einem Verhörraum ab und machten sich auf den Weg zu ihrem Chef. Als sie die Treppe zu seinem Büro hochstiegen, glaubte Paula, Rauch zu riechen. Sie blieb stehen und schnupperte. „Irgendwo brennt es."

Keeser winkte lachend ab. „Das ist nur Sonnes Siegeszigarre!"

Sie betraten das vollgequalmte Büro ihres Chefs.

„Da sind Sie ja, meine besten Beamten!" Sonne war aufgesprungen und eilte ihnen mit ausgebreiteten Armen entgegen. In seinem Mundwinkel dampfte ein dicker Stumpen. Nachdem er ihnen ausgiebig auf die Schultern geklopft und sie in den höchsten Tönen gelobt hatte, entließ er sie wieder.

„Ich hab ne halbe Rauchvergiftung", röchelte Paula und schnappte nach Luft. „Ich dachte, in öffentlichen Gebäuden sei Rauchen verboten!"

„Sie werden doch wohl nicht unseren Chef anzeigen wollen, werte Kollegin?"

In ihrem Büro wartete Martina Geiger mit einer Flasche Sekt auf sie. Knallend schickte sie den Korken an die Decke und schenkte ein.

„Ich finde, das haben wir ganz toll gemacht!" jauchzte sie und stieß vergnügt mit Paula und Keeser an. „Ich hab da übrigens was für Sie!" rief sie plötzlich und verschwand in ihrem eigenen Büro.

„Ihr neuer Ausweis kam vorhin rein – Paula Stern!" las sie in wichtigem Ton vor und überreichte ihn Paula. „Ich bin übrigens die Tina – mit Du", erhob die Sekretärin das Glas.

Paula stieß mit ihr an. „Und ich bin die Paula – auch mit Du!"

„Und was ist mit mir? – Ich will auch mitmachen und ein Bernd mit Du sein!"

Martina kicherte albern. „Aber Commissario, ich kann doch nicht du zu Ihnen sagen!"

„Geigerlein, ich bestehe aber darauf!" Er ließ sein Glas an ihres klirren.

„Und Paula“, wandte er sich an sie, „wir waren ja heute schon mal kurz beim Du, nicht wahr?“

Sie musste an seinen Auftritt unter ihrem Balkon denken und nickte.

„Also denn, liebe Paula, herzlich willkommen in Landau – schön, dass du bei uns gelandet bist!“

Darauf stießen sie gemeinsam an.

„Sternchen, eines verstehe ich aber nicht“, murmelte er nach einem großen Schluck. „Wie konnten die Münchner Kollegen nur so doof sein und dich gehen lassen?“

Nachwort

Liebe Leserin, lieber Leser,

natürlich gibt es in Landau keine Mordkommission. Dafür ist die Südpfalz viel zu mager bevölkert und zudem – und Gott sei Dank! – auch viel zu friedlich. Aber dann hätte ich ja die junge Kommissarin Paula Stern nicht von der Münchner Mordkommission nach Landau versetzen lassen können. Als kreative Autorin habe ich zum Glück die Möglichkeit, Menschen und Geschichten zu erfinden – somit kann ich auch locker und auf die Schnelle eine Mordkommission in Landau eröffnen, was auf dem Dienstwege natürlich Jahre dauern und immense Kosten aufwerfen würde. Und da ja nun dank meiner kriminellen Phantasie und nur in Buchform das Verbrechen in Landau und Umgebung Einzug halten wird, wird sich diese Einrichtung sicherlich lohnen. Wenn man bedenkt, was das Steuergelder spart, wenn ich nicht ständig Ermittler aus Ludwigshafen oder Mainz in irgendwelchen Hotels unterbringen muss, ganz zu schweigen von den Fahrtkosten!

Ich habe die Mordkommission im Landauer Westring untergebracht, wo die Kripo ja tatsächlich mit ihren Kommissariaten sitzt, nämlich

dem K 2 (Gewalt gegen Frauen und Kinder, Sexualdelikte),

dem K 4 (Vermögensdelikte),

dem K 7 (Kriminaltechnik und Erkennungsdienst) und

dem K 8 (Kriminalpolizeiliche Sammlung, DV-Anwendung und DV-Auswertung). Die Herrschaften mussten nur ein wenig zusammenrücken, und schon war genug Platz für das K 9 (Kapitaldelikte wie Mord, Totschlag und Kindstötung).

Besonders günstig ist diese Lösung übrigens für Paula Stern, die eine Wohnung in einem der wunderschönen alten Stadthäuser ganz in der Nähe gefunden hat. Und im Zuge dessen habe ich auch gleich eine gerichtsmedizinische Abteilung gegründet – sie habe ich in den Räumlichkeiten des Landauer Klinikums in der Bodelschwinghstraße untergebracht. Ich habe kurzerhand den Keller dafür umbauen lassen – jetzt können meine Ermittler schnell mal in der Gerichtsmedizin vorbeischauen, ohne immer den weiten Weg nach Mainz auf sich nehmen zu müssen. Im Fernsehen ist das ja auch immer so.

Sie sehen, es könnte alles so einfach sein, wenn man nur einen Schriftsteller ranlassen würde!

Die „Tatorte“

Liebe Leserin, lieber Leser,

haben Sie Lust bekommen, meine schöne Südpfalz kennenzulernen oder gar auf Paula Sterns Spuren zu wandeln? Falls ja, finden Sie nachfolgend nähere Informationen zu den einzelnen Örtlichkeiten, die im Buch erwähnt wurden.

Viel Spaß beim Erkunden meiner Heimat!

Annweiler am Trifels
Das über 7000 Einwohner zählende romantische Städtchen mit dem hübsch restaurierten historischen Stadtkern liegt malerisch im Biosphärenreservat Pfälzerwald. Es ist Ausgangspunkt für endlose Wanderungen und Radwanderungen durch unberührte Natur.
Überragt wird Annweiler von der Kaiserburg Trifels. Hier wurde Richard Löwenherz auf dem Rückweg von seinem Kreuzzug ins Heilige Land von 1193-1194 gefangen gehalten.
www.annweiler.de

Bad Bergzabern (auf pfälzisch: Berchzawwre)
Die hübsche Kleinstadt mit ca. 7655 Einwohnern befindet sich im Landkreis Südliche Weinstraße (KFZ-Kennzeichen SÜW) in Rheinland-Pfalz – nahe am südlichen Anfang der Deutschen Weinstraße und am östlichen Rand des Pfälzer Waldes. Zudem ist Bad Bergzabern anerkanntes Heilbad.
Sehenswertes unter anderem:
Schloss Bergzabern – Wo einst die Herzöge der Wittelsbacherlinie Pfalz-Zweibrücken residierten, ist heute die Gemeindeverwaltung untergebracht.
Gasthaus Zum Engel – Einer der schönsten Renaissancebauten im Südwesten Deutschlands. Hier ist neben einer Gaststätte auch das Heimatmuseum untergebracht.
Westwall-Museum – Dieser ehemalige Bunker erinnert an die Zeiten des Zweiten Weltkrieges in der Region.
Zinnfiguren-Museum – Es befindet sich in den Kellergewölben der Buch- und Kunsthandlung Wilms direkt am Marktplatz. Man kann hier 10.000 Einzelteile bestaunen.

Bismarck-Turm – Ein hölzerner Aussichtsturm oberhalb der Stadt, von dessen Plattform man auf die Stadt und weit hinein in die Rheinebene bis hin zum Schwarzwald blicken kann.

Veranstaltungen

Bad Bergzaberner Mandelwochen
Rosenwochen im Bad Bergzaberner Land
Landpartie: Stationentheater an verschiedenen Orten der Verbandsgemeinde
Pfälzer Krimiwochenende (immer das erste Novemberwochenende)
Petite fleur – Ausstellung rund um den Garten mitten im Kurpark
www.bad-bergzaberner-land.de
www.bad-bergzabern.de

Bekleidung und Waffen im Mittelalter

www.supremereplicas.de
www.arrowinapple.de

Burg Landeck

Im 12. Jahrhundert hoch über Klingenmünster erbaut, um die blühende Benediktinerabtei des Ortes zu schützen. Die original erhaltenen Teile des Mauerwerks sind die typisch staufischen Buckelquader – zu bewundern besonders am stolzen Bergfried, dem höchsten und besterhaltenen der Pfalz. Von seiner 23 Meter hohen Plattform hat man einen herrlichen Blick über die Pfalz-Ebene bis hin zum Odenwald und Schwarzwald. Die gemütliche ***Burgschänke*** mit dem angrenzenden Burghof zum Draußensitzen sorgt bestens für das leibliche Wohl.

Öffnungszeiten: im Sommer täglich ab 10 Uhr, im Winter täglich ab 11 Uhr.
Tel.: 06349-8744

Veranstaltungen:

Hexennacht: Hexen-Tanz-Festival in der Nacht zum 1. Mai
Mittelalterliches Landeck-Fest
Die Burg rockt!
Mittelalterlicher Weihnachtsmarkt
Rittermahle (siehe unter *Die Ritter König Dagoberts*)
Die genauen Termine und weitere Informationen zur Burg finden Sie unter
www.burglandeck-pfalz.de

Burrweiler Mühle
Landrestaurant und Weingut inmitten von Weinbergen. Im Sommer kann man in einem wunderschönen Biergarten direkt am Teich sitzen.
Landrestaurant Burrweiler Mühle
Burrweiler Mühle 202
76835 Burrweiler
Öffnungszeiten je nach Jahreszeit.
Tel.: 06323-980751
www.burrweilermuehle.de

Burrweiler Ofenmuseum
Hier können Sie antike Öfen und Herde aus dem Barock bis Art Déco besichtigen – eine Zeitreise durch die Ofengeschichte!
Deutsches Ofenmuseum, Hauptstr.1, 76835 Burrweiler
Tel.: 06345-919033

Café Rosinchen
In einem hübschen, kleinen Fachwerkhaus direkt an der Weinstraße in Klingenmünster befindet sich dieses entzückende Café. Hier verwöhnt man Sie mit köstlichen selbstgebackenen Kuchen und Torten.
Café Rosinchen, Weinstraße 39, 76889 Klingenmünster
Tel.: 06349-3393
Öffnungszeiten: Di.-So. 12 Uhr bis 18 Uhr. Montag Ruhetag.

Edenkoben (auf pfälzisch: Edekowwe)
Der etwa 7000 Einwohner zählende Ort ist staatlich anerkannter Luftkurort. Er liegt am Rande des Pfälzer Waldes und ist geprägt vom Weinbau. Schon König Ludwig I. erkannte die landschaftlichen und klimatischen Vorzüge dieser Gegend und erbaute deswegen auf einem Berg über Edenkoben seine Sommerresidenz Schloss Ludwigshöhe.
Interessantes in Edenkoben:
Schloss Ludwigshöhe mit der Slevogt-Ausstellung.
Das Künstlerhaus Edenkoben.
Die Sesselbahn hinauf zur 1200 erbauten Rietburg.

Das Museum für Weinbau und Stadtgeschichte.
Zahlreiche Feste und Veranstaltungen, wie zum Beispiel die Owwergässer-Winzerkerwe, Musikalisches im Rahmen des Palatia-Jazz oder der Erlebnistag Deutsche Weinstraße.
www.edenkoben.de

Hotel Petronella

Hotel in Bad Bergzabern, direkt am Kurpark gelegen. Ideal für Individualurlauber, Tagungs- und Seminargäste, Kurgäste, Wochenendreisende, Wanderfreunde, Naturliebhaber, Rad- und Mountainbikefreunde. In der angeschlossenen Wellnessoase kann man sich professionell verwöhnen lassen. Neu im Programm: diverse Krimi-Angebote.
Hotel Petronella, Kurtalstr. 47, 76887 Bad Bergzabern
Tel.: 06343-7001-10
www.hotel-petronella.de

Johanniskreuz

Dieser kleine Weiler ist quasi der Geburtsort des Pfälzerwaldes, denn hier wurde im Jahre 1843 bei einer Tagung Pfälzer Forstbeamter der Name Pfälzerwald für den pfälzischen Nordausläufer der Vogesen gefunden.
Johanniskreuz ist aber nicht nur beliebter Treffpunkt für Motorradfahrer aus allen Himmelsrichtungen, es ist auch der Schnittpunkt einiger Fernwanderwege und Mittelpunkt des Mountainbikeparks Pfälzerwald.
Im ***Haus der Nachhaltigkeit*** kann man eine Dauerausstellung über nachhaltiges Wirtschaften und zukunftsweisende Energiekonzepte besuchen.
Haus der Nachhaltigkeit
Johanniskreuz 1a
67705 Trippstadt
Tel.: 06306-9210130
Mehr darüber unter:
www.hdn-pfalz.de
www.mountainbikepark-pfaelzerwald.de

Kuckucksbähnel
Ein historischer Zug, gezogen von einer alten Dampflock, der von Neustadt über Lambrecht nach Elmstein fährt – und natürlich wieder zurück.
Infos und Fahrpläne:
Tel.: 06321-30390
www.elmstein.de und www.eisenbahnmuseum-neustadt.de

Landau (auf pfälzisch: Landaach)
Die kreisfreie Südpfalzmetropole liegt eingebettet in die sanften Hügel der Weinberge zwischen Rhein und Pfälzer Wald im Süden von Rheinland-Pfalz. Die ehemalige Festungsstadt Landau hat ca. 43.000 Einwohner. Die Universitätsstadt ist eine der größten Weinbau betreibenden Gemeinden Deutschlands.
www.landau.de
www.landau-tourismus.de

Landeckverein Klingenmünster e.V.
Im März 1881 von engagierten Bürgern gegründet, um die Burgruine für die Nachwelt zu erhalten. Der Verein zählt derzeit fast 500 Mitglieder (Stand Januar 2012). Manch begeisterter Besucher tritt spontan bei, und so kommt es, dass die Mitglieder nicht nur waschechte Pfälzer sind, sondern aus dem gesamten Bundesgebiet von Hamburg bis Bayern kommen – einige sogar aus Brasilien und Amerika.
www.landeck-burg.de

Landgasthof Jägerhof
Gemütliches Restaurant mit romantischem Innenhof (im Sommer) und kuscheliger Bibliothek mit Kaminofen (im Winter). Bodenständige Küche ohne Fertigprodukte – hier werden sogar die Ravioli selber gemacht! Bevorzugt werden Zutaten aus der Region verarbeitet. Besondere Events: Tapas-Abende, Irisches Wochenende (inklusive Treffen der Irischen Wolfshunde und süffigem Guinness vom Fass), Pasta-Woche etc.
Öffnungszeiten: Mi.-So. 11.30-14 Uhr und ab 17.30 Uhr, Montag und Dienstag Ruhetag.
Landgasthof Jägerhof, Hauptstr. 40, 76889 Birkenhördt, Tel.: 06343-1575
www.birkenhoerdt-jaegerhof.de

Die Ritter König Dagoberts

Sie sind quasi die historische Abteilung des Landeckvereins zum Anfassen. Es ist eine illustre Gruppe historisch interessierter Leute aus Rheinland-Pfalz und Baden-Württemberg, die versucht, die Zeit des 11.-13. Jahrhunderts darzustellen und für die modernen Menschen greifbar zu machen.

Veranstaltungen

Rittermahle
Sagenwanderungen
Highland Games
Mittelalterlicher Weihnachtsmarkt
www.sagenhaftesmittelalter.de
www.landeck-burg.de

Schloss oder Villa Ludwigshöhe

Erbaut nach italienischem Vorbild von König Ludwig I. als Sommerschlösschen. Heute gehört das Anwesen dem Land Rheinland-Pfalz und ist ein beliebter Ort für Konzerte und Ausstellungen. Außerdem beherbergt die Ludwigshöhe die Slevogt-Galerie.

Schloss Villa Ludwigshöhe, Villastr. 65, 76482 Edenkoben
Tel.: 06323-93016
www.deutsche-weinstrasse.de
www.suedlicheweinstrasse.de

Die Südpfalz

Südlichster Zipfel von Rheinland-Pfalz. Im Westen stößt sie an die Westpfalz, im Norden an die Vorderpfalz. Im Osten, feinsäuberlich durch den Rhein getrennt, liegt Baden-Württemberg, und ins Elsass im Süden ist es nur ein Katzensprung. Das hier herrschende Klima der Oberrheinischen Tiefebene begünstigt die mildesten Winter und wärmsten Sommer in Deutschland. Nicht umsonst nennt man diese von der Sonne verwöhnte Region auch gerne „Die Toskana Deutschlands“. Hier ist das ideale Anbaugebiet für wunderbare Weine, Mandelbäume, Feigen und Maronen (= Esskastanien).

Skye

Die drei Musiker aus der Pfalz haben ihr Herz an Schottland verloren. Sie spielen handfeste Trinklieder und stimmungsvolle Balladen aus den Highlands mit allem, was dazu gehört, vom Dudelsack bis hin zur Harfe.

www.skye-folk.de

Slevogthof

Das früher Neukastel genannte Anwesen thront hoch über Leinsweiler. Hier lebte und arbeitete Max Slevogt (1868-1932). Er illustrierte unter anderem James F. Coopers *Lederstrumpf*. Nach seinem Tod im September 1932 wurde er hier auch auf dem Familienfriedhof beigesetzt. Das Museum in den einstigen Privaträumen des Malers und eine Gaststätte lohnen einen Ausflug.

www.slevogthof-neukastel.de

Weingut Nicole Graeber

Was kommt dabei raus, wenn Lebensfreude, Lust an Genuss und die Weinerfahrung mehrerer Generationen aufeinandertreffen? – Wunderbare Weine!

Weingut Nicole Graeber, Schanzstr. 21, 67480 Edenkoben.

Tel.: 06323-5568

www.weingut-graeber.de

Wild- und Wanderpark Silz

100 Hektar großer, ganzjährig geöffneter Naturpark mit 400 Tieren aus fünfzehn verschiedenen europäischen Arten. Auf zwei unterschiedlich langen Rundwegen kommen Sie diesen erstaunlich nahe. Streichelzoo und der Abenteuer-Spielplatz mit der Riesenrutsche sind was für große und kleine Kinder.

Wild- und Wanderpark Südliche Weinstraße GmbH

Hauptstraße

76875 Silz

Geöffnet: 15. März-15. Oktober ab 9 Uhr, 16. November-14. März ab 10 Uhr.

Von April bis Oktober findet täglich um 11 Uhr die Wolfsfütterung statt.

Tel.: 06346-5588

www.wildpark-silz.de

Grumbeerpännel

Dafür brauchen Sie pro Person:

2-3 mittelgroße gekochte Grumbeere (Kartoffeln), je nach Hunger
eine halbe Zwiwwel (Zwiebel)
Öl zum Braten
Salz und Pfeffer zum Abschmecken.
100-150 g Pfälzer Lewwerworscht (Leberwurst) am Stück
100-150 g Pfälzer Bluudworscht (Blutwurst) am Stück

Zubereitung:

Die Kartoffeln (am besten schon am Vortag gekocht) schälen und in Scheiben schneiden. Öl in einer Pfanne erhitzen und die Kartoffelscheiben unter mehrmaligem Wenden darin knusprig braun braten. Zwiebel schälen und klein würfeln. Kurz vor Ende der Bratzeit zu den Kartoffeln geben. So lange mitbraten, bis sie hellbraun werden.

Die Wurst in etwa 2 cm dicke Scheiben schneiden. Wenig Öl in einer zweiten Pfanne erhitzen und die Wurstscheiben beidseitig darin anbraten.

Bratkartoffeln abschmecken – dabei vorsichtig mit dem Salz umgehen, denn die Wurst ist meist recht kräftig gewürzt.

Nun die gebratenen Wurstscheiben auf die Bratkartoffeln legen und samt Pfanne auf den Tisch stellen.

Dazu passt: Sauerkraut oder auch grüner Salat oder Feldsalat.

Fer hinnerher (für danach) ein guter Pfälzer Hefebrand oder ein Saumagen (Kräuterlikör).

Guten Appetit!

Keschdesupp

Zutaten:

500 g gekochte, geschälte Kastanien (gibt es fertig zu kaufen)
1 Zwiebel
1 kleine Stange Lauch (oder mehrere Frühlingszwiebeln)
60 g Butter
1 TL Puderzucker
200 ml Weißwein
600 ml Brühe
Muskat, Pfeffer
200 ml Schlagsahne
Für die Deko: rote Pfefferkörner, frischer Dill

Zubereitung:

Kastanien grob zerkleinern, Zwiebel fein hacken, Lauch waschen und in feine Ringe schneiden. Butter in einem Topf erhitzen. Zwiebeln und Kastanien zugeben und kurz anbraten. Lauch zugeben und unter Rühren ca. 2 Minuten mitschmoren. Puderzucker darüberstäuben und leicht karamellisieren lassen. Mit Wein ablöschen und mit der Brühe aufgießen. Etwa 15 Minuten köcheln lassen. Suppe pürieren und mit Muskat und Pfeffer abschmecken.
Sahne steif schlagen. Die Suppe auf Teller oder Tassen verteilen, je einen EL Sahne in die Mitte geben und mit roten Pfefferkörnern und ein paar Zweigen Dill verzieren.
Dazu passt der Wein, den Sie schon für die Suppe verwendet haben!
Guten Appetit!

Heidelbeer-Streuselkuchen vom Blech
Zubereitungszeit: ca. 45 Minuten
Backzeit: ca. 40 Minuten
Zutaten für ein Obstkuchenblech (ca. 39 x 27 cm):
Streusel:
250 g zerlassene Butter
400 g Mehl
200 g Zucker
100 g gehobelte Haselnüsse

Teig:
400 g frische Heidelbeeren
4 Eier
250 g Zucker
200 ml Öl (z. B. Rapsöl)
200 ml Orangensaft
300 g Mehl
1 Pck. Backpulver
abgeriebene Schale von einer unbehandelten Orange

Guss:
1-2 EL Orangensaft
100 g Puderzucker

Zubereitung:
Zutaten für die Streusel in einer Schüssel mischen. Etwa 2/3 des Teiges auf dem Blech verteilen, leicht andrücken und mit einer Gabel mehrmals einstechen.
Heidelbeeren waschen und mit Küchenkrepp trocken tupfen. Ofen auf 200° vorheizen. Eier mit Zucker in einer Rührschüssel dick-cremig schlagen. Öl und Saft unterrühren. Mehl mit Backpulver und Orangenschale rasch untermischen. Teig auf den Streuselboden geben und die Heidelbeeren darauf verteilen. Restlichen Streuselteig darüberbröseln. Im Ofen (mittlere Schiene, Umluft 180°) 35-40 Minuten backen.
Orange auspressen. 2 EL Saft davon abnehmen und mit dem Puderzucker zu einem glatten Guss verrühren. Guss über den heißen Kuchen sprenkeln.
TIPP: Dieser Kuchen schmeckt warm besonders gut!

Danke, danke, danke ...

... an Herrn Polizeihauptkommissar Franz Blang, den Sachbearbeiter für Öffentlichkeitsarbeit bei der Polizeidirektion Landau, der mir mit sachdienlichen Hinweisen bezüglich meiner vielen (und bestimmt oft dümmlichen) Fragen zur Polizeiarbeit stets bereitwillig und geduldig zur Seite gestanden hat.

... an Herrn Kriminalhauptkommissar Dietmar Herold, der mich kriminaltechnisch und erkennungsdienstlich unterstützt hat.

... an meine lieben Eltern, die schon die erste Lesung mit diesem Buch machten, als erst 17 Seiten getippt waren (somit noch ziemlich genau 187 zu schreibende Seiten vor mir lagen!), zu einem Zeitpunkt also, als ich mein „Personal" und natürlich auch den Mörder selbst noch gar nicht richtig kannte. Das nenne ich Vertrauen!

... an die wunderbare Südpfalz, in der ich leben und „morden" darf und die so unbeschreiblich schöne Tatorte für mich bereithält!

... an den Schardt Verlag, der das Manuskript zu diesem Buch für veröffentlichungswürdig erachtet und in sein Verlagsprogramm aufgenommen hat!

... und natürlich an meine lieben Leser, die mir seit vielen Jahren die Treue halten!

MEHR BÜCHER VON GINA GREIFENSTEIN:

1 Teig – 50 Torten, Gräfe und Unzer, München 2008, Broschur, 64 Seiten,
7,99 Euro, ISBN 978-3-8338-0997-2

Wie werde ich

WITWE?

Mechthild Zimmermann und Simone Jöst (Hg.)

Wie werde ich Witwe? Hrsg. von Mechthild Zimmermann und Simone Jöst,
Viaterra Verlag, Aarbergen 2009, Broschur, 336 Seiten, 14,95 Euro,
ISBN 978-3-941970-01-4

Stirb noch einmal, Liebling! Vinscript, Bad Bergzabern 2011, Broschur, 288 Seiten, 12,95 Euro, ISBN 978-3-9814014-2-4